锄月

百年江南·范小青中短篇小说集

范小青 著

四川文艺出版社

图书在版编目（CIP）数据

锄月 / 范小青著. — 成都： 四川文艺出版社，
2020.1
（百年江南·范小青中短篇小说集）
ISBN 978-7-5411-5522-2

Ⅰ.①锄… Ⅱ.①范… Ⅲ.①中篇小说—小说集—中
国—当代②短篇小说—小说集—中国—当代 Ⅳ.
①I247.7

中国版本图书馆CIP数据核字（2019）第211322号

BAINIANJIANGNAN FANXIAOQINGZHONGDUANPIANXIAOSHUOJI

百年江南·范小青中短篇小说集

CHUYUE

锄 月

范小青 著

出 品 人　张庆宁
策划统筹　崔付建　陈　武
责任编辑　柴子凡　周　轶
特约编辑　罗路晗
责任校对　汪　平
封面设计　叶　茂

出版发行　四川文艺出版社 （ 成都市槐树街 2 号 ）
网　　址　www.scwys.com
电　　话　028-86259285（发行部）　028-86259303（编辑部）
传　　真　028-86259306

邮购地址　成都市槐树街 2 号四川文艺出版社邮购部　610031
印　　刷　山东泰安新华印务有限责任公司
成品尺寸　149mm×215mm　　开　　本　16 开
印　　张　16.25　　　　　　　字　　数　185 千
版　　次　2020 年 1 月第一版　印　　次　2020 年 1 月第一次印刷
书　　号　ISBN 978-7-5411-5522-2
定　　价　38.00 元

目　录

岁　月

　　梁秋美和余小草高中毕业，分到同一个商场，又分到同一个柜台卖鞋。大家说这样的情况不多，从小学同到大学的也有，同到一个单位又一个柜组的却不多见。看看她俩，也看不出有什么相同之处，长得也不一样，性格脾气也有差别，就说，这也算是缘呀。梁和余你看看我，我看看你，笑说，缘呀，缘什么呢。

　　卖鞋也是有学问的。秋美比较本分，工作认真，顾客指什么样的鞋她就给拿什么样的鞋，顾客要多大尺码，她就给多大尺码，服务态度挺好，不厌其烦，顾客也比较喜欢。在师傅们眼里看来，秋美挺合适做营业员，只是觉得思路稍显呆板些，工作做不活，卖鞋的学问她也说不出来。余小草有些不同，她本来对穿着什么的有兴趣，所以卖鞋也卖得讲究，她愿意做点学问出来，到处找资料来研究，也肯虚心请教师傅，慢慢地就有了水平。顾客来了，她能根据每个顾客不同的脚型，拿出最合适的鞋来，她也能在顾客犹豫不决的时候，说出一番很有见地的关于穿鞋的道理让顾客最后下决心，而且心满意足。余小草的缺点是没有长性，凭兴致做事情，高兴的时候，她能把顾客哄得以为碰上了鞋专家，不高兴的时候，她就要态度，对人发火。意见簿上常有她的名字，写好也是她，写坏也是她，倒从来没有梁秋美。两个人优点是优点，缺点是缺点，明明白白，无形中也就互相抵消了些，大家说起来，也不见得就特别地突出哪一个，淹没了另一个，也挺好。

这么做了些时候，有一天，来了一个衣着很有个性的女顾客，身上穿的，说怎么高档倒也不见得，但人看了，就是舒服。没的说，便让小草有了兴趣，对女顾客态度挺好，讲了一大堆鞋的事情。女顾客向小草看了又看，说，你把穿鞋的事儿琢磨得这么透，我没碰见过，真高兴。小草说，我见了你身上穿的这衣服，也喜欢，在哪儿买的呢？我们这城里，哪里有这么顺眼的衣服卖，我怎么找不到？女顾客笑道，这不是买的，是我自己设计的。小草说，呀，你学服装设计？女顾客说，我不学服装设计，我只是自己喜欢，弄着玩玩的。小草十分羡慕，女顾客走后，小草很兴奋，说了一大堆对服装设计感兴趣的话，再有顾客来买鞋，小草就没心思，嫌烦，让秋美接着。

过了几天，小草上班带来一件衣服，展开来让大家看，说是她自己设计的。小草穿起来，大家看了，都说好，又让另几个女营业员也试穿，效果也都不错。小草说，嘿，我突然发现我还是个设计专家，你们谁想穿与众不同的衣服，以后找我设计呀。大家笑，说，那是，守着时装设计师，真幸福。其实也不过这么说说，后来也没有谁央求过小草给做时装，小草有些失落。过了些日子，小草向大家宣布，我准备跳槽，大家也都没怎么吃惊，好像小草跳槽是迟早的事情。小草看大家平淡对待，说，你们心肠真硬，我要走，也没有一点舍不得的意思，哪怕假的也好。大家便笑着去做自己的工作。秋美说，小草你要到哪里呢？小草说，当然是服装设计所，别的地方我也不会去。秋美说，现在服装设计所很多，你要去哪个呢？小草说，我打听了纺织总公司的设计所要人。秋美说，你联系过了？小草说，还没呢，正想求你帮忙，你姐夫不是在纺织总公司吗？秋美说，我姐夫只是在保卫科呀，说得上话吗？小草说，说得上，说得上，只要是那单位的人，都说得上话，你帮我。

秋美回去和姐姐说了，姐姐再和姐夫说，姐夫说，是秋美自己要调吗？姐姐说不是。姐夫说，不是秋美自己的事，她这么起劲做什么。姐姐说，秋美的一个同学，挺要好的，你能帮就帮她一下，秋美是我们几个姐妹中最省事的，从来不麻烦人。姐夫说，是不是学服装设计的？姐姐说，大概是吧，若不是的，怎么会想到要到服装设计所工作。姐夫说，试试吧，我也不一定说得上话。姐姐说，试试吧。

姐夫的工作还是起了点作用，至少人家所长同意先见见面，就约了时间。到设计所，小草带了自己的设计作品，给所长看了，倒是满意，问到学历，说没有，所长就为难，愣住了，朝姐夫看，一脸疑问。姐夫陪在一边，也尴尬，使个眼色，出来。在走廊上姐夫说，余小草，你的学历呢？小草说，我和秋美一起高中毕业，哪来什么学历？姐夫说，你可把我坑了，我还以为，敢到我们设计所来，专业学历总该有一张吧。小草说，没学历怎么啦，你们所长不是喜欢我的设计吗？设计所是设计学历还是设计服装的？姐夫说，这话也不是没有道理，但你和我说没用，你和所长说看有没有用。所长走了出来，说，你的话我也听到了，是不是这样，你先来试试工，再看看你的工作情况和实际水平，调工作的事情，不是一时能急出来的，麻烦着哪，你先做做看，如果做得好，我们再想办法将你调过来。小草说，好。姐夫说，那你原单位怎么说，能同意你借调出来？小草说，我们单位好说话，再说了，现在愿意做营业员的挺多，不缺我一个。果然小草回去向商场领导说了，领导也没怎么为难她，只是因为没有这样的借人先例，时间不能太长，给了小草三个月，算是特殊照顾。

　　小草就这么离开了鞋柜。走的那天，柜组还给她搞了个小小的欢送会。小草说，别欢送了，我不定哪天还回来。大家说，不可能，以你的本事，以你的性格，发展前途是大大的。小草说，那才好。

　　小草每天到设计所上班，做设计工作，常常路过商场进来看看大家，站在柜台边，向大家介绍设计所的情况，介绍她的工作，又设计了什么什么服装，哪里的哪个名模穿了往台上一走，简直，没话说，比著名设计师的作品也不差到哪里。大家也不知道小草说的名模是谁，著名设计师是谁，但是都挺为小草高兴。秋美也高兴。

　　有一天一大早，商场刚开门，小草来了，径直往柜台来，熟门熟路将自己的小包往该放的地方一搁，拉开柜台看看，说，呀，进了不少新式样的鞋呀，现在的鞋，品种真是多呀，我这才走了不到三月，鞋的市场发展快呀。大家正奇怪，柜组长过来了，说，刚才经理叫我去，说小草回来，大家欢迎。大家果然拍了拍手，欢迎。小草说，你们心里一定想，怎么回来了呢，告诉你们，我不乐意在那边待了，没劲。问怎么的没劲，说那里边的人都是学历很高的，本科生都被人瞧不上，博士也有好几个。大家说，那倒也是，现在的人，最看文凭什么，学历是要命的东西，你也别太在意。小草便笑了，说，我才不在意，我若是有兴趣做下去，我才不在乎他们怎么看我。有没有学历，关他们什么事呀，我是自己不想做了，做服装设计，做来做去，也就那一点花样，变来变去，也没有什么意思，万变不离其宗，单调。大家哑然。

小草回到鞋柜来，工作仍然和以前一样，说她好吧，意见也有一大箩；说她不好吧，表扬倒也不少。柜组长对秋美说，秋美呀，你和小草是老同学，关系也好，你说说她，帮助帮助，小草其实是个有前途的人呀。秋美说，我说她什么呢，我说不出来。柜组长想了想，也是的，好像说不出什么来。

商场的福利搞得挺好，组织职工分批外出旅游度假。轮到小草和秋美这里，已经是下一年的秋天了，她们要到千岛湖去度过愉快的一周。为了让大家玩得好，商场专门到外事部门请来专业的导游，随团出发。随小草他们一个团的，是个年轻姑娘，朝气蓬勃，热情洋溢，口齿也是特别好，能说会道，每到一个风景点，滔滔不绝，历史知识、地理知识、名胜古迹的来历、从前的传说，她一个人的优美的声音把整个旅游团都迷住了。在路上，导游就说自己的经历，说自己到过哪些好玩的地方，有的地方，真是叫人终生难忘，流连忘返。一个年轻的小导游竟然走过那么多的地方，在商场里工作的人，八辈子怕也是走不到的。小导游把整个团里的男人都迷倒了，几个女的也被迷住了。小草常常正盯着潇洒的小导游，那眼神，真叫人无法形容。

　　旅游度假回来，小草一有空儿就往街对面的新华书店跑，抱一大堆有关各地旅游点的书，吭哧吭哧地读起来，读过，就向秋美说九寨沟呀，张家界呀，神农架呀，大兴安岭呀，南疆北疆呀。秋美说，小草呀，没发现你还有演讲的才能呀。小草眼睛盯着秋美，说，秋美，你想不想做导游？秋美笑了，说，我不想。小草惊讶道，秋美呀，你想做什么呢？秋美说，我这不是做着么，卖鞋的营业员呀。小草说，我不是问你这个，这是你的工作，我是问你自己心里想做什么。秋美说，心里呀，心里就是想做营业员。小草连连摇头说，没劲没劲。小草说，秋美，我想换个工作做做。秋美说，你又想换什么呀，商场不也挺好么，现在的商场，都有中央空调，冷也冷不着，热也热不着，有什么不好呀。小草说，你说得出，你就打算在商场里过这一辈子了？秋美说，这有什么不好呢？指指商场里许多人，他们还不都是这样。小草说，他们是这样，我不是这样，我是要走的，我要去做导游，我敢说，天下最浪漫的工作就是导游了，游山玩水，一肚子知识，口若悬河，风将头发吹到后边，太阳把皮肤晒得多健康，呀，真好。秋美有些担忧，说，你有把握吗？上回去了几天就回来了，又说没劲。小草说，这回不会了，我那时还不成熟，幼稚，现在不一样，现在我懂了，我知道怎么为自己选择终生事业。

　　小草开始往旅游局、外事局、园林局之类的单位跑，跑了一大圈回来，碰了大钉子，知道旅游局之类不会有什么希望，有些唉声叹气了。秋美说，叹什么气呀，你是想做导游是不是呀，做导游也不是非要到那些部门，现在外面，新开的旅行社多的是，有些民营性质的，正愁招不到人呢。小草啪地跳起来，在秋美肩上拍一下，拍得秋美直咧嘴。

小草果然联系到一家民营性质的旅行社，只是商场再不能替她保留职业。小草说那就办退职，义无反顾地走。大家再开欢送会，说，这回真走了，怕是回不来了。小草说，倒也不一定，现在的事，也难预料。

小草走后一段时间，大家经常提到她，时间长了，都有各自的新鲜话题，也很少再说小草的事。偶尔说起，大家就问秋美，秋美说，我也不知道，她很长时间没到我家来玩了，也许忙吧。

过了些时日，秋美谈了对象，秋美结婚了，到小草家去送请柬，小草不在，秋美和小草妈妈说了一会儿话。小草妈妈对秋美说，秋美呀，还是你好，我们小草，还不知怎么样呢。听口气好像为小草担忧，秋美说，小草好吧？妈妈说，不好。秋美愣了一愣，说，怎么不好呢，是工作不顺利吗？妈妈说，不是不顺利，是不安心，活折腾。秋美说怎么会呢，导游是小草最喜欢的工作呀，也是小草最合适的工作。妈妈笑起来，秋美呀，你以为小草还在做导游呀，早不做导游了。秋美又愣了一愣，过半天才说，那她现在在哪里工作呢？妈妈说，就是站在宾馆大门里，向进来的人鞠躬，说，欢迎光临。向出去的人鞠躬，说，欢迎再来。秋美忍不住笑起来。妈妈也笑了，说，没有办法，她喜欢，不去不行呀，在家里折腾，拿她没办法。秋美说，小草做这也好，她长得漂亮，个子也高。妈妈说，那是，别看做个大堂小姐，看看门的事情，也很不容易进去呢，我们托了多少人呢，差点进不了。秋美看时间差不多，起身告辞，让妈妈一定转告小草，到时一定来喝她的喜酒。

喝喜酒那天，小草果然来了，还带了男朋友来。见了老单位鞋柜上的一帮人，小草高兴极了，抓住这个说，又抓住那个说，倒把男朋友一人扔在一边。秋美今天是主角，站在饭店大门口迎宾，抽个空子来和小草说几句话，和小草开玩笑，说，小草呀，今天我倒像个大堂小姐了——你不是喜欢做导游工作的么，怎么又不做了呢？小草说，咳，没劲，想了想，补充道，又累人又单调乏味，跑来跑去就那几个风景点，说来说去也就那几段词，说第一二遍还有些新鲜，说到三遍以上，哎呀呀，烦人。累也累死人，穿个皮鞋吧，脚疼死，穿个旅游鞋吧腿短，难看死。秋美说，所以就去做大堂小姐，可以穿高跟鞋，腿漂亮了吧？小草说，啊，你是说我做大堂小姐那事呀，这会儿早不做了，唉，那可不是人做的。秋美说，你又换了工作也没告诉家里？小草说，不告诉也罢，告诉他们，他们又不能理解我，还烦人，只要是我自己有能力解决的，不用求他们能办成的事，我不告诉他们。秋美说，那你现在做什么？小草说，现在；现在么，算是做做生意吧。秋美说，什么叫算是做做生意？小草说，在外贸公司呀。说着便摇头。秋美说，怎么，又没劲？小草说，倒也不是没劲，压力太大，做单子，你抢我夺，我又没什么路子，又是新手，哪里做得过他们，把自己弄那么紧张做什么，人嘛，就是应该轻松过日子，做工作也是。秋美觉得再无话说，顿了半天，说，那你现在的工作关系怎么样了呢？小草说，放在人才中心呀。秋美说，就一直这样下去？小草说，不可能。眼睛一亮，嘿，告诉你秋美，我现在已经发现一个最棒最棒的活。秋美说，是什么呢？小草这才把男朋友想起，急忙呼过来，介绍了，说是律师。小草说，我现在正在读业余学校，学法律，拿到结业证书，我就能考律师。拍拍男朋友的肩，嘿，到时候你可得帮我，比如探探考卷的内容啦什么的，律师点头，笑。秋美道，你怎么又想到做律师？小草说，这也是个巧，我的一个朋友一天请我去看一次开庭，正好是他，小草指指男朋友，做辩护律师，呀，可把我迷住了，钢嘴铁牙呀，把对方驳得哑口无言，真痛快。事后我问他，你能肯定你的当事人无罪？你不怕输吗？他怎么回答，嘿，说得才过瘾。秋美正听着，新郎过来喊她，说外面又来了一批客人，要秋美出去迎接。秋美走出去，听得小草向她的男朋友说，这回我算是看准目标了，律师一定是我终生为之奋斗的职业。男朋友说，好哇。

时间过得很快，转眼秋美有了孩子。这期间小草也结了婚，只是新郎并不是那位律师，小草的律师梦倒是做成了，不久又醒了，觉得梦中的事情不能拿来过日子，如小草这样半路出家的人，又没学历，又没经验，又没资格，又没名气，接案子很难。这时小草也怀孕了，奔来奔去也够累，丈夫希望小草能相对稳定一段时间。小草接受了这个意见，看着人家坐机关的人挺安逸，便设法调到一个比较清闲的机关坐坐班，把孩子生下来，转眼孩子也能走路了。一个星期天，在公园碰见秋美也带着孩子在玩，两人都有说不尽的话要说。小草告诉秋美，坐机关的事情看起来也不会长，机关太复杂，人际关系搞不清，当面一套背后一套的特别多。不像从前的商场，有什么话当面说，吵也无所谓，打也不碍事，吵过打过，就算了，就忘了。机关的人可不同，一句话说得不对，记你一辈子。一个个肚里文章，背后做戏，不习惯。秋美说，你都坐了很长时间了，还没习惯呀，有两年了吧？小草说，两年差不多吧，你知道这两年我怎么熬过来，现在小孩子也能上幼儿园了，我也要动动身了，再在那地方待下去自己也成那样的人了。秋美笑了，说，你呀，到底还是坐不住呀，又想做什么呢？小草说，我想回商场。秋美听了，朝小草看看，她想说你想回就能回吗，你是辞了职走的呀，商场早已经没有你的地方了呀。当然秋美也只是这么想一想，并没有说出来。小草说，秋美，这事情又要拜托你。秋美说，我有什么用，说不上话呀。小草说，怎么说不上话，你算是商场的老职工，领导不是蛮看重你么。秋美说，哪里呀，看重我也没叫我做个组长什么的。小草说，反正你要是和领导说说，肯定有用，他们相信你，除非你是不肯帮我的忙。秋美无话说。这时候，两家的孩子吵起来。小草说，走了走了，我这女儿，和我一样，一个地方待不长的。秋美说，呀，你原来知道自己呀。小草一笑，说，你说得出，人哪能不知道自己。抱着孩子走路，又回头向秋美说，我等你回音啊。秋美又说不出话来了。

　　秋美把小草的事一直放在心上，又不大好直接去找领导，心里又老搁着，便向柜组长说了。柜组长听了，说，这个小草，想来就来想走就走，有这么容易的事情呀？秋美呀，我劝你也别去和领导说什么，说了也是白说的。秋美说，那小草追问起来，怎么办？柜组长说，你当真呀，说不定小草也只是随口说说罢，说不定人还没到家，又想新点子了呢，你跟着她转，你来得及吗？秋美说，总得向她有个交代呀。柜组长说，那你就告诉她，和领导说过了，领导不同意。秋美犹豫。

　　秋美指望着小草过几天就把要回商场的事情忘了，可是小草偏偏不忘，过了几天，就打电话来问。秋声倒是想照柜组长说的去告诉小草，可是话到嘴边，又觉得不妥，改了口，告诉小草还没向领导说。小草有些着急，说秋美呀，我这边可是一天也待不下去了呀。

秋美说，那我，今天就去找领导。挂了电话，往领导办公室去，半天，也不知怎么开口。领导说，什么事情？碰到什么困难了？秋美说，不是我。领导说，那是谁？秋美说，从前我们鞋柜组有个余小草，您还记得吗？领导想了想，记得，辞职去做什么去了。秋美说，做导游。领导说，对，做导游，其实她做鞋柜台做得不错，挺有钻研精神。秋美说，是的，现在，现在……领导说，现在怎么？秋美说，她想回我们商场来。领导"啊哈"一声，道，这不行，她的关系早不在我们这里了。领导一句话，秋美就闷了，半天，也不走，也不说话，领导笑了笑，说，是余小草叫你来说的？秋美说，她现在处境不好，我想帮帮她。领导说，怎么，做导游做得不顺利？秋美含糊了一下，也没说小草早就不做导游的事情。领导点了根烟抽，过了一会，说，再说吧，再考虑考虑。

秋美赶紧将领导的意思告诉了小草，小草说，好，有这话，就有希望。接下去的事情，就由小草自己去奔。过了不久，秋美正上班，小草到柜前来，说，我回来了。秋美说，还回我们这柜？小草说鞋柜组挤不下，让我到小五金去，也罢，反正在一个商场，一样。小草走后，鞋柜组的人都感叹小草能折腾，也有本事，一般这样的，商场是不可能再让她回来的。秋美说，小草就这样，认了一个事，死缠，就缠成了。大家说，从前在学校里就这样吗？秋美想了想，说在学校里倒也没有什么明显的感觉，也可能在学校里反正是念书，要折腾也折腾不出什么名堂吧。大家说是，许多人的性格都是在走上工作岗位后才显现出来的。

小草就到小五金柜上班，因为不在一层楼面，也不能常常见到。偶尔碰到了，问起情况，小草说小五金柜没劲，想回鞋柜来。过了没多久，鞋柜的一个新手调到别的柜去了，小草就回来了。大家说，小草是你将人家挤走的吧？小草说，对他来说，到哪个柜都一样，对我来说可不一样，鞋柜像是我的娘家，还是鞋柜有意思。

再过些时日，有个学习进修的机会，给了秋美。大家说，秋美呀，你回来，怕是要做领导了吧？秋美说，哪里，我根本也不想去，家里这一摊子事，我走了，怎么办？孩子要上学，我家那位，衣来伸手饭来张口的。小草说，死了张屠夫，不吃带毛猪。秋美说，话是可以这么说，你若想去，我去和领导说，我家里真的走不开。秋美果然去和领导说了，领导不同意，把她批评了几句。领导说，你一定不想去，也不勉强你，但是不可能给余小草去，你看看，我们破例让她回来，做了几天，怎么样，老毛病又来了是不是。秋美说，没有呀，挺安心的。领导笑，安心什么呀，我们早听到反映，这不，又想去学习进修。这事情没说成，进修还是由秋美去，学习班有两种，一个是半年，一个是一年。秋美挑了个半年的。

半年以后，秋美回来了，向领导报了到，领导也没说提拔的话，仍然回鞋柜组工作。大家说，不急，不急，有了黄埔军校的资历，早晚会有那一天。秋美回来时，小草又离开鞋柜，离开商场了。问到了哪里，谁也说不清。有说她像在海关做什么，有说好像考了空嫂，也有说看到在什么地方扛了摄像机，也许到电视台去了吧。秋美回家来，家里事情仍然都堆在她身上，也没有很多时间很多闲心去注意小草的事情。

眼看着日子一天一天地过去，孩子一天一天地长大。秋美仍然在商场鞋柜工作，进修过的事情也没有人再提起，好像忘了。有一天秋美突然接到小草一个电话，问秋美丈夫是不是仍然在原来的公司做事。秋美说是，小草高兴地说，太好了，我就过来看看你们。一会儿果然来了，说自己已经调到某大集团公司做公关部的工作，特别来劲，交际各类人物，应酬各种事情，眼观六路，耳听八方，丰富多彩，太有意思。说起自己公司的业务，也头头是道，如数家珍，找秋美的丈夫，就是为公司的业务来的。秋美不懂什么生意业务，听小草和丈夫谈得投机，说了许多话，说到怎么在酒席上把对手灌了，让对手乖乖地签下合同，又说怎么在酒席上把谁谁谁大牛皮放倒，对方怎么丑态百出，怎么狼狈不堪。秋美说，小草你什么时候能喝酒了？小草满脸放光，说，呀，我真是发现了自己的又一天才呢，也不知怎么的，一喝两喝的，就能喝了。呀，秋美你不喝酒不知道，喝到那状态，飘飘欲仙呢，真好。秋美说，你成酒鬼了呀。小草忽然有些认真起来，盯着秋美看看，说，什么时候秋美你也试试，说不定你身上隐藏着的才能比我更多呢。秋美抿嘴一笑，我哪里有。看小草兴奋不已的样子，秋美也算是有点儿宽慰，想小草终于有了自己真正喜爱的工作了。小草说，我现在真是如鱼得水呀。秋美和丈夫都笑。小草很得意，很快把秋美丈夫公司的业务和自己公司的业务联系上了。

有了业务往来，当然就会有别的许多往来，过些时，丈夫回来说，小草所在公司的一位业务经理请他吃饭，让带上秋美一起去。秋美起先不肯，丈夫说，你不是老想和小草说说话么，这是个机会。秋美说，也好。就一起去了，却没见到小草。问起来，经理说，不知道，说好了来的，这几天，好像情绪不太好，也不知有什么事情。你们是不是很想见她？秋美说，我就是想见见她才来的。经理说，那我让人去叫她来。一会儿，把小草叫来了，见了秋美很高兴，在秋美边上的位子坐下，说，想不到你会来，他们也没告诉我请了你呀。秋美说，你怎么呢，身体不好？小草说，身体不好，心里也不好。手伸出来，指指桌子，绕了一圈，说，每天就是这工作，陪吃陪喝，无聊透了。我又没有酒量，非要我喝。经理笑起来，说，小草你谦虚什么，喝起来了，哪个比得了你？小草脸沉，说，就是被你们这些人这些话弄坏的，我这胃，本来好好的，现在也喝出病来了。经理说，那谁也没有提着你的衣领往里灌呀。小草说，你好意思说，做公关，不陪人喝，行吗？回头向秋美说，你是知道我的，最不愿意做被人勉强的事情，你看看，这每天陪着认得不认得的人，酒气熏天的，算什么，没劲。秋美说，你是不是又要动一动？小草说，还是你了解我。

　　很多年过去了，有一天秋美在商场门口突然撞上了小草。小草说，秋美，你还在鞋柜上？秋美说，是。小草说，你做组长了吗？秋美说，没有。小草说，听说了吗？我回来了。秋美说，我听说了，你还回我们鞋柜吗？小草说，还没定，我争取回鞋柜，想来想去还是鞋柜有意思。秋美看小草脸上也有了许多皱纹，下意识地摸摸自己的脸，叹息一声，说，一晃，好多年了。小草说，是呀，好多年了。秋美说，再做几年，我们也都该退休了。小草说，是的。

过　程

东山晚上给朋友拖到家里吃饭，高兴，喝了点酒，说了些话，又打了两局八十分，赢了，要回家去。瓦片留他，他说不了，被瓦片几个一顿嘲笑，将他放了出来。东山往回去的时候，已晚了些，夜风一吹，酒意涌上来，醉醺醺的快活极了，自行车轮子像在半空中飘飘摇摇。从朋友家到自己家路并不远，拐一条街就到，东山到了拐角上，却不由自主拐向另一个方向，那是什么方向，要到哪里去，东山也糊里糊涂，也不知道自己已经绕道而行。现在东山放松自己，随意，凭感觉，这状态，若不喝些酒那是到不了。即使酒，也不是每次都能喝到最好如今天晚上这状态。酒这东西，难说。东山飘飘忽忽走在夜深人静的街上，听自行车轮碾着梧桐落叶的声音，东山大脑里一片清明，又一片空白，高兴起来，将车铃打得直响。整个一辆破车，就这车铃是新的。偶尔有一两路人，朝他看看，也无话，悄无声息地过去。嘿嘿，东山听到有一个声音在笑，想了想，辨别一下，知道那是自己的心在笑呢。就在这个时候，东山猛地听到有个女人的声音从某个角落传了过来，救命哪，女人喊道，救命哪，如一张大网般的醉意被女人尖利而凄惨的声音划破一道口子，清醒的意识如尖利的寒风从划破的口子里钻进去，钻进了东山的感觉。东山抖了一抖，赶紧下了车，踉跄几下，沿着声音传来的方向向前，看到昏暗的路灯下，一个男人正把一个女人往墙角按，女人手脚乱抓乱踢，尖利的叫声继续从她嘴里冲出来。

东山抢一步上前，从后面抓住了男人的衣领，你，你……想干什么？东山说，感觉到自己的舌头不怎么听使唤。东山怕被男人感觉出他的醉意，又说了一遍，你……想干什么，仍然不能很顺利地将话说出来。男人也许并没感觉出东山的醉，道，我管我老婆，碍你什么事！甩开东山的拉扯，走了。东山有些茫然，看着男人的背影，女人靠在墙上呜呜地哭，说，他瞎说，他瞎说，我不是他老婆，他想……他想……东山努力站定，向四周茫然看看，想我这是在哪儿，在做什么呢，有些不明白似的，再醉眼蒙眬地看看女人，想起什么，咧嘴笑了一下，指着黑暗中男人消失的方向，他，是你，你老，老公？东山站不稳，向前一歪，靠女人近了些，女人不由自主向后一退，说，你喝醉了？东山感觉中的那张划破了的醉网，经女人一抽线头，一织，重又笼罩了东山的意志。哪里哪里，东山含含糊糊，舌头又厚又重又大，没有的事，东山说，没有的事，这点点酒能醉倒我呀，你老公，老……公呀，女人说，不是老公，不是老公。可是东山听她的口气，却像在说，是我老公是我老公，有些外地口音。东山再一次笑了，迷迷糊糊的，好像正在做梦，他转身到巷口去推自行车，发现车铃没了，地上看看，哪里有。妈的，东山迷迷糊糊地想，我的车也没上锁呀，嫌我的车破，偷一个铃去呀，妈的。

　　不知过了多长时间，有人叫喊东山，东山睁开眼睛看，正趴在路面上睡呢。没有铃的车躺在自己身边，朝喊他的人看看，不认得，问道，你是谁？那人道，我路过。东山四周看看，我怎么在这里，这是哪里？路人笑，问你自己呀。东山回想自己大概是喝多了，认不得回家，不好意思，挠挠头。路人说，你家在哪？东山想了想，想起来了，说在哪。路人又笑了，一指，说，这就是。东山看，果然已经到家门口，一吓，吓出些冷汗，酒也醒了大半，轻手轻脚，拿钥匙开了门，也没开灯，也不洗脸洗脚，朝床上看看，黑暗中老婆没有一点声息，估计也已经睡了好一阵了。东山脱了外衣，想悄悄地上床，明天问起来，可以根据需要把回家的时间往前说一点，心里正得意，便听得"啪"的一声，灯开了，刺眼。老婆在床上昂着头，瞪着，两眼放光，全无睡意，道，几点了？东山讪笑，说，嘿嘿。老婆道，陪小姐呢还是小姐陪呀？东山说，没有的事，朋友拖了打牌。老婆说，谁朋友呢，是女朋友吧。东山说，是瓦片。看老婆仍一脸狐疑，再道，不信你可以去问瓦片。老婆说，你以为我不敢问，你以为我会给你面子不问，你等着吧。东山说，最好你去问，免得胡思乱想。老婆顿了一顿，想了想，脸上再次放出光芒来，斗志昂扬地说，是，瓦片他妹我见过，换了我是个男的，也愿意多看几眼。东山说，说到哪里去，和瓦片一个样子，瓦片脸。说得老婆终于一笑，道，喝了多少？东山说，不多，几个人才喝了一瓶。老婆说，喝死你，将身子缩回被窝里。东山脚痒，搓着，说，要下雨了吧，痒死了。老婆被窝里说，你喝呀，喝得多才不痒。东山上了床，向老婆笑。老婆说，去，随手关了灯，东山已经打起呼噜来。

　　第二天起来，东山照照镜子，眼泡有些肿。洗漱过，老婆将早饭端过来，两人草草一吃，出门。东山开自行车锁，老婆眼尖，看到他的车铃没了，问，东山想了想，已经想不起来被偷车铃的事情，努力回忆昨天夜里的事，不很清楚。记得是从瓦片那儿出来，喝多了些，后来，后来就有些迷糊，好像在哪儿停了一下，也不知是为了什么事情停的，再上车，车铃还在不在呢，谁知道呢，也许就是那时被偷的，没在意，反正晚上也没有行人，也用不着铃。东山说，被人偷了罢。老婆说，什么时候偷走的？东山说，没在意，也许有两天了，我一般骑车不摁铃，也没在意什么时候没的。老婆狐疑地朝东山的脸看看，不对吧，老婆说，昨天你上班时还在，我明明看见。东山说，那就是昨天晚上回家时被偷的。老婆道，你路上停过？东山说，小便。老婆说，从瓦片家到我们家这一点点路你都憋不住呀。东山说，喝啤酒喝的。老婆愣了一下，说，不是说喝白酒么？东山说，啤酒漱漱牙。老婆又愣一下，突地眼睛再又一亮，道，可是，你忘了，从瓦片家到我们家，这路上哪里有厕所！东山说，憋不住了，管他有没有厕所，就在路边，反正夜里也没人。老婆说，没有人车铃怎么被偷了？东山说，那是，归根结底还是有人。老婆跨上自行车说，你别以为我不知道你在外面的行踪。东山说，知道，知道。老婆再要说话，已经到了分手的路口，两人分头上班去。

　　到星期天，东山跟老婆到娘家，这边已经在等着了，也没多说什么，老婆就坐上桌去，和兄弟姐妹几个打麻将。东山下厨，做了几个菜，拿出来一吃，大家都说好，说下次仍然由东山做菜。东山说，行，行。东山的连襟小周在看报，向东山招手。东山过去，小周说，老婆已经到手，还做活雷锋呀。东山说，什么活雷锋，我这叫舍不得孩子打不得狼。小周扬一扬手里报纸，说，报纸上在找一个英雄呢，舍己救人的，不会是你吧，东山？东山说，我才不舍己救人。小周说，我怎么看着像你呢，你看看，写着，中等个子，不胖不瘦，小眼睛，大嘴。打麻将的一桌人都笑起来，东山老婆道，这是征婚启事吧。大家又笑，朝东山看，说，像，像，小眼睛，大嘴，不胖不瘦，应征，应征。老婆道，说不定天上下来个仙女抛绣球。东山指小周手里的报纸，什么呢，找什么呢？小周说，找英雄，见义勇为的，做好事的，不留名。东山道，什么好事也没说呀。小周说，看起来东山还真做过好事呀，等着人家找呢。念起报纸来，某月某日深夜，某某街某某小巷，没有一个行人……几个女的尖声笑，男的说，好机会呀，小周说，你们听不听？东山说，你还真念报，小周笑着将报纸扔开，道，现在这社会上，什么样的事情都有。大家说，是，稀奇百怪都有，一边抓牌。东山站到老婆身后看看牌，又到其他人背后看看牌，一脸意味深长的笑，看得大家心里发毛，说，东山你笑什么？东山仍然笑着说，没什么，没什么，都打得挺好。老婆说，你没事到一边坐着去，转来转去，烦不烦呀。东山说，烦呀，又没有我的事。老婆道，没你的事你不能找些事做做。东山道，海子家的电视图像不清，让我过去看看。老婆一边摸牌一边斜东山一眼，又做活雷锋呀，自家的事怎么不见你做雷锋？东山朝小周笑，小周说，什么时候，东山能修电视了，水平不错呀。东山说，三脚猫，试试，也不一定能修好，试试。老婆摸了一张牌，大叫，自摸，清一色。回头对东山说，去吧，去吧，你不就是想走么。东山嘿嘿一笑，往外走，小周跟着，却被他的老婆一把拉住，你做什么，你也给人家修电视？小周说，我出去转转，小周老婆道，转魂，就在这待着吧，你老婆输了钱，你也不心疼。小周朝东山做个手势，东山赶紧溜出去。

东山到街上，点上一根烟，先抽几口，想了想，往海子家去，到海子家，海子开门，看是东山，说，我们几个，就守株待兔，知道你会过来。东山向里一探头，老米和甘草都冲他笑，东山说，瓦片没来？海子说，说被你灌多了。老米笑，说，士别三日呀，不知道如今东山酒量这么大了呢。东山说，说什么话，都一个星期前的事情了。老米说，你真的将瓦片放倒？东山说，哪个说的，哪里有这事情，我灌他呢，他把我灌得够呛，差点不认得回家的路，好像在路上做了什么，也记不起来，也不知出的什么洋相，车铃也偷去了，身上紫一块青一块。甘草道，不是强奸妇女吧？东山说，没有的事，回去还想老婆呢，老婆不干。海子说，那怎么说瓦片起不来了？甘草说，那是瓦片干活干累了，昨天是周末呀，瓦片不干活，老婆能饶得过他？大家哄笑，东山也笑，想到自己老婆那一声"去"，真是感慨多多。大家一起坐下来，也是玩牌。东山嘴上说，现在的老婆，拿她们无法呀，隐隐约约想起在哪里遇见一个打老婆的男人，好像自己还上前劝了架，其实不劝也罢，想不起来是什么时候，在什么地方撞见，也罢，也没有必要去想它起来，埋头做一副大牌，心想事成，想哪张牌就上哪张牌。一会儿听得有人敲门，东山去开了，见是瓦片，瓦片道，好哇，不叫我呀。海子说，怎么不叫，打电话过去，说你爬不起来，我们正分析呢，大家一起鬼笑。瓦片也知道他们笑的什么，过来拉东山，说，东山臭水平，让我来。东山说，我正做大牌，马上就成，你看看。瓦片看东山的牌，一脸不屑，说，让我吧，让我吧。东山说，不行，我好不容易才出得来，说海子的电视坏了才让我出来。海子说，妈的我刚买的电视你咒我呀，说话间随手将身后的电视打开，道，看看，这是什么画面。大家看画面果然漂亮，海子换了个台，就看到在放一条寻人启事，说是这个城市里某天夜里在某地区发生一桩强奸未遂案，幸亏有人挺身而出，舍己救人，又说救的人，面对歹徒的刀，毫不畏惧，并且见义勇为不留名，希望全社会的人一起来寻找英雄。甘草咧了咧嘴，说，这倒像是我，英雄救美，想想，什么时间，什么地点，我在哪里，说不定真是我呢。老米说，你吧，做那个未遂犯差不多。他们笑。东山正埋头做大牌，也没看到电视里放的什么，也没在意甘草老米他们说什么，听到笑，抬头看一眼，说，笑什么。老米说，寻找英雄呢。东山也朝电视看，笑眯眯的播音员正在说，据受害者提供的情况，见义勇为的英雄可能还有以下特点：那天晚上可能喝了点酒，抽烟，烟味重，穿咖啡色夹克。突然瓦片"哈"地一笑，拍东山的肩，说，东山，像是你呀，你看看，喝了酒是吧，身上有烟味。东山笑笑，没有和他计较，伸手抓一张牌，一看，心一跳，又是一张好牌，赶紧置好。瓦片却盯住不放，又道，看看，还有，什么咖啡色夹克，你那天穿什么？好像就是咖啡色夹克。东山说，没有的事，我根本就没有什么咖啡色夹克。瓦片道，也许是黑的呢，或者别的什么深色，夜里人家哪看得清。东山说，我也没有黑夹克，看自己手里的大牌越做越紧张，嫌瓦片烦，搅他心乱，道，瓦片你拿我开什么玩笑。瓦片一本正经，道，不开玩笑，想想，你在我家喝酒，哪一天。东山想了想，也没想起来，忘了。瓦片再看电视，电视说是哪一天，瓦片说，没错，就那天，就那天，你看看，时间，深夜，也对，是深夜，你从我家走，不是深夜吗，正是深夜呀！海子老米几个也哄哄，牌也没心思打，反正他们都一副臭牌，眼看着和不了，搅一搅。东山也无法再做大牌，转身看电视，看了一会，说，瓦片你听听她说的在什么地方，从你家到我家，走得到那地方吗？走得到那里，也算是奇怪了。瓦片一乐，道，这正说明你没有直接回家。几个人都乐了。甘草道，说，到哪里去了，如实招来。东山说，没有的事，没有的事。一会儿电视的寻人启事就过去了，也就算了，没有哪个把这事再放在心上，大家又把心思集中过来打牌。瓦片给他们烧水泡茶，一边侍候着，都玩得开心。

　　再到上班时候，单位学习，领导把上面的什么精神传达了，再将一张宣传材料发给大家看看，也是寻找见义勇为英雄的事情。单位里大家将英雄的特征看来看去，又看到东山身上，哄来哄去把事情告诉领导。领导亲自跑到东山这里，将宣传材料和东山对着看了半天，看不出呀你，领导说，东山同志，你是这么个好同志呀。同事都向东山挤眉弄眼，说，我们早就知道东山是个好同志，东山助人为乐，是个活雷锋。领导说，啊啊，啊啊，那是我官僚，我检讨。东山说，领导，你听他们的，没有的事，不是我。领导说，啊，你不是东山？东山说，我是东山。领导一笑，那就是了，我要看的就是东山呀。指指宣传材料，道，那一天，你喝了点酒是吧。东山说，哪一天，我记不得。领导说，好，好。做了好事不肯说，好，好。同事大家都笑，学领导的口气，道，好，好。领导再说，东山同志，你应该明白，宣传你的事迹，并不是为你一个人，你说是不是，同事又再笑，说，是是，树起一个东山，会有千千万万个东山同志跟着站起来。东山说，别逗了。他说话的时候，从领导的眼睛里看到一种激动，东山也不知领导这是为什么。

再过一两天，不断地有人来看东山，领导又领来别的一些领导，他们反复地看宣传材料，再反复地看东山，说，这上面写的就是你呀，东山同志，你看看，这一条条的，哪条不像你，条条像，还上哪儿找这么像的去。东山说，真不是我，我没有舍己救人。领导说，你谦虚是好，但是现在既然已经找到了你，你再不肯承认，戏就有点儿过了是不是。东山无法，挠挠头，道，我忘记了。领导说，这有可能，你那天不是喝了酒么，也许喝多了些，敢作敢为的时候是清醒的，事后也许是忘记了，你再回忆回忆，记忆中有没有类似的事情，比如碰到什么人喊救命之类，据受害者说，你是听了她的喊声才过去的。东山到这时候好像被提醒了，模模糊糊的一根筋也慢慢突现出来。东山慢慢回忆起来，是有个女人喊救命，是哪一天呢，喝多了的那一天呀，是从瓦片那儿出来，听到喊救命的声音，就过去了，后来呢，后来，东山笑起来，说，错了错了，你们全搞错了，是一个男人打老婆的，我去劝了下，也没费什么劲，我一说话，男的就认错，走了，女的还不好意思呢。领导一拍巴掌，笑了，说，就是了，就是了。东山说，就是什么？领导说，你不想想，有几个罪犯会承认自己在犯罪，那个歹徒，被你抓住，当然要脱身，硬的脱不了，也许被你紧紧抓住吧，就骗呀，说是夫妻打架，你呢，也许一愣，他这就逃跑了，我分析得是不是？东山慢慢点点头，再回想那天夜里情形，倒是和领导说的有点像，犹犹豫豫说，有点像，也不知道是不是，也许。怪不得女的说，不是我老公不是我老公，东山想起车铃，道，妈的，不知谁偷走我车铃，就是那时。领导激动地搓手，走来走去，说，不简单，不简单，对了东山，你看到那刀，就不害怕？东山愣一愣，刀，有刀吗？领导说，你看你，你看你，不是说面对歹徒的凶器毫不畏惧，不是刀，难道是枪。东山说，我的天，他还有刀，我怎么没有注意到，他手里拿着刀吗？领导笑起来，道，这说明你大无畏呀，人胆子一大，勇气上来，什么刀呀什么凶器呀，都不在眼里，这就叫毫不畏惧，看，材料上说得一点不错，就是毫不畏惧。

事情到这里，算是把东山找了出来。东山的外形，身高，面相，和受害者描述的无二，关于咖啡夹克，再去问了受害者，有没有可能当时看走了眼，受害者说，有可能，因为碰到那样的事情，害怕得不知怎么办，将白的看成黑的也是有可能。再有，喝多了，有烟味，一一对上号。时间呢，再找瓦片和当时在一起喝酒的几个一核对，对头。至于地址，这很好解释，东山不是喝多了些么，绕道而行，也在情理之中呀。

让受害的姑娘前来认人，姑娘是个外来妹，一见到东山，也没有看东山的脸，就跪下，说，谢大叔救命，谢大叔救命！东山笑起来，叫我大叔呀，我就这么老了呀。姑娘这才抬头一看，脸有些红，改口道，谢大哥救命，谢大哥救命！连磕几个头，砰砰响，东山被磕得脸也红了，看这姑娘，是不是那天夜里喊的那一个，却怎么想也想不起那天夜里那一个的样子来，倒是记得她的声音，好像也是外地口音，说，不是我老公，不是我老公。东山说，姑娘，你记得是我吗？姑娘扑哧笑了，说，是不是你，你自己不知道呀。东山说，我也许喝多了些，后来就记不很清了，姑娘又笑。

大家说，东山呀，原来真是你，我们问你，你还不承认。东山说，我现在也没有承认，我记不得。

就开始做为东山申报见义勇为奖的工作，挺复杂，先是在自己的单位群众评议。同事说，东山呀，那是你吗？东山说，我也不知道，你们硬说是我呀。同事道，我们本来和你开开玩笑，你倒认真地做起英雄来了呀。领导也过来看东山，离开了宣传材料，领导左看右看，东山也不像个英雄。领导有些把握不准，说，东山同志呀，见义勇为英雄，可是个大事情，你不要不当回事情。东山说，我没有不当回事，你们说是我，我也不好再多说什么，再多说了，你们说我谦虚，戏过什么的。领导说，你看看，你看看，这就是不当回事嘛，哪有你这样做英雄的，到底是不是你，你都不知道。东山说，嘿嘿，我，嘿嘿，我，记不得了，那天喝多了。领导摇头，有恨铁不成钢的意思，说，你看你，你看你。

领导也不再说东山是谦虚还是别的什么了，也不再咬定东山怎么怎么，态度有些暧昧，回自己办公室将材料翻来翻去找到了，拿过来又左看右看，自言自语，脸形么，看看，大嘴，你的嘴算大么，也不算很大呀，既然作为特征，指指宣传材料，这里说的大嘴恐怕不是稍微大一点吧，应该是很大的嘴呀，你的嘴，大是大一些，但是也算不上很大，是不是。东山张了张嘴，说，是，也不算很大。领导又说，小眼睛么，也是一样的道理。看东山的小眼睛，说，眼睛是小了一点，但又不算很小，衣服，你看看，你又没有那衣服。东山道，说是人家看走了眼，夜里看错了。领导说，怎么不看错别的东西，偏偏看错个衣服。东山说，是呀，这个问题值得探讨。领导说，你看看，你看看，我们为你花了这么大精力，你倒做个现成英雄，还说风凉话呢。

再后来上面派人来审核，听东山自己一说，再听单位一介绍，便面露难色，说，喝醉了酒？在喝醉酒的情况下，自己也已经记不清？东山说，是，记不清了。开始盘问，时间？地址？经过情形？再提了一些问题，比如，夜里回家是不是经常这么迟？不。绕道的事情是不是常有发生？也不。以前是不是也做过见义勇为的事，或者别的什么好事？没有，做了这件事以后有没有告诉过谁？没有。为什么？因为我忘了，不记得做过这么一件事。

大家相对看看，无言，停了一停，再问，那么刀呢？刀，东山说，其实我没有看见刀呀。他们说这就是大无畏，人胆子大了，将刀啦什么的凶器都不放在眼里。问，你平时胆就很大么？不，平时可胆小，也许那天喝多了，才胆大包天，竟然不知道眼前有一把尖刀呀。大家又无言了。有人好像想笑，也有人皱眉，不知道这事情算个什么，愣一会，再有一人从另一个角度提出问题，问当时是怎么想的，说没有怎么想，没有想。说，不可能没有想法，人总会有想法，无论他做什么事情，好事或者坏事，他都会有想法。东山不好意思，说，我真的没有想法，我喝多了，绕了路，经过出事地点，听到喊救命，我就过去了，把歹徒吓跑，也没有多想什么，事情就是这样。不过，东山笑一笑，补充说，或者说，事情应该是这样。什么叫事情应该是这样？这话什么意思呢？东山说，我是按照大家的情况推理推出这么一个过程，就这样。大家说，噢，原来这样，明白了。

为慎重起见，再又找了别的一些人了解。先是东山老婆否定了大家关于东山酒后绕道一说，没有绕道，不可能绕道，喝再多也不可能绕道。问为什么，老婆斜眼看东山，脸上得意，道，已经这么晚了，恨不得插个翅膀飞回来，是吧东山？东山说是。再绕道，他不怕我追问？东山说，怕。大家笑。问老婆，那你知道东山半路停过没有？有哇，路上撒了一泡尿吧，喝啤酒喝的。路上撒泡尿这你也知道？那是，他什么都向我汇报。车铃被偷了你知道？知道。那一天东山穿什么衣服你应该记得，那是，我记得，浅绿的羊毛外衣，与咖啡色的夹克是牛头不对马嘴呀。再说说，那天从瓦片那儿回来，已经是几点？老婆记得清楚，说，我看过表，两点三十分。一计算下来，面面相觑，不对呀，据说从瓦片家出来也不过十二点光景，就算绕了道，再救过人以后，慢慢回家，一点来钟也一定能到家。大家看东山，老婆眼睛闪闪发光，直逼着。东山有些慌乱，想了想，道，说，记不得了，好像在哪里睡了一觉。老婆突然跳将起来，好哇，好哇，老婆说，睡了一觉，在哪里睡了一觉？在谁那里睡了一觉？说！你说！东山说，没有的事，没有的事。老婆向大家说，你们听听，刚才明明说自己在外面睡了一觉，这会儿又说没有的事，若不是心里有鬼，怎么一口一个谎，谎成山哪。那几个人忍不住要大笑，连忙起身告辞，说，行了，我们走了。人走了以后，眼看着老婆气势咄咄逼人，东山将话题扯开去。你呀，东山说老婆，眼看着就做成个英雄了，叫你搅了吧。老婆顺上了东山的话题，说，英雄什么，也不是我们这样的人做的，不做也罢，做了叫人指背脊呀，你这还没做成呢，我那单位的人呀，咳，不说也罢。停一停，问，你这英雄，若是做了，有什么好？东山说，单位里么，已经说了，奖一块表，老婆问，男表女表？东山说，这我倒没问，估计是男表吧，老婆说，你就不能要一块女表？东山说，事情还没成呢，老婆说，若是成了，你要女表啊。东山说，听说市里若是评上，可能奖个录音机吧。老婆说，正好，小钢要个录音机学外语呢。东山说，这会儿你知道做英雄好了，那你刚才怎么尽和我捣蛋？老婆说，那我也不能因为一块女表和一个录音机瞎说八道吧。冒牌，那事情我们做不出，是怎么样就怎么样。东山说，这才是。东山想和老婆温存，老婆说，去！

　　接着在瓦片那儿也发现不少漏洞。瓦片说，错了错了，东山不是你们要找的人。据瓦片说，时间倒是对的，绕道也不是没有可能，那天的酒灌不少，别说绕道，他若有兴致到飞机场坐上飞机走人也是可能，只可惜没这条件。瓦片油嘴滑舌，说话舍近求远。问瓦片从哪儿知道东山不是大家要找的人，瓦片又在口头上绕了半天的道，最后说，告诉你们吧，绕道也是绕了，只是没有绕到那件事发生的地方。问瓦片怎么知道。瓦片说，我看见的，他喝多了，怕他不行，我在路上跟了他一段，和你们说的那地方，不是一个方向。问瓦片怎么不早说，前些天来找你了解你怎么不提供这情况？瓦片说，前些日子来呀，我还以为谁和东山开玩笑呢，我们一些朋友常拿东山开玩笑，东山挺有意思，大家喜欢拿他寻开心，这一回知道认了真，不开玩笑了。那么瓦片你跟东山跟了多少路？说多少路，看他骑得挺稳，就回了。那会不会你回去转以后，东山又向那个方向调转车头？瓦片"啊哈"一声，说，他调转车头去做见义勇为英雄呀？大家听瓦片这一说，也都忍俊不禁。

　　一走以后，再没有下文，东山照常上班。一日领导过来看看，同事说，领导，东山做英雄的事情怎么不说了，当时闹得轰轰烈烈，这会儿怎么哑了？领导说，事情大概过去了吧。同事说，是东山就该是东山。领导说，那上面来人核查时，你们怎么说，开玩笑开出来的，瞎说说的？同事几个互相看看，无声。领导再又说，算了算了，我也问过，他们说，不像是东山。同事说，怎么我们越看越像是东山。东山说，去。说"去"字时，想起老婆的那个"去"字，体味自己的"去"不如老婆说的内涵丰富，差一截呢。领导说，他们也说了，就算可能是他，一个醉鬼，树起来，也不是什么好形象。同事说，那不说醉鬼就是。领导说，你能瞒得过新闻界？到时别弄得让全市人民学习一个醉鬼呢。大家笑了，东山也笑。

　　过了些日子，再也没有人提东山的这事。一日东山在家看电视，电视在放一个有关警察工作的片子，抓了一对作案男女，专偷自行车，偷自行车的方法别出心裁，每每在夜深人静时，男女来到一条偏僻小巷，男的将女的按到墙上，假作要施强暴，女的喊救命，过来救人的人多半急急忙忙，来不及锁自行车，这女的就将过来救她的人套住，男的转身将自行车骑走，说这方法百发百中，成功率相当高。问有没有叫喊以后没人过来的事情。说，也有的，叫了半天，也看见有人过，就是不来，有的探一下头就走，也有慌慌张张逃了的。问过来救人的多不多。说也多，过来一个就是一辆车呀。问有没有失手的时候。说也有少数几次，有人过来，但是没有偷成。问什么原因。到这时候，一直低着头的男犯抬起头来，嬉皮笑脸，说，呀，这个么，怎么说呢，不是偷不成，是我不乐意要他的车。东山一看这人，脸熟，却想不起来在哪里见过，好像是谁的朋友，是瓦片的什么朋友？不是，是甘草的小弟兄？也不是，是老米的什么人，——想过来，都不像。听他继续说，比如有一个吧，整个一辆破车，就一个铃是新的，我看不上那车，将铃偷了，还值俩钱，嘻嘻，这城里，还有人骑这么破的车呀。女犯也抬起头来笑了，嘻嘻，天真烂漫的笑意写在脸上，夹着些羞涩，说，嘻嘻，那个人，喝多了，嘻嘻。东山一看，不由脱口而出，呀，就是她！老婆在一边织毛衣，没有看警察节目，听得东山说就是她，抬起头来也朝屏幕上看，镜头已经晃过。老婆说，什么就是她，就是谁？东山支吾过去。以后东山将这事情讲给大家听，大家听了，都笑，说，原来，原来。

事　实

　　有人写了一封匿名信，说领导怎么怎么，寄到上级，因为揭发的问题鸡毛蒜皮，算不了什么，比如说些工作作风的事啦，或者说说政策水平什么。最重的一条，也不过就是一张购书票，说领导买了书，拿发票到财务上去报销，可是单位资料室里却没有见到这些书，一张票不过一两百块钱，就算真有其事，性质也不严重，没什么大不了。所以过了些日子，上级将这封信转到单位来了，正转到领导手里，领导看了，都是些无中生有的事，什么票，领导根本没有买过什么书，哪来的票？领导很生气，让大家排排，是谁写了这封不实事求是的信。领导也希望写信的人自己说出来。领导说我也不会拿你怎么样，批评批评，教育教育，以后不再犯就是。这样单位里就排起人头来，像仓库的保管员啦，因为有一回失职，被偷去一些物品，被领导批评得两眼发黑，走出领导办公室的时候，咬牙

032 / 锄　月

切齿，有人听到他说，等着瞧。瞧什么呢，会不会就瞧这匿名信呢？再比如像财务上的小刘，对领导也有些意见，背地里说过领导违反财务制度的事情，被领导揭穿了她的假话。领导向大家说，小刘的话你们也听得？大家知道小刘是个嘴巴比较随便的人，说，小刘的话我们不听。会不会小刘因为这，写了匿名信？再有一个，是工会的老丁，也和领导有过些不愉快。还有资料员，也有些可疑。大家开始注意这几个人的言行，但是，真正注意起来，看来看去却又都不太像，最后突然就一致地想到一个人，说，呀，怎么把他给忘了，那才像。

是季小弟。

领导苦苦思索好多天，正在山穷水尽的时候，突然就柳暗花明，有了一种豁然开朗的感觉。领导见了季小弟，并没有表现出什么，仍然和往常一样，该打招呼就打招呼，该说什么就说什么，没有什么异样的表情。领导希望季小弟能够主动说出这事来，这样领导处理起来也好处理，可以从轻发落，向群众也好交代，就像刑法上说的自首。刑法规定，对于自首的可以从轻处罚。领导说，季小弟呀，今天上班早呀。季小弟看看表，说，不早呀，和往日差不多。领导说，季小弟呀，听班组长说，这一阵工作不错呀。季小弟笑笑，说，没有的事，我一直那样，领导你是知道的，好也好不到哪里，差也差不到哪里。领导说，那是，我知道你。

季小弟在自己班组里，大家就朝他笑。季小弟说，你们笑什么，是不是有什么好处轮到我了？大家说，做你的大头梦去吧。季小弟说，你们还别说，怕真有什么好事呢，我们领导见了我，客气呀。大家说，那是领导要你坦白从宽呀。季小弟也笑起来，我坦白，我坦白，匿名信是我写的。大家说，果然，我们猜得没错。他们回忆回忆前段时间，中午休息时季小弟也不打牌了，趴在一边写什么信呢，有人走过去，就用手掩了，哈，不是写匿名信是什么？

领导把季小弟叫到办公室。季小弟呀，领导说，虽然我们之间有过些误会，后来不是说清楚了么？说清楚了，事就算过去，再也不记仇，是不是？当时我们都表过态的，你也表过。季小弟说，是呀，我没有记仇呀，领导你记仇了吗？领导说，我怎么会？季小弟说，那是，大人不计小人过。领导说，那事情也不能完全算是你的过，我也有责任。季小弟笑，领导说，你笑什么，你根本就没有照自己说的去做呀。季小弟看着领导，领导继续说，那事情你还一直放在心上？季小弟说，我没有哇。领导说，你没有怎么又写我的匿名信呢？季小弟再次笑起来，说，我什么时候写匿名信？领导你搞错了，不是我。领导说，我不会无中生有，联想上回……季小弟说，上回的信我承认是我写的，我也是一时气愤，冲动，写过以后也有些后悔。想想领导对我们也算是不错，但是信已经写了贴出来，后悔也来不及。再说了，那也不叫匿名信呀，我那是写上自己名字的，那是公开信，要不，领导你也不会知道是我写的，是不是？领导说，这一回你学乖了，不写名字了，以为我们就不知道了。看季小弟张着嘴说不出话来，领导又说，其实一个人真是做不得坏事，做了坏事，总有一天会自己泄漏出来，你昨天在班组里说什么话的？季小弟想了想，道，我在班组里话挺多，这会儿倒不记得说过些什么了。领导说，你说匿名信是你写的。季小弟"啊哈"一声，说，呀，我那是开开玩笑呀，你们当了真？领导说，这是开玩笑的事么？你能拿这么严重的事随便开玩笑么？季小弟说，严重吗？我也没觉得怎么严重呀，要知道这玩笑开不得，我当然不开呀。领导有些生气，顿了顿，道，季小弟，其实我也不想拿你怎么样，我也不可能对你打击报复，我这人，你也是知道的，做不出绝事情的，我只是希望你有个正确的态度。季小弟说，我的态度不正确吗？这时候电话来了，领导要外出去开会。领导向季小弟摆摆手，说，季小弟，我现在忙，没有时间再和你多说。你呢，回去再好好想一想，想通了，你来找我。季小弟说，好。

季小弟回到自己班组，向大家一说，大家都笑，说，季小弟唉，领导缠上你了，你还是早点招认了吧。到了领导手里，赖是赖不掉了。季小弟说，怎么，你们也都以为是我？大家说，不是我们认为，是你自己说的；再说了，你又是有前科的，不怀疑你，怀疑谁呀？季小弟说，好哇，领导的奸细还不少。我昨天开个玩笑，今天领导就知道，你们谁谁是心虚，把脏水往我头上一泼，自己干净，是不是？大家说，我们不干净？季小弟说，你们怎么就以为是我呢，我脸上写着什么？大家说，脸上倒没写什么，我们是推理分析出来。你想想，做一件事情，总要有动机，是吧？你呢，动机是有的。季小弟说，我有什么动机？大家说，你么就是因为和领导闹翻了，心里有气；再有，就是目的，你的目的呢，就是要让领导出洋相，是不是呢？手段么，也是你惯用的，写信，以前写公开信，现在写匿名信，进步了呀！季小弟说，是呀，目的动机手段都有，但是最重要的没有。群众说，什么？季小弟说，证据。大家想了想，说，倒也是，证据呢？

领导到局里开会，碰到别单位的熟人，都已经听说匿名信的事，却不清楚信里的内容，以为有什么大事。关系近些的，就问领导怎么回事，关系远些的，都拿异样的眼光看他，眼光里内涵丰富，弄得领导尴尬，想解释解释，哪知越解释大家越生疑，竟让领导觉得有一种告别的意思从他们眼睛里流露出来。领导也不好再多说什么，越说越显得他心虚呀！领导开了会回来，心里闷闷的，有些无处着落的感觉。过一会，想了想，拉开抽屉，将那匿名信拿出来，左看右看。又开文件柜，将季小弟的情况登记表拿了，放在一处，对笔迹。领导不懂笔迹是个什么道理，看来看去，觉得不像是同一个人写的，一种笔迹粗壮有力，另一种纤细软弱。这时秘书走进来，拿一个文件让领导批。领导说，你来得正好，你替我看看，这两种字，可不可能是同一个人写的。秘书说，我有个朋友业余时间爱好研究笔迹，哪天我请他看看。领导说，别哪天了，现在就找他看。秘书说，好，就打电话。那边接了电话，一听说是有笔迹方面的问题，兴致盎然，说马上就到。秘书搁了电话，领导说，好。等了不多会儿，业余笔迹专家果然到了，也不说话，也不问什么事要对笔迹，泡了茶也不喝，递给烟也不抽，埋头就看起字迹来。领导和秘书就在一边等着，等了好半天，业余笔迹专家终于抬起头了，要了一根烟，先抽几口，吐出浓浓的烟雾，道，有道理，有道理。领导说，什么有道理？秘书也盯着他看，看他能说出个什么道理。业余笔迹专家指着信和表格，说，研究笔迹，就是有意思，嘿，有意思极了。你们想想，能够从一个人的笔迹里看出这个人的性格，生活经历，未来的情形等等，多么神奇，多么了不起。领导奇怪地朝秘书看看，秘书说，那你看这两种笔迹，是不是一个人写的？业余专家说，研究笔迹吧，是一项非常有价值的工作，不仅用于刑事侦查之类，现在的领域可是扩大多了，心理学、疾病学、社会学，许多学科都用得上笔迹分析呢。秘书说，那是，那是，你替我看看这两种笔迹。业余笔迹专家笑起来，道，不急不急，你急什么。领导张了张嘴，不好再催。业余笔迹专家仍然沿着自己的思路说了许多话，领导和秘书耐着性子听，终于看他说得差不多，领导忍不住将匿名信和表格一起塞到业余专家手里，说，你看看，你看看，这两种笔迹是不是同一个人写的？业余笔迹专家又将信和表格搁到桌上，说，你这位，说话外行，你应该这么问，这两种笔迹有多少百分比的可能是同一个人写的，就像现在的亲子鉴定，也只能说是多少比率，是不是？又说了一大堆话，这才指着信上的字，说，这笔迹，你看，给人的感觉是粗壮有力，很强硬，很干脆，办事也应该很决断，心胸开阔，遇事不往心里去。其实我们若是透过现象看本质，这个人的性格却是比较矛盾。我们不看它的整体，看一看局部，你们看这些笔画，一笔一画，犹犹豫豫，几乎没有一笔是真正落到实处，对不对，我说得有没有道理？领导和秘书探过头来认真看，果然有这意思。业余笔迹专家又将表格上的字分析，说看得出这是性格的本来面目，心胸不够宽广，表面上潇洒，其实，碰到一点事，都会藏在心里，拿不起放不下。正滔滔不绝，领导突然拍了一下巴掌，说，说得对，说得对，有道理，有道理。业余笔迹专家高兴地一笑，说，现在我们再来透过字迹表面形状，看看这两种字的骨子，其实是同一种类型。领导说，这就是说，这两个笔迹是同一个人的？业余笔迹专家点点头，再摇摇头，说，意思是这个意思，但话不能这么说，应该说，这两种笔迹，有百分之九十五以上的可能是同一个人的笔迹。领导说，怎么说都行，我要的就是这个结果，向秘书说，你看，有没有错？秘书笑了一下。

下班时秘书看到季小弟，扔一根烟，说，季小弟呀，这回逃不了了。季小弟说，什么逃不了，又说匿名信？秘书说，是，已经知道信上的笔迹和你的笔迹是一样的。季小弟说，哪个害我，模仿我的字写信呀？秘书说，你说错了，谁也没有模仿你的字，正相反，信上的字，和你的字表面看起来完全不一样，但是瞒得过我们，瞒不过人家笔迹专家呀！人家经过鉴定，认定有百分之九十五以上可能是你的笔迹。季小弟说，啥？还请专家鉴定，一本正经。秘书说，那是，只有专家才能透过表面看实质呀，人家看到你骨子里去，任你千变万变，能变得出如来佛手心么？季小弟说，我变什么？信又不是我写的，与我何干？秘书说，算了算了，这信也没有什么大不了，写就写了，向领导认个错，事就了结了，现在这样，事情弄得有点喇叭腔。季小弟说，谁喇叭腔？不是我吧？秘书不好再说什么，走开。

再过几天，有人听到外单位也在说这件事，传到领导耳朵里，领导火气也大起来。群众一直是以玩笑的态度对待这事的，现在也觉得有些火药味，不再多开玩笑，看到领导，能绕就绕过去，绕不过去的，被领导拉住了问对此事的看法，就哼哼哈哈，能敷衍就敷衍，能蒙混就蒙混。领导看群众这样的态度，不高兴，说，当初也是你们提供季小弟的情况，现在你们又暧昧起来，算什么？群众不表态，领导扳着手指向群众说，你们算算，动机，他有吧，目的也清楚，手段也是他的，这些不都是你们分析出来的么？说缺少证据呢，现在证据也有了，笔迹对出来是他的，这是铁的事实呀！群众说，这么看，倒是像季小弟。领导说，我火就火在这里，明明是他，偏不肯认，还到外单位瞎说八道，我个人倒没有什么，也无所谓，不在乎，把我们单位说得像什么似的，多难听，影响太坏。

这时候就冒出个程咬金来，说，别吵了，是我写的呀。大家说，马北里，你这时候凑什么热闹？怎么可能是你写的。

马北里人缘很好，在单位里不和别人计较什么，和领导关系甲级。单位里谁写领导的匿名信也不可能是他，所以马北里一说这话，大家就把他轰走。马北里又去找领导，领导说，我知道，你算和季小弟哥们义气是不是，代他认错。马北里说，我和季小弟才不是什么哥们，我只是来说一个事实呀。领导说，什么事实？你是歪曲事实，明明是季小弟写的，你替他承认，这算什么？马北里说，是我写的，你为什么不信？领导朝他看看，笑了一下，脸又板起来，说，走吧，走吧，别在这里搅，我下面要开个会。便把马北里轰出来。

领导坐下来召开一个干部的会议，说，本来我也不会召开这样的会议，匿名信是写我的，与你们大家也无关。但是现在事情弄得影响不好，外单位也都知道这事，而且知道的是片面情况，以为我们单位真的怎么怎么，其实大家知道，我们单位挺好，没什么。干部说，那是，没什么。领导说，所以，我想开个会，把大家的想法统一统一。我们在座的都是干部，要想让群众的思想统一，先要把我们干部的思想统一起来。干部说，是。领导说，我们今天就事论事，分析分析看这匿名信有没有可能是季小弟写的。干部就按照领导的布置开始分析，动机，目的，手段，证据。干部都说，像呀。领导说，是，不是我个人无中生有，硬把罪名加到季小弟头上，更不是什么打击报复，你们都认为像他，大家看，事情怎么办。干部说，领导你再找季小弟谈谈，这个人，虽然容易犯错误，但也不是一句话听不进的人，把道理说明白了，他也懂。领导为难地说，我已经和他谈了许多次，滴水泼不进的样子，我也没办法对付他呀。我今天找你们，看能不能给我分担些呢。干部说，那当然，我们也找他谈谈。正说着，商量着，门推开了，大家初一看，以为是季小弟冲进来了，再一看，不是季小弟，是马北里。领导说，马北里，我不是叫你走开么，你怎么又来了？马北里说，你说开会我也不知道你开什么会，知道你开这个会，我刚才就不走。自己就坐了下来。你们正研究匿名信的事？我来坦白，是我写的。领导说，马北里你胡搅什么，还嫌不乱呀？干部也说，马北里你怎么也变得像季小弟似的？马北里说，我不管你们怎么说我，反正信是我写的，我可以把信里的内容背出来给你们听。干部面面相觑。马北里就背起来，果然，将那封信的内容背得透熟，一字不漏，背完了，歇口气，笑起来，说，怎么样，倒背如流？若不是我写的，能背这么熟？这回相信了，是我写的？一屋子人都不作声，盯着马北里看，怎么看怎么觉得马北里不会写什么匿名信，却又想不出有力的反驳他的话。愣了半天，突然有一个干部笑起来，说，什么倒背如流，你一定是在保卫科看的信，杨科和你那关系，谁不知道，一定是杨科将信给你看了，你背上了，来冒充。这一说，大家都笑了，指着马北里乐，碍着领导的脸色，不好笑出声来，都闭着嘴。有个年轻些的女干部却忍不住，"嘻嘻"一声，大家朝领导看。领导被女干部这一嘻，脸虽依然板，嘴却咧了一咧，道，有什么好笑，这事情好笑吗？说了几句，终于也忍不住一嘻。马北里倒是着急，说，没有没有，我发誓我没有在保卫科看信，以我这记性，就算看过，能背这么流利？没有的事。干部仍然笑，领导也拿马北里没有办法，就像领导拿季小弟没有办法一样。一个是做了事不肯承认，另一个是没做事非说自己做的，领导碰到这两个被领导，真是无可奈何。见马北里坐着，大腿跷到二腿，那样子就等于是告诉领导，你今天不承认是我写的我就不走了。领导心里有种古古怪怪的感觉，没法子，说，马北里，你先出去一下好吗？马北里说，为什么要我出去？领导说，我们不能当着你的面研究你的问题。你先出去，我们研究研究，最后判断看是不是你写的。马北里说，好，我走。走了出去。领导向干部看一看，说，你们相信是他写的？干部说，我们不相信。领导说，是。

　　虽然领导和干部都不相信匿名信是马北里写的，但是马北里站出来承认自己写信一事，到底在单位里引起一些反应的。季小弟向马北里说，我和你没有这么深的关系，你为什么要替我承认？马北里说，季小弟你这话奇怪，信不是你写的，怎么是替你承认？季小弟笑起来，说，呀，真是，说说就说漏了嘴，好像信真是我写的。马北里说，就算我是替谁承认，也不是替你呀。季小弟说，我也搞糊涂了，大家都认为是我写的呀，会不会真是我写的，写过，寄了，后来就将这事忘了呢，嘻。马北里说，别开玩笑，告诉你季小弟，匿名信真是我写的。季小弟说，你有动机吗，目的呢，还有证据？马北里说，我有证人。

　　马北里说的证人是顾长脚，马北里说他的匿名信是在单位写的，那天值夜班，和顾长脚同班，写信的时候，顾长脚就在旁边，看着他写的。马北里告诉顾长脚，他是在写一封揭发领导的信，还将其中一段念给顾长脚听。

　　关于马北里有证人的事，领导也知道了。领导心里疑疑惑惑，问马北里为什么不早说。马北里说，不好意思，人家顾长脚，好好儿的，干吗要把人家牵进来？领导说，这怎么叫牵进来，牵到哪里来，只不过是叫他说一个事实嘛！马北里说，这也对，不过我现在说出来，也不迟吧。领导说，革命不分先后，去将顾长脚叫来。

领导说，长脚呀，这事情弄得大家都心神不宁，到底是怎么样的一个事实，你说说。顾长脚说，我不知道事实，我哪里知道什么事实？领导说，不是说你看见马北里写匿名信的么？那天值夜班，你和马北里同班，马北里写的时候你就坐在一边，马北里告诉你他在写什么，还念了一段给你听的。顾长脚"哈哈"笑了。领导呀，顾长脚说，马北里这个小子编得还蛮像呀。领导说，编什么？顾长脚说，哪里写什么匿名信，我和他一起值夜班那天，他是写信，写的什么，情书呀！领导说，会不会你搞错了，或者他是写了两封信？顾长脚说，还两封信呢，就他那水平，写一封信吭哧了大半夜，他还将信上的内容念了些给我听。嘿嘿，够肉麻，领导你听听，说，在你的面前，花也失色，在你的面前，鸟也不敢唱歌，什么的，听听，什么东西。领导，你知道他写给谁的吗？领导说，我怎么知道？顾长脚嘿嘿一笑，写给我们厂花呀。领导皱了皱眉，说，长脚，你说的是事实吗？顾长脚说，领导你以前听到我瞎说过什么？领导说，没有。顾长脚说，那就好，我这人，本事是不大，但从来不会瞎说什么。向领导保证，我说的，都是事实。领导笑起来，说，那就对头了，其实我根本就不相信是马北里写的信，现在情况更明确了，谢谢你顾长脚。顾长脚说，领导客气。

匿名信的事仍然没有下落，领导为自己连这一点点小事都办不成而心情郁闷，在单位里走出走进，脸色灰暗，情绪低落，垂头丧气，开会传达什么，也是有气无力。单位里大家看了，也觉得于心不忍，说，季小弟呀，你就认一个算了。季小弟说，干吗要我认一个，你们谁谁不能去认一个。大家说，我们愿意去认，可是领导不要我们，领导看不上我们，领导要你，领导看重你呀，季小弟。季小弟说，谢谢。

　　既然季小弟不肯认，大家又回头找马北里，说，马北里，你若是真想承担这事，编个谎也编圆一点呀，怎么样，我们大家一起出主意帮你再编一次。马北里说，编什么呢，我这是事实。大家说，就算我们承认你是事实，可是领导不承认呀，你得新编一个事实让领导相信。马北里说，难道事实是编出来的么？大家笑，说，呀，马北里还这么认死理呀。马北里说，我说的是事实。正说着，见秘书走过，将秘书叫过来，说，秘书呀，我们领导心事重重，我们得帮他一把呀。秘书说，怎么帮呢？马北里说，上回听说是你请了个笔迹专家的？秘书说，是业余的。马北里说，业余也行，你能不能再请他来一次，让他对对我的笔迹。秘书说，好，叫他对笔迹，他是没话说的。再又去请了业余笔迹专家来，果然仍像那一次那样有兴致，研究结果，也和第一次一样，和对季小弟下的结论一样，即匿名信上的笔迹和马北里填表的笔迹有百分之九十五的可能是同一个人的。大家说，呀，这位笔迹专家应该有个绰号，就叫"百分之九十五"。

　　将结果告诉领导，领导说，又是百分之九十五，算什么？季小弟也是百分之九十五，这能说明什么？说明不了什么，算了算了，我也不相信什么笔迹专家了，我也没有办法了。秘书说，领导，也别灰心呀，既然马北里一口咬定是他写的，我们也可以问问他的动机。领导说，他胡闹，他添乱罢，他能有什么动机？说我们这单位谁写我的匿名信，也不会是他写。你们也许还不知道我和马北里的关系呢。秘书说，我们知道，领导和马北里一向挺好。领导说，何止是我们两人关系好，我和他们家，我和马北里的家，家里人，都是有渊源的呀。秘书说，噢，这倒是头一回听说。领导说，所以我的意思，我们也不必在马北里身上动什么脑筋。秘书说，那这事看起来很难有个水落石出了。领导说，其实我认为早已经水落石出，我认为到底还是季小弟的事，与马北里无关，与其他人无关。秘书说，那我们再做做季小弟的工作。领导摇摇头，叹息一声，有什么用呢。秘书说，我们再想想办法。

　　秘书想来想去也想不出什么好办法，领导知道秘书也不可能有什么好办法想出来。领导看到马北里，想绕开他走路，可是马北里偏偏迎着领导过来，不让领导绕开他，说，领导呀你也不要灰心丧气，其实这事情，只要尊重事实就行，信是我写的，如果领导相信，说明领导尊重事实，领导若是不相信，说明领导无视事实。领导想了想，开始点了点头，接着又摇摇头，说，马北里你的话也不是没有道理，但是我们知道，做任何一件事情，总会有目的和动机，是吧？那你写匿名信的目的动机是什么呢？马北里说，我，就是闲得无聊，看单位里这么不死不活的没有生气，一年到头，什么事情也没有，我就无事生非，生点事情出来大家热闹热闹，也算一年中有个什么事情发生罢。领导忍不住笑起来，指着马北里乐，说，哪有这样的事，你马北里我们也是知道的，也不是个爱惹事情的人呀。马北里说，我这也不算惹什么事情呀，就写了狗屁一点点的小事儿，算什么呢，上面要是真当回事儿，会将信转下来转到你的手里吗？领导说，这倒也是，如果一个人真的和领导作对，要写匿名信，无论写的是事实还是捏造，事总要比这封信上写的严重得多。马北里说，所以说嘛，世上本无事，庸人自扰之。我不是说领导是庸人，我说我自己是庸人。领导点点头，说，就算事情如你说的那样，你以为事情发生以后会怎么样？马北里说，就现在这样吧，大家认真排查，我想看看到底能不能查出我来。领导再次笑起来，一拍马北里的肩，说，又编了吧，你等着看戏，怎么就自己说出来了呢，你不看戏了？马北里说，哪里知道你们这些人，水平太差，一开始就对错了目标，去缠上季小弟，季小弟是好缠的吗？我想这事情闹大了可也不怎么好玩，就承认是我，哪里又能想到，偏偏没有人相信。顾长脚个东西，明明亲眼看到我写信，又赖个精光。领导说，哪里，顾长脚说，看到你写的情书，说什么在你面前花也失色，鸟也不敢唱歌什么，这会儿大家跟着学呢，你没听见？马北里说，那是顾长脚自己，他写的情书。领导说，我不管你们谁写的情书，现在事情弄得这样，外单位的人看见我都指指戳戳，弄得我么，瘟鸡似的，你好意思呀？马北里说，天，我不是早已承认了么？领导说，你那不是事实。马北里说，那什么才是事实呢？领导说，照一般说法，目的动机加手段加证据就是事实，所以，季小弟写信是事实。马北里说，嘿，没法和你说。

　　领导找过马北里，回头再去找季小弟，季小弟说，你们怎么可以捏造事实？领导说，事实是可以捏造的吗？事实就是事实呀，用不着我们捏造什么，摆在我们面前的，就是事实。季小弟说，嘻，好玩好玩，把我也弄糊涂了，事实，到底什么是事实呢？领导忽然就有些头晕，想了半天，脑子里像有一盆糨糊，怎么也拨不清。领导向季小弟说，事实么，什么是事实呢，季小弟你说什么是事实呢？季小弟说，噢，原来你自己也不知道，倒来问我。

到底什么是事实，说不清，事情突然出现了转机，领导被调到另一个单位，升了职。大家知道，像领导这样的年龄，这样的级别，要升职是相当难的，可是就偏偏轮到了领导。上面有人暗中透个消息，说本来候选人很多，大家早就看中那个位置，那边的还没有退下来，就有很多人活动起来，所以本来要在好些和领导差不多情况的人中提拔一个，领导排名很后，本来是不寄什么希望的，但是一考察下来，别人多多少少大大小小有些问题，就领导没有什么问题，因为匿名信的事情，已经对领导反反复复查过多次，也没有查出什么，领导干干净净，清清白白，屁股上一点屎也没有。像领导这样，在一个单位待的时间也比较长了，也有一定的权力，没有什么问题，真是不多，所以这次提拔就给了领导。领导是因祸得福，也许多亏了那封匿名信呢。

领导走的那天，单位开欢送会，好些人都向领导祝贺，说了话，领导也非常高兴，最后领导走向季小弟，和季小弟紧紧地握手，摇了又摇，不肯放手。季小弟笑，这时候马北里走过来，马北里说，领导呀，你应该感谢我，而不是季小弟。领导说，到这时候，我都要离开了，你还在歪曲事实呀。

桂花香

　　黄一柏老师在中学里教书，妻子做营业员，日子过得也比较平静，有时候黄老师也想把日子改变改变，但也只是想想罢了，并没有真正去做些什么能够改变日子的事情，黄老师觉得自己有一点宿命的思想。

　　这一年的秋天，桂花开的时候，黄老师的一个朋友来拜托黄老师一件事情，这个朋友有一个远房的亲戚从海外回来，知道这地方是个比较好玩的地方，想到处看看，黄老师的朋友工作也比较忙，远房亲戚来了后，也已经陪了他走了好些地方，原以为这么走走也就差不多了，谁知这个亲戚还没有尽兴，还要看。黄老师的朋友说，我已经请了好些天的假，我不能再请假了。黄老师说，明天不是星期天么？朋友说，我要加班，所以来求你，能不能浪费你一天时间，再陪老头子出去走走。黄老师说，我去吗，我去合适吗？朋友说，合适，合适，老头子，文绉绉的，到哪里喜欢哼句古诗什么，你这是拿手，否则我也不来麻烦你。黄老师说，行，要到哪儿呢？朋友说，城里近一点的地方也都玩过了，其他，远一点的，你看看有什么地方。黄老师想了想，说，正好桂花开了，我陪他到郊外看桂花。朋友说，好。掏出些钱来塞给黄老师。黄老师说，做什么？朋友说，买门票什么的，路上买点饮料。黄老师说，你说得出，这点钱要你付。朋友说，你别指望老头子肯出钱，小抠，这也是第一次到我家，我们供他住，供他吃，陪他玩，见面给我儿子多少？一张五十块的，人民币，都说外面回来的人抠，我算是见到了，出去玩，从来不肯掏口袋，门票啦，吃啦，坐车啦，都是我们会钞，我们打的，他心疼，不肯坐，要去挤公共汽车，就这样的人。黄老师笑笑，朋友说，我倒不是贪他一点好处，我这人你是知道的，不贪的。黄老师说，我知道，把钱再又塞还朋友，说，明天几点？朋友说了几点。黄老师说，好。

第二天黄老师先到朋友家，接了朋友的远房亲戚，是个大胖子，黄老师跟着朋友的叫法称远房亲戚为舅舅。舅舅很高兴，路上谈了谈到这地方游玩的感想。黄老师说，今天我们去看桂花，郊外有一片地方，称桂花之乡，听说今年桂花大年。远房亲戚连连点头，说，好，桂花好，好，桂花好，我喜欢桂花，独占三秋压众芳，奈何橘绿与橙黄。车出城，芳香已经扑鼻而来，远方亲戚感叹不已，道，十里桂香，十里桂香。到得地方，下车来，黄老师向远房亲戚介绍了这地方桂花的特点等，远房亲戚忍不住又念诗，道，暗淡轻黄体性柔，情疏迹远长留春；何须成碧轻红色，自是花中第一流。念了，回头向黄老师问，知道是谁的诗？黄老师笑笑，说，是李清照吧。

远房亲戚说，是，是，是的。他们走在桂树丛中，神清气爽，心旷神怡。黄老师说，这桂花，用途很广泛呀，观赏，食用，药用，制茶制酒。远房亲戚说，李清照说暗淡轻黄体性柔，我呀，观赏这桂花，觉得自己的身体也轻柔起来呀。说得黄老师一笑，想这大胖子身体负担一定很重，说，其实，桂花也有调节内分泌的作用，中医常用桂枝这味药通调血脉，说不定，桂花还真能减肥呢。远房亲戚眯着眼睛看黄老师。黄老师有些不好意思，说，我也是随便一说，没有根据的，现在不是到处生产减肥茶么，有的减肥茶在道理上也讲不通，还不如用桂花做个桂花减肥茶。现在有许多人，找不到肥胖的原因，总是在吃啦，运动啦，药物作用啦，找许多外部因素，而桂花这东西，调节内分泌，通血理气，疏导淤塞，非治表而治本。远房亲戚突然睁大了眯着的眼睛，一拍黄老师的肩，说，好。黄老师也不知好什么，笑了一下，又往前走。

看了桂花，黄老师把远房亲戚送到朋友家，算是完成任务，朋友再三谢了，黄老师说，谢什么，不是你的差事，我也不见得自己跑去赏桂。朋友说，那倒也是，送了黄老师出来，挥挥手，黄老师就回家去。

过了些日子，也没见朋友再有什么事情来找他。一回在路上碰到朋友，问起来，朋友说，早走了，也没有信来，也不知路上是不是顺利。黄老师说，也不容易，这把年纪，一个人到处跑。朋友说，是。又过了些日子，黄老师上班经过传达室，被传达叫住，说，黄老师，这里有一封信，从美国来的，写着黄老师收，只有姓没有名，学校几个黄老师，我都问过了，都说不是他们的，会不会是你的，你看看。黄老师拿过信看看，写的是中文，想了想，说，没有的，美国，哪里有什么人在美国会给我写信呢，没有的。传达说，这怎么办呢，退回去吗？黄老师说，没有人收，只好退回去呀。传达说，你再仔细看看，黄老师又看了看，发现落款的地址好像有些熟，好像在哪里听谁说过这个地方，再想想，有些记忆了，说，会不会我朋友的那个远房亲戚呢？传达高兴了，说，是不是，想到了吧。黄老师说，也不一定，我给朋友打个电话问问，就在传达室给朋友打个电话，将地址说了。朋友说，是的。黄老师说，那太好了，你晚上在家吗，我把信送过来。朋友说，奇怪呀，他知道我的地址，要给我写信怎么会寄到你那里呢，信封上写的谁的名字？黄老师说，写的黄老师。朋友笑了一下，说，那是写给你的，你自己看吧。黄老师说，好吧，拿了信回家去。

远房亲戚在信上告诉黄老师，自从那次黄老师陪他观赏桂花，说了桂花减肥茶，他回美国后，经过可行性的分析调查，现在决定要过来投资生产桂花减肥茶。随信夹了一叠材料，黄老师一看，是一套很详细的生产桂花减肥茶的计划。远房亲戚请黄老师接到信后，立即给他打个电话过去，他等着黄老师的回音。黄老师看了信，觉得有些奇怪，但也没有多想，怕远房亲戚等消息等得急，当晚就到邮电大楼去打国际长途，一接就通。远房亲戚果然高兴，说，我还怕你收不到我的信呢，我也忘了问你叫什么名字，只知道叫黄老师。黄老师说，我叫黄一柏。远房亲戚说，好，黄一柏，好，你的点子太好了，启发了我呀。黄老师笑起来，说，那哪里成，我只是随便瞎说说的，根本没有道理的。远房亲戚说，有道理，有道理，我现在呢，已经决定生产桂花减肥茶，所以我想委托你做我的全权代理。黄老师说，全权代理？做什么呢？远房亲戚说，要生产出桂花减肥茶，这里边尚有许多工作要做，联系厂家，研制配方，我呢，这边还有许多事情，不能一直待在你那里，所以要请你做我的全权代理。黄老师有些不明白，想了想，说，这事情让你们建成做最合适，建成比我活络得多，外面的世面也见得大，也能干。远方亲戚笑了一下，又摇摇头，说，我觉得你比建成更合适。黄老师说，我不来事的，我从来没有做过这样的事情，我什么也不懂呀，恐怕不能胜任。远房亲戚说，没做过不碍事，我们做什么事情都是从没做开始的呀。黄老师倒也说他不过，有些尴尬。远房亲戚看黄老师不再说话，笑了，说，好，就这么定了，有关手续，我会办好了给你传过来，你有传真机吗？黄老师说，没有。远房亲戚停了一停，说，那我就寄过来，没等黄老师再问什么，远房亲戚就说，好，就这样，我们再联系。挂断电话，一结账，电话费三百三十元，黄老师吓了一跳，摸口袋的时候，担心口袋里没那么多，急出些汗来，最后将零钱也凑了，凑齐了钱。

　　黄老师回到家，把事情向妻子一说，妻子说，也是奇怪，他守着建成那样一个亲戚不叫他做，倒来叫我们做，什么意思呢。黄老师说，听他的口气，好像不怎么相信建成似的，也许和建成相处得不怎么好吧。妻子说，也许吧，你打算怎么办？黄老师说，我抽个空，到乡下看看，受人的托，不办也不好呀。妻子说，你真要做这事情呀，学校知道会怎么说。黄老师说，我也没打算真的做什么，我先看看再说。过几天找了个空，坐了班车到乡下去看看，一看，将远房亲戚的计划初步一说，就被乡下的厂家拖住了，说，现在上面都强调要办合资企业，别的乡村都有合资企业，就我们这地方没谈成，老是被批评，弄得走投无路了。现在看黄老师送上门来，哪能让他轻易走掉，把黄老师当了贵宾，中午留了饭，开了茅台。黄老师喝了酒，也蛮高兴，头脑仍然清楚，说，关键在于你们有没有生产能力。厂里说，有，什么叫能力，能力也是人创造出来的，我们的厂，就是以生产桂花系列产品为主，和桂花减肥茶是一个系统，转产也方便。黄老师说，既然如此，我就将这些情况告诉那边，最后决定也不是由我做主的，我只是来看看情况，跑龙套。厂里说，哪里跑龙套，哪里跑龙套，我们知道，要办成合资企业，主要靠你们呀。黄老师说，其实我也没有什么，是我的一个朋友的一个远亲，和我也没什么关系。乡下厂里说，我们知道，我们知道。厂里派了车子将黄老师送到家，厂长跟着车子，一直将黄老师送上楼，将一包东西塞到黄老师手里，黄老师说，什么？厂长说，一点点土特产。黄老师也没再客气，接了，请厂长进屋坐。厂长摆手，说，不了，我们等您的回音呀。黄老师说，你放心，那边做事情的效率很高的。厂长说，那是，转身下楼去，黄老师站在楼梯拐角向下看，厂长拐过一个角，又向上看看，向黄老师挥挥手，黄老师进屋，将包打开来看看是什么土特产，一看，竟是两条中华香烟和两瓶茅台酒，黄老师说，哎呀！

事情进展出奇地快，经过黄老师信和电话几个回合，事情就已经基本落实，远房亲戚告诉黄老师两天以后他就过来定夺。黄老师找个时间，到朋友家去，向朋友说了事情。朋友说，噢，我听说了。黄老师说，其实，我做这事情不来事，应该叫你做。朋友说，一样，一样。也没有更多的话说了，黄老师就告辞，走出来的时候，心里有些说不清的滋味。

桂花减肥茶很快就生产出来，面世以后，销路非常好，一年以后，黄老师已经走上了与做老师完全不同的另一条路，他成了黄总经理。远房亲戚在桂花减肥茶之后，又在这地方投资了另外几个企业，黄老师就成为管理这些企业的当家人了。

黄老师的事情，大家传来传去地说，总觉得这事情奇怪，弄得像个传奇故事。和黄老师熟悉的人，认为黄老师运气好，不怎么熟悉、道听途说的人，觉得这是黄老师有本事，常常教育系统有什么活动、什么事情，要求黄老师赞助的，黄老师总是尽量满足他们。黄老师因为常常资助教育事业，也成了这个城市的新闻人物，常常上电视什么，也到电台去说说话。报纸上也登一些关于黄老师的公司支持办教育的事迹，教育系统因为黄老师赞助教育，有什么活动也常常请黄老师做贵宾参加。黄老师虽然比较忙，但是教育这一头的活动，他尽可能赶去参加。在这些活动中，黄老师经常碰到从前的同事，也有同一个学校的，也有不同一个学校但同一个区，从前也常常碰面的，现在从不同的地方走到一起来开会什么，见了都觉得格外亲切，有说不尽的话似的。老师们都要问黄老师，当初怎么想得到桂花能减肥，黄老师说，我也是瞎说说的，我并没有什么理论根据，更没有什么实际的经验。大家说，那我们也没有理论根据，也没有实际经验，我们怎么就想不到桂花减肥呢。黄老师说，我小时候我们隔壁是个老中医，说桂花能调理内分泌，我是从这上面瞎想想的。大家说，那说到底还是你有想象能力，我们比不得你。黄老师说，哪里了，哪里什么想象能力，我这人你们是知道的，最没有想象能力，我其实什么也不懂，真是瞎猫抓死老鼠，碰巧。大家说，你谦虚，你谦虚。黄老师说，我不谦虚。大家又换个话题，说，听说是你的一个朋友的远房亲戚？黄老师说，是，与我根本也不相干的呀。大家说，那怎么你的朋友不陪他，叫你陪呢？黄老师说，我朋友也陪了他好多天了，实在也忙，那一天就叫我去呀。大家说，是他要去观赏桂花呀？黄老师说，没有，他也不知道这地方有桂花之乡，是我说的。老师们齐声喊起来，是了是了，这就是黄老师的眼光。黄老师笑，说，什么眼光，我又不知道人家要做什么桂花减肥茶，也是他先念了两句古诗，有一句叫暗淡轻黄体性柔，说什么身体轻柔，胖啦什么的，就这么说起来。老师们都感叹，说，唉，这事情怎么就挨不到我们，我们也知道暗淡轻黄体性柔呀。大家笑起来，过一会儿又说，那也是奇怪呀，人家明明有亲戚在这里，怎么就跳过自己的亲戚来找你这么个非亲非故也不知底细的人做什么代理呢。黄老师说，我也奇怪呀，大家说，怕是你拆了你朋友的台脚吧。黄老师说，我是那样的人吗。大家说，倒也不像。老师说，我那朋友比我可是能干得多，可是偏偏找我做什么代理，我也不能明白，我这人，你们也知道，都说我书生气，做经济、做生意哪里行呀。大家说，但是事实证明你是行的呀，说明人家老板有眼光。黄老师又笑了笑，大家停了一会，又说，那你朋友，对你怎么样？黄老师说，也没怎么样，我是叫他来做总经理的，来负责，我可以做做下手，可是他也不愿。大家说，关系还和以前一样吗，总不如以前了吧。黄老师说，还可以。这么大家问问说说，黄老师喝了许多茶水，口干舌燥，老师们仍然有许多话要问。

黄老师有许多业务活动，也有许多其他的活动，活动前或活动后，总有宴请。黄老师是总经理，宴请的时候，常常以他为中心。黄老师一做了中心，就要说很多的话，被大家围着，其中主要的话题，是黄老师怎么开发桂花减肥茶。黄老师说，其实并不是我开发的桂花减肥茶，大家总是说黄老师谦虚。黄老师就将事情的经过说了，大家总是听不够，再问，再说，将细枝末节都追问出来，最后大家说，噢，原来。

慢慢地黄老师有些怕这样的应酬，无论怎么有意义的事情，重复次数多了，就不再有新鲜的感觉，现在黄老师每一次谈到怎么开发桂花减肥茶的事情，就有一种奇怪的感觉，好像他所叙说出来的事情经过，根本不是他自己亲身经历的事情，而是另外的一个人，一个与黄老师毫无关系的人，一个陌生人，一个黄老师根本不认得不了解的人的事情。黄老师叙说这个人的事情，也没有什么激情，也没有什么特别的感受，像念念有词的小和尚，有嘴无心。但是不管黄老师对开发桂花茶有兴趣还是失去兴趣，别人却一如既往对黄老师有兴趣，他们在每一个场合，仍然愿意以黄老师为中心，黄老师不仅成为说话的中心，也成为被敬酒的中心，黄老师酒量不大，但意志也不够坚强，架不住别人三言两语一说，就喝，常常喝过量。

有一天黄老师去参加一个庆祝活动，又被敬了不少酒，上洗手间方便了出来，脚下有些踉跄，头晕晕的，看到大厅里仍然人声嘈杂，正闹得凶，黄老师朝外走了几步，让夜风吹一吹，便看见一大群年轻人从里边拥出来，拥向一辆大客车。其中有个人，走到黄老师身边，停一下，问，你也是参加庆祝活动的？黄老师说，是。那人说，上车吧。黄老师有些迷糊，问，上哪儿？说，活动安排，你听安排就是，从后面轻轻一托黄老师，黄老师就上了车。有人给他指了个座，黄老师坐下。车开了，一大帮年轻人在车上说说笑笑，也没有人和黄老师说什么，黄老师也认不得这是些什么人，吃饭的时候也没在意他们的长相，参加庆祝活动的人多，黄老师也不能人人都认得。他跟着车，到了一个地方，让下车，一看，是个新开张的歌舞厅。黄老师站在门口，有些发愣，晕晕乎乎地不知道到底怎么了。让黄老师上车的人轻轻推了一下黄老师，说，进呀，进呀，今天是我们包的，没有外人，进去自己找地方坐，爱唱的唱，爱跳的跳。一群人进去，坐了，上茶，上点心，上水果，上得差不多，乐曲起来，就有人跳舞。黄老师坐了一会，有个姑娘来请。黄老师说，我不太会。姑娘说，跳着玩玩的，又不是比赛什么，谁管你好不好。黄老师跟着下去跳，黄老师以为姑娘会问他桂花减肥茶的事情，正准备怎么样用最简单的话把事情说了，姑娘却一直没有问。黄老师想也许刚认得不好意思问，再跳一会，就会问，一曲下来，始终没有问黄老师桂花减肥茶的事情，黄老师自己的感觉也不错，没有踩着脚。黄老师说，跳得不好，跳得不好，指望姑娘说他跳得不错，可是姑娘说，嘿，是不怎么样，一般。再一曲的时候，就另外找人跳去，黄老师坐着，点根烟抽，那个托黄老师上车又推黄老师进歌舞厅的年轻人坐过来，和黄老师一起抽烟，借着烛光看看黄老师，黄老师以为他会问桂花减肥茶，可是他也没有问，却说，你是新来的？黄老师说，什么？年轻人也没说什么，转头看看另一个角落，向某个人挥挥手，那边的人也向他挥挥手。年轻人向黄老师说，我过去坐，就过去了。黄老师一个人坐着，心里很舒坦，虽然乐曲吵吵闹闹，但是黄老师心里很宁静，没有人和他说什么话，没有人问他桂花减肥茶的事情，想来想去到底还是年轻人比较潇洒，什么桂花茶，与他们无关的事，他们也不打听，给了黄老师一个难得的清静机会，多少日子，黄老师在这种场合，很少有这样宁静的心绪。一会，黄老师迷迷糊糊地睡了，感觉到有人推他，睁开眼来一看，又是那个年轻人，说，喂，差不多了，散了。黄老师一看表，果然已经不早，站起来，看大家正往门口去，也跟着出去，到门口，看到那辆大客车停着，大多数人已经上车，黄老师也正想往车上去。有人拍他的肩，回头看，仍是那个年轻人，这会儿目光有些狐疑，看看黄老师，说，你是哪个学校的？黄老师的酒劲还没完全过，努力把思想集中起来想一想，说，噢，我原来是三中的。年轻人想了想，说，是三中的，仍然狐疑，说，你也参加……说了一半停下，顿一顿又说，你是哪一年参加工作的？黄老师说了是哪一年，年轻人想了想，奇怪地摇摇头，说，你是不是记错了，参加我们这个联谊会的教师规定年龄在三十岁以下，你参加工作已经二十年，难道你十岁就做老师了？说着自己笑起来。黄老师不明白他说的什么，正想问一问，听得车上人嚷嚷，上车吧上车吧，这么晚了还不走呀。年轻人朝黄老师一笑，说，上车吧，不管你是什么人，今天你算蒙混过关了。黄老师说，我什么蒙混过关？又被年轻人在身后轻轻一托，上了车，年轻人也没和他坐一起，也就不再有机会问他什么。大客车一站一站地把人一一送到家门口，也把黄老师送到家门口，车门在黄老师身后关上，又朝前开，黄老师向车子挥挥手，也看不清车上有没有人向他挥手。回到家里，见妻子脸色难看，说，你到哪里去了，到处找你找不到。黄老师说，我到哪里去，我和大家一起参加庆祝活动。妻子说，算了吧，和你一起参加活动的人跑来找你，说才喝了一会儿酒，就找不见你人影了，以为你醉了，出了什么事呢。黄老师说，没有的事，我怎么会醉。妻子说，失踪几小时，约会是吧。黄老师说，没有的事，没有的事，妻子说，这回我算是知道了，要不是他们来找你，我还根本不知道你会有这样的事情。黄老师说，什么样的事情？妻子说，什么样的事情，问你自己，你自己知道，他们都在那里吃饭，你到哪里去了？黄老师说，我跟着参加庆祝活动的一群人，上了一辆车，到了一个歌舞厅，坐了一会，打了个瞌睡。妻子手一指黄老师，说，你现在会说谎了呀，我刚才都问过他们，说除了吃饭，根本没有别的活动。黄老师说，我也说不清了。妻子的脸色越来越难看，说，说不清就不说了，就这样了？黄老师说，那你要我怎么样，看妻子铁青着脸，不依不饶的样子，黄老师无法，想了想，抓起电话，给一起参加活动的某一个人打个电话，那个人在电话里向黄老师的妻子说，黄老师今天多喝了些，而且是空肚子喝的，可能有些过量，也许跟错了车，他自己也糊里糊涂呢，回头我们到饭店问一下，今天晚上除了我们的庆祝活动，看其他是不是也有别的什么庆祝活动。黄老师的妻子就没再说话。

第二天消息就来了，果然如大家推测，昨天也在那个饭店搞庆祝活动的，还有区中教系统一个青年教师联谊会，饭后他们确实是包了一家歌舞厅娱乐一番，和黄老师说的无二，估计是黄老师半醉半醒的状态，糊糊涂涂就上了车，妻子这才罢休。

过了两天，有人来找黄老师，黄老师一看，正是那天晚上组织青年教师联谊会的那个年轻人，进了黄老师的办公室，黄老师一眼就认出他来，说，呀，是你呀，坐，请坐。年轻人自我介绍，说，我姓刘，是五中的。黄老师说，噢，是刘老师。刘老师说，在您面前不敢做老师，就叫我小刘吧。黄老师笑了一下，刘老师说，黄总，那天晚上我们是有眼不认泰山呀。黄老师说，哪里话，什么话，什么叫有眼不认泰山，我哪是什么泰山。刘老师说，您的大名，我们早就知道，有关您的传说，很神呀。黄老师说，现在看着我并不神是吧。刘老师说，也不是不神，就觉得很可亲近，您是不是对桂花很有研究，或者，对减肥方面的情况很熟悉，桂花减肥茶，那不是一般的人能够开发出来的呀。黄老师说，其实桂花减肥茶并不是我开发出来的，我只是随口说了一句，当笑话说的，完全是开开玩笑的。刘老师说，是吗，那后来怎么就真的生产出来的了呢？黄老师说，是我的一个朋友的一个远房亲戚，从美国回来探亲，我陪他到郊区桂花之乡去赏桂花，如此这般，又将事情经过说了。刘老师又问了其中的一些细节，末了，说，噢，原来这样。正说话，听到有人敲门，刘老师说，噢，可能是我约的钱老师到了，钱老师是我们的副会长，今天我约她一起到您这里来。说着去开门，说，呀，果然是你，将进来的女老师介绍给黄老师，这就是钱老师。黄老师一看，有点像那天晚上请他跳舞的那个姑娘，但不敢肯定，犹豫一下，问，钱老师，那天晚上，你也在吧？不料钱老师说，我不在，我有事没参加，后来听刘老师说起您也参加我们的活动，真后悔没去呀。黄老师说，嘿嘿，我也是喝多了点，糊里糊涂就跟错了车。刘老师向钱老师看看，钱老师说，其实黄总，我们都知道您的心意，我们早就听说，您对我们的联谊会很有兴趣，有心支持我一点，那天晚上，是微服私访吧？黄老师说，没有，没有，我哪谈得上什么微服私访，我那天，真是糊糊涂涂的，到最后也不知参加一个什么样的庆祝活动，后来我们这边几个人到那边饭店去打听，才听说有你们那个庆祝活动。刘老师又和钱老师互相使个眼色，钱老师说，黄总呀，你的事迹，我们可是听得不少呀，都说你出一个桂花减肥茶的点子就发展起来，到底是不是呀？黄老师说，我正和刘老师说这事呢，其实，桂花减肥茶真不能算是我的功劳。钱老师说，怎么回事呢？看看刘老师，再看看黄老师，说，可是大家都说是你做出来的呀，老实说，是我的一个朋友，来了一个远房亲戚，很远的，从来也没有来往过，那回从美国回家探亲，到我们这里来，我朋友陪他玩了许多地方，还没玩够，我朋友要上班，没时间再陪，就叫我陪一陪，我就陪他去看看郊区的桂花之乡，如此这般，又将事情说了一番。不仅钱老师听得津津有味，连已经听过一遍的刘老师也仍然聚精会神，说完了，钱老师叹息一声，过了半天，说，原来，是这样。刘老师说，黄总，我们今天来，想请您到我们联谊会的活动上，给青年教师说些什么。黄老师说，呀，我不行的，我口才也不好，也没有什么好说的。钱老师说，你就说说你的工作也行。黄老师说，我的工作和教育上的事情，两回事，不好说。刘老师和钱老师再互相看看，一同说，那你说说桂花减肥茶的过程也好。黄老师想了想，说，也好，就约定了时间，地址请黄老师决定，黄老师问了人数，决定在某个饭店会议室开会。会后，由黄老师请吃饭，并且娱乐，刘老师和钱老师高兴而去。

转眼又是一个桂花飘香的季节，街头有农家妇女卖桂花，一群放学的孩子一边走路一边唱，他们唱的是一部日本动画片的插曲，歌词是日语，路上没有几个人能听懂，但是在大家的感觉里这歌熟悉而且亲切。黄老师走过去，农家妇女说，先生，要买桂花哦？黄老师说，不要，继续向前走，农家妇女在黄老师身后说，买一把吧，很香的，便宜，一块钱。黄老师说，不要，慢慢走回家去。

往　事

　　少兰和根云出生在两个不同的家庭，不同的家庭说起来有许多方面的差异，少兰家和根云家比较明显的差别就是少兰家富有根云家穷，就是这样。少兰和根云的性格脾气生活习惯等也都不一样，但是他们俩有一点是相同的，那就是他们都认真学习，在学校里他们都是拔尖的学生。少兰家和根云家都以对方家庭的特点来勉励自己的孩子好好学习。少兰家的大人对少兰说，你看看人家根云，家庭条件这么差，还这么认真学习，你一定不能掉在他的后面。少兰有时候夜间经过根云家的茅草屋时，听到根云在屋里大声地朗读，少兰回去就更加认真地看书。而根云家长总是以少兰家为榜样，根云的家长说，根云，你看少兰家这么有钱，你要好好读书，书中自有黄金屋。根云常常在夜很深的时候，看到少兰家的灯还亮着，根云想，我的灯不能比少兰家的熄得早。就这样，两个懂事的孩子互相勉励，他们在同一个小学，后来又在同一个中学读书，一直同学同到高中毕业。

可惜的是，高中毕业参加高考，他们的成绩都不太理想，少兰考了一所师范，根云进了一所医专。他们毕业以后，一个当了教师，另一个做了医生。少兰和根云都觉得他们的命运不太好。许多年过去，少兰的家庭和根云的家庭已经没有什么明显的差异，少兰家不富有了，根云家也不像从前那么贫穷，当然也不富有。

一个教师，一个医生，少兰和根云他们始终住在一个城市，在许多年以后，他们经常回忆起从前的往事，他们回想得最多的就是当年的高考，少兰和根云都向自己的妻子以及同事说起过他们的往事，他们在许多年中从来没有忘记过往事。但是少兰和根云他们见面的机会很少，少得几乎没有，许多年中也搞过几次同学会，但不是根云值班就是少兰有事，都没有碰到过。少兰和根云间的互相的消息，基本上是通过其他的同学，有意无意间传递的，同学间互相传递情况，不仅仅限于少兰和根云两人，其他同学的情况也是这样传递的。少兰和根云许多年来，基本上没有什么直接的往来。

一直到这一年的教师节，查出来少兰的胃有些问题，医生嘱咐少兰不得掉以轻心，要找一家好些的医院，彻底查一查，治一治。少兰去了医院，医院都非常忙，对少兰这样的情况也不可能十分重视，要住院怕是更难了。少兰的同事都说，现在看病，也得找熟人，不找熟人，不给你认真看，看了也不给你认真治，少兰知道这话不假，慢慢地，少兰就想起了根云。

少兰买了些礼品到根云家去。根云家的地址是少兰向别的同学打听来的。根云因为职业关系，和老同学联系比少兰多一些，有不少同学知道根云的情况。少兰到根云家去的路上，一直在想象现在的根云是个什么样子，他回忆着从前的事情，想起他小时候经过根云家旧茅屋时听到根云在屋里高声朗读的情形，少兰感叹着，人间沧桑，世事多变。少兰敲响了根云家的门，开门的就是根云自己，根云和少兰都是一眼就认出了对方，虽然他们有好多年没有见面了。少兰说，根云你还是那样子。根云笑起来，根云说，老样子是不可能了，但是我看你还是你。少兰说，是，我还是我，你也还是你。

　　他们叙了旧，喝茶，抽烟，把根云家小小的住房里弄得到处是烟雾，根云的妻子和孩子咳嗽。少兰说，不抽了。根云说，房子还是小，辟不出一间让我一个人单独待着的。少兰说，我那儿也一样，我们做老师的，不指望什么了，医生应该好一些。根云说，也一样。少兰说，你孩子也不大。根云说，结婚迟了，耽误了。少兰说，我也一样，孩子也小。根云说，我们这批人，都迟了。少兰点点头，看着根云，根云，我今天来，是来求老同学的，我查出来有病，医生吩咐要住院检查，才想到了你。根云说，怎么回事？少兰说，胃上的问题。根云说，情况怎么样？少兰笑笑，说，大概不怎么好吧，好的话，医生不会叫我住院检查。根云说，拍过片子没有？少兰说，拍了片子的，片子没有给我，只给我一个诊断书。根云向少兰要了诊断书看，看了，根云慢慢地说，要看片子，再说，你明天就来办住院手续吧。少兰想了一下，明天不行。少兰说，明天是我的公开课，后天吧。根云说，那就后天吧。他们又叙了旧，少兰说起根云家的旧茅屋，根云说起少兰家的红木家具。他们后来一致认为他们的运气都不怎么样，如果运气好，他们高考就不会失常，对于他们的高考失常，他们的老师都感到不可理解，事后老师去调了他们的卷子米看，说都是错在不应该错的地方。

　　那一天少兰走了以后，根云的妻子洗净烟灰缸，又扫了地，掸了灰。根云妻子说，看看，抽了多少烟。根云说，老同学，好多年没见了。根云妻子朝根云看看，他就是少兰呀，你常常挂在嘴上的少兰就是他呀？根云说，是他，你看怎么样？根云妻子说，什么叫我看怎么样？根云说，你想象当中的少兰是不是这个样子？根云妻子说，我从来没有想象过你的同学少兰是什么样子。根云说，是吗，他无意地看了妻子一眼，妻子满脸疲惫。根云想，她从来没想象少兰什么样子，是正常的。在思考的过程中，根云不由自主地又点燃一支烟。你怎么又抽，妻子道，老同学不是走了么？根云说，情绪有点激动，再抽一支。妻子说，人家做医生的，都不抽烟，你这个医生，明知有害却变本加厉。根云嘿了一声，你听谁说医生少抽烟，我们科里，十个男医生九个大烟鬼。妻子说，所以你来劲。根云道，也是没精神，又疲劳，才抽上的。妻子看他一眼，没有再多说什么。根云点着烟，深深地吸了一口。根云突然笑了一下，自言自语地说，少兰，少兰现在这样子了。妻子说，怎么，从前他不是这样子，他的变化很大吗？根云想了想，说，也不能说变化很大，反正从前的少兰是从前的少兰，现在的少兰是现在的少兰。妻子说，那当然，你以为你还是从前的你吗？根云没有很在意妻子的话，他沉浸在往事中。根云说，我还记得我们一起参加高考那一天。又说高考，妻子说，从前听你说高考，高考，以为你们的高考有多少了不起，多少年一直挂在嘴上，不道却考个医专什么。根云说，是，很反常，少兰也反常。妻子说，怎么的，怎么回事，你们同时病了吗？根云眯着眼睛，他回想着当时的情形，他说，没有病，身体好好的，没有任何特别的地方。妻子说，没有任何原因吗？根云说，我不说是没有任何原因，原因总是有的。妻子说，什么，什么原因，听你说了几十年的高考失常，还没听你说过原因呢。根云笑了一下，说，我不想说，至少现在还不想说，我只是对往事感到奇怪。妻子说，我看奇怪的不是从前，反而是现在。根云看着妻子，妻子说，你怎么老是把往事挂在嘴上，不奇怪吗？根云说，那是老之将至的缘故。妻子撇了一下嘴，后来又说，哎，他老婆怎么样？根云说，我不知道，我也很长时间没见他了。

　　那一天少兰从根云家回去，少兰的妻子急迫地问，见到根云了吗，少兰告诉她，一切很顺利，见到根云了，说着少兰微微一笑。少兰妻子说，你笑什么？少兰说，我想象多少年以后见到根云会是什么样的情形，却一点也没有发生，拥抱啦，掉眼泪啦，什么也没有。妻子说，还拥抱，少恶心人。少兰说，我们就像天天见面的老朋友，连手也没有握一下，我们谈了许多往事，就像在谈我们现在的生活一样，很平静。妻子说，平静你一根接一根抽烟做什么，你看看，你回来后，已经抽第三根了。少兰说，是吗，医生吩咐我不能再抽烟了。少兰妻子掉下眼泪来，说，你早听了医生的话，今天也不用去找根云了。少兰说，那也很难说。他看妻子开始伤心，便掉转话题，少兰说，我们今天又说起了我们高考时候的事情，真是……少兰妻子说，有什么好骄傲的，不过考个师专，要考得好些，现在，现在也不至于……少兰说，也不至于怎么样，很难说的，我想起从前我和根云，我们两人总像是有缘分似的，平时成绩不是我第一就是他第一，中学几年都没有出过差错的，到了高考，奇怪了，约好了似的，掉下来了，那可掉得不是时候。少兰妻子说，是不是时候，怎么会呢，什么原因呢？少兰说，是有原因的，但是我不想说。少兰妻子说，连老婆也不告诉。少兰说，至少现在还不想说。少兰妻子叹息一声，不明白你，她说。

　　两天以后少兰如约到根云的医院去，由于根云的关系，少兰顺利地办了住院手续。根云看了少兰的片子，沉默了一会儿。少兰说，你别沉默，我是做好了思想准备的，不做好思想准备，我也不会来找你。根云说，没你想象得那么严重，不过，最好是动手术，切片检查一下，也好放心。少兰说，我也是这个意思。这样就开始排定手术的日期，因为手术病人很多，在根云的帮助下，少兰的手术排在一个星期以后。根云让少兰这一个星期里少吃油腻的东西，少兰说，我已经很长时间不能吃油腻了。

　　少兰的妻子和孩子分批轮流来给少兰送饭。根云看到少兰的妻子就会想到自己的妻子，她们都很疲惫，都是身背重负的样子。少兰的孩子也和根云孩子一样，没精打采的。根云想，我和少兰小的时候，可是生龙活虎呀，只是，根云想，我和少兰怎么都会在高考的时候失常呢。根云想了半辈子，也没有想明白。

　　离少兰手术的日子越来越近，根云心里莫名其妙地紧张起来，最后根云终于向领导提出来，我不做主刀。领导同意根云意见，老同学的情况完全可以和医生家属的情况排入一类，如果医生没有把握给自己的亲属动手术，那么医生给老同学动手术也同样存在一个心理因素问题。医院重换了主刀医生，让根云做助手。根云将这一决定告诉少兰，少兰点头，我理解，少兰说。

　　知道少兰得病而且就住根云的医院，一些老同学借这个机会凑到一起聚聚。他们来到少兰病床前，和少兰根云一起谈起往事，他们说当初他们是多么地羡慕和嫉妒少兰和根云，他们希望少兰和根云在高考时失常，后来少兰和根云果然没有考出好成绩，他们又为少兰和根云难过，为他们感到不平。也很奇怪，他们说，我们怎么也想不到你们两人真的会失常，他们说，分数出来的时候，我们简直不敢相信自己的眼睛，一大帮老同学说说笑笑，都沉浸到往事里，觉得自己年轻了许多。最后他们鼓励少兰与病魔做斗争，少兰说，当然斗争，我还不想死呢。

在老同学们谈起往事的时候，少兰和根云总是互相看一眼，他们觉得在他们互相的眼神中交流了一切。

终于到了少兰进手术室的一天，早晨根云走进少兰的病房，尽量做出宽慰的笑脸。根云说，少兰，准备好了吧？少兰说，准备好了。根云说，别紧张，少兰说，没紧张，反正总要挨这一刀。根云说，能这样想就好，根云不再说话，默默地看着少兰，好像有什么话要说，只是说不出来。少兰突然直起身体，盯着根云看了一会儿，说，根云，我有件事情，在心里埋了许多年，我想在手术前告诉你。根云愣了一下，少兰说，还记得我们高考的时候吗？根云说，高考，怎么会忘记。少兰点点头。根云说，你要说的，是不是当年高考的事情？少兰说，你知道了？根云摇摇头，我不知道你要告诉我什么，只是在我心里也埋着一件事情，是当年高考时的事情，我也一直想告诉你，可是，根云犹豫一下，可是，少兰，现在还是别说吧，等你出来。少兰点点头，好吧，等我出来。

少兰睁开眼睛第一眼看到的是根云，少兰苍白的脸上露出笑容。少兰说，根云，我出来了。根云拉着少兰的手，少兰，你出来了。少兰说，我出来了，根云，你知道我在麻醉过去的时候，看到什么？根云说，看到从前的事情。少兰说，一点不错，我看到我们俩人携手走进考场，根云，现在我出来了，现在你可以听我说了。根云摇摇头，少兰，等三天，好不好，三天以后，切片报告就出来了。少兰笑了一下，好吧，听你的，等三天。

第三天一大早，根云去拿少兰的切片报告，走在路上根云忽然有些飘然的感觉，他完全没有想到自己这是在向少兰的命运走去，根云觉得自己很轻松，很有把握，根云想，这就像当年我走向考场时一样，可是结果却……根云不能再往下想，他的心抖了一下。化验医生看到根云，说，早呀。根云说，出来没有？化验医生说，谁？根云说，前天我送来的，我的老同学的。化验医生记不得，翻了一下，说，出来了。根云心里一抽，怎么，怎么，有没有问题？化验医生朝他扬了扬切片报告，去报喜讯吧。根云手抖抖地接过报告，谢谢，根云说。化验医生笑了，谢我做什么，他说，你谢错人了，要谢，就谢谢他自己的命，命还算不错吧。根云说，是，都以为不行了，却……

根云满脸喜色来到少兰病床前，少兰的家人都等候着，他们的目光统统集中到根云脸上，根云走进去的时候强烈地感受到目光的灼热，根云说，我现在终于体会到一个医生的力量。

大家从根云的脸上基本上看出了事情的结果，知道少兰摆脱了死神的威胁。少兰的妻子哭起来，吓死我了，吓死我了，她边哭边抹起眼泪。少兰的孩子说，好事也哭，眼泪真多。少兰的妻子突然想到了什么，转身上前握住了根云的手，谢谢你，谢谢你，她一迭连声地说。谢我做什么，根云说，你谢错人了，要谢，你得谢少兰自己的命运，他的命很不错。少兰笑起来，是很不错，我不想死，就不给我死，挺好。少兰妻子含着眼泪，以为不行了，我真的以为这下子完了，大家都这么以为，我们单位的人和他们单位的人都开始劝我为后事做准备呢，谢谢，谢谢。大家听到少兰妻子一迭连声地谢谢，一起笑起来。

少兰的家人走了，根云也去忙了一会儿医院的工作，再回到少兰病房的时候，少兰盯着根云看了一会儿，少兰想了一想，说，根云，从前的事情……根云朝少兰摆了摆手，算了吧，不说吧，往事，让它放着去吧。少兰说，根云你知道我要说什么？根云不置可否地笑了一下，根云看着少兰苍白的脸，说，就当什么事情也没有发生……少兰点点头，好吧，我们还和以前一样过日子。根云说，是，我们还像从前一样过日子。

不久少兰就顺利出院了，少兰出院后，在家养了一段病，身体恢复了，就上班去，他仍然带两个高中班的语文。根云也仍然在医院忙着，少兰和根云都很忙，他们很少见面，少得几乎不见面。

锄　月

　　柳一石这辈子最大的心愿，就是在锄月园办一次自己的画展。这心愿说起来也不算太难，柳一石在锄月园工作的几十年里，替别人张罗操办画展、影展以及其他别的什么展无数次。柳一石并不是学画出身的，他在锄月园工作许多年，锄月园常常举办画展之类，柳一石身临其境，耳濡目染，无事的时候，也愿意拿个画笔，涂涂画画。小梅看见了，总是笑着说，老柳，想当画家呀？柳一石不好意思，说，我随便涂涂。小李说，业余爱好？柳一石说，是，是业余爱好。小梅和小李就笑，小梅道，老柳的业余爱好，有专业水平了。哪里哪里，柳一石说，涂鸦涂鸦，嘴上这么说，心里是很开心的。小李道，老柳谦虚呢。柳一石说，不谦虚，不谦虚，弄着玩玩的。说这话的时候，园领导走过来，园领导说，你们说什么呢，这么投机。小梅说，我们说，老柳的画不错。小梅的手指向画展的画，小梅说，不比这些差，我们正和老柳说，其实老柳完全可以在我们自己园里办一次画展。园领导看着柳一石，柳一石说不出话来。小李说，是，我们到老柳家里，看过老柳的许多画，来事，不比这些差。园领导盯着老柳看，笑了，道，老柳，倒看不出你来，内秀啊，多少年也没看出你来呀。老柳脸有些红，哪里哪里，听他们瞎说，我是随便涂涂的。小梅说，呀，随便涂涂就有这水平，老柳天才呀。园领导继续看着老柳，老柳，你有这个心愿，办自己的画展？老柳摇头，没有，没有，我不是这个意思。小梅道，老柳你客气什么呀，有就是有，你不是和我们说过吗，你说你在锄月园辛苦了一辈子，临到要退休了，唯一就是这一点点心思呀。柳一石看着园领导，我，我，柳一石不知说什么好。园领导回头看小梅，小梅，老柳真说过这样的话？小梅说，说过呀，我干什么要造谣呢，造谣对我有什么好处，多办一次画展，我们不是多辛苦一些吗，有什么好处，老柳又没得回扣给我们，不信你问小李，小李，是不是，老柳是不是说过他想办个人画展？小李笑，道，是，没错，老柳是说过，领导就成全了他吧，辛辛苦苦几十年，也够不容易，换了我，我是不敢保证能在一个地方待几十年不动的。小梅接着说，就是，而且是一个没有生气的地方。园领导说，我们这地方没有生气吗？小梅说，你自己说呢？园领导嗅嗅鼻子，笑起来，是没有什么生气，一鼻子的霉湿味，地上全是青苔。小梅道，阴森森，地底下好像有什么东西冒出来。小李做惊恐状，小梅，我胆小，你别吓着我。小梅说，你胆小呀，你胆小你就别在这园里做。小李说，小梅，你这话有分裂主义的意义吧。园领导看着小青年，叹息一声，你们，你们的嘴，拿你们没办法。小梅说，当然，得靠我们工作呀，不能打击积极性吧。园领导说，不打击，不打击。老柳，你怎么说，真的想办自己的画展？柳一石再摇头，没有，没有。小梅说，得了，老柳，假客气什么，虚伪什么。柳一石不知怎么向园领导说，园领导理解地点头，办锄月园职工自己的画展，倒也是一说，这个建议挺有意味，老柳，怎么样，准备起来也行。柳一石呆呆地看着园领导，园领导说，看我有什么用，看着你自己的画吧，准备妥了，看有机会，争取。柳一石支吾着，园领导说，还有什么，有什么话，老柳你说就是，别吞吞吐吐。柳一石说，办个画展，是好，可是，很难的，不是容易的，我怕办不起来。小梅说，呀，你愁什么，有我们帮衬，包你成功，过几天，就看画坛新秀柳一石的名字传遍大街小巷了。小李说，柳一石，人家以为是个年轻小伙子，说妥了，老柳，若是收到姑娘的求爱信，一律转给我处理啊，算是回扣。小李笑了一下，又说，好心有好报，小梅，咱俩说不定由此转运了呢。小梅说，美得你，人家老柳能把姑娘的求爱信给你处理呀，死猫活食，老柳可是活得很呢，你看他那眼睛，眯成一条缝。园领导看着小梅和小李，你们这帮小子，园领导说，到时候是要帮帮忙，别光嘴上说得好听。小梅和小李一起道，冤枉，我们是那样的人吗。就这样真的把老柳的事情基本上定下来了。园领导走后，柳一石看着小梅和小李，你们，他说，你们拆我这样的烂污，我什么时候说过要办自己画展的。小梅说，我们这是钻心术，我们钻到你心里，看得到你心里想的什么。柳一石沉默了半天，也好，他说，努力一下，也好，马上要退了，再作一次努力，也为自己办点儿事情。小梅说，这才对了。

柳一石回去整理自己的作品，原先以为自己的画作确实不比别人的差，现在一看，感觉不一样了，差远了去了，越看越没了信心，这一幅也不行，那一幅感觉更差，柳一石差点要打退堂鼓了。去和小梅小李他们聊，柳一石说，你看看，我的画，是不行，怕办不起来，办起来，让人笑话。小梅说，老柳你又来了，假谦虚什么，心里明明觉得好。柳一石说，天地良心，我真觉得不行，我怕。小李说，怕什么，那么臭的作品也展览，你的作品为什么不能展览？小梅说，这么好的机会，你拱手让出去呀。柳一石被他们说了，心思又回过来。再想想，机会是来之不易，自己一辈子人生，可说是一事无成，都是为他人作嫁衣裳，临到退休，有这么个好机会，实在是不应该放弃的。这么一想，信心又回来了。回家去，静下心来，鼓足勇气，将自己多年来画的作品一一仔细品味，然后把所有的作品一一列开，感觉不好的全部剔除在一边。就这样柳一石操起画笔，开始为他的画展作准备，一直漫无目的地生活着的柳一石突然感觉到自己的生活有了明确的目标。

　　柳一石家的住房比较拥挤，家里摊不开一张画桌供他用，柳一石便将工作搬到锄月园去，锄月园里有的是那种敞开的和半敞开的轩、亭，本来就是从前的人吟诗作画的好地方，柳一石每日早出晚归，在开园之前和闭园之后，他都在锄月园作画，辛苦了些，柳一石瘦了。小梅和小李说，我们本来是挑你件好事的，你可别把它变成了坏事，到头来反骂我们。柳一石说，感谢你们还来不及呢。小梅说，但愿如此。

　　秋雨绵绵，柳一石在清晨和黄昏一个人待在冷冷清清的锄月园作画，阴郁的气氛表现在柳一石的作品里。大家上班时，柳一石急急忙忙地将作品收藏起来。藏起来做什么，大家笑着说，都盯住老柳手里的画。柳一石捏着画，扬一扬，画得不好，他说，还没有画成功。大家笑笑，也就算了，并不是真的要看柳一石的画，也没有人从柳一石手里去抢画来看。柳一石举着画，有些失落似的。小梅道，不急，早晚能看见，早看不如晚看，到时一起揭宝，效果更佳。柳一石道，效果什么的，我怕办不起来呢，办起来也怕办不好呢，我越画越觉得自己的基本功太差，还有……小梅道，那是，初学三年，天下通行，再学三年，寸步难行。柳一石听了小梅的话，愣怔了好一会儿，慢慢地点了点头。

　　一日闭园以后，柳一石仍旧一个人在听雨轩作画，后来就走过来一个人，突然地出现在柳一石面前，是一位比柳一石年长些的老人，瘦高个子，满面慈祥。他在柳一石面前无声地看着柳一石作画，柳一石抬头时发现了他。他朝柳一石笑，说，画画？柳一石说，你怎么的，已经关门了，你怎么还没有出去。老人说，我在那边角落里打个瞌睡，醒来到门口一看，门已经反锁了。柳一石说，别急，我有钥匙，我送你出去。老人摇摇头，不急。老人走近来，走到柳一石身边，我看看你的画，我不急，也没有什么事情，反正你也没走。柳一石说，我不一样，我是园里的人。老人笑了，说，我看看你的画再走，不行吗？柳一石说，也行，只不过，我的画，不值一看，画着玩玩。老人说，画着玩玩才好，太认真了也不一定能画出好画来。柳一石看着老人，您懂画？柳一石问，老人摇头，我不懂画，我是说的一般的道理，什么事情都一样呀，柳一石说，也是，您这边坐一会儿吧，等会儿我和你一起出去也好，天也快黑了，您年纪大，小心些好。谢谢，老人说，你的画，就是在锄月园画出来的，在画室或者在别的什么地方，怕是画不出这样的画来。柳一石高兴起来，他笑了一下，向老人问道，您对锄月园很了解吗？老人说，不敢，不敢，我也是第一次来锄月园。柳一石道，第一次来呀，第一次来锄月园，您有什么感想呢？老人笑着说，说不准，说不准。你什么时候来园的，有许多年了吧？柳一石说，我是许多年了，几十年了。老人说，那你第一次来园时的感想，你还记得吗？柳一石想了想，说，我第一次来园时，还很年轻，什么也不懂，造园艺术啦什么的，一点不明白，好像，好像没有什么感想，只是，只是，柳一石又想了想，只是有一点感觉，就是觉得一个人若想躲避什么，到锄月园来倒是个好主意，锄月园冷清得出鬼，不光秋天的枯叶孤零零，连春花也是孤独的。老人点头，这不就是感受吗？这就是感受么？柳一石说，也许吧。老人说，你那时候正在躲避什么吧？柳一石愣了一下，老人的话使柳一石重新想起几十年前的往事。柳一石说，是的，我是在躲避，我到了锄月园，果然躲避开了。老人慢慢地点点头，是的，老人说，锄月本来就是归隐的意思。老人眯着眼睛，看着细密的秋雨打在水面上，老人好像在体味着什么。柳一石的画没有再画下去，他手头创作的是一幅题为《自锄明月种梅花》的画，已经画了几稿，总是不满意，一改再改，仍然没有改好，和老人说了些话，柳一石觉得自己的思路有些乱，便收了画，和老人一起出园，在街口他们分手道别。

　　第二天上班后，柳一石说，喂，小梅，昨天下晚，闭园后，来了一个人，不是来的，是没有走，关门的时候，他不知在哪里睡着了，没有听到铃声。小梅说，一个姑娘，长得很漂亮？小李说，你有那么多姑娘追你还不够，我还指望你能分俩给我呢，居然和老柳争夺起来，老人的东西你也抢呀。柳一石说，去你们的，一个老人，老头，很老了。小梅笑道，老头你告诉我做什么，我不爱听，姑娘的事我就听。小李道，缺少善心哪你。听说过么，古人道，老吾老，以及人之老，幼吾幼，以及人之幼。小梅说，听到过，还有一句，女吾女，以及人之女。柳一石道，不和你们开玩笑，真的一个老人，很老了，道骨仙风，闭了园也不走，看我画画。小梅说，老柳，行了，你的画有望，说不定，是一德高望重画坛老前辈，暗访画坛新秀，一眼看中咱们老柳。不是，不是的，老柳说，他说他不懂画，不是画家，我看也不像。小李道，那像什么，一个老头，关了门还不走，什么意思？柳一石道，我也想了半天，不明白，也许喜欢咱们锄月园吧。小梅呀了一声，道，我知道了。柳一石道，什么，你知道什么，小李看着小梅笑，小梅一本正经道，是苏醉石来了，一点没有笑意。小李道，那是，苏醉石被贬官，买下锄月园，说，今日归来如昨梦，自锄明月种梅花呀，那时候的人，想得开，乐惠，现在的人，退了休，就得退休综合征。小梅笑道，你不是说老柳吧，老柳还没退呢。柳一石说，去你们的。小梅朝四处看看，这雨下得，阴魂也不安分了，要钻出来了。小李说，从哪里钻出来？小梅手往四周里一指，哪里，随便哪里，就这里，那里，都会出来，阴魂又不是固体，又不是一块。小李说，那是气体呀，是雾状吧。小梅看着柳一石，不会错，书上记载，苏醉石就是死在锄月园的，埋在听雨轩下。小李做恐怖状，你别吓人，小李说，吓人倒怪，你说了，倒一溜了之，人家老柳，要在这里作画，别吓着老柳。柳一石也笑，说，若真是苏醉石，倒好，我的画，给他看过，值了，大家一起笑了一回，各人做各人的工作去。

到这一天下晚，大家下班，临走前，小梅对柳一石道，老柳，今天还画不画？柳一石说，怎么不画，为什么不画？小李道，他的意思，问你还等不等苏醉石来。柳一石说，等，当然等，你们若有兴趣，和我一起等。小梅小李同声道，我们没有兴趣。

柳一石作画的时候果然就有些心不在焉，好像真的在等着什么人似的。他一会儿就抬头四处看看，什么也没有，只有轻轻的风和细细的雨，满地的青苔，满目的秋意，柳一石讪笑了一下，进园几十年，什么样的事情没有经历过？亲眼看见有人投了园里的小池而不能去救的事情，古香樟树上吊着一个人的事情，疯人放火的事情。前些年园里有个花匠，是外地来的民工，住在园里，常说闹鬼，没有人相信，后来花匠喷血而亡。各种各样的事情都发生过，柳一石都经历过来了，也没有怎么害怕，也没有怎么心神不宁，好像觉得该着要发生的，就会发生，很自然的态度来对待。可是现在柳一石却有些不宁，柳一石并不是害怕，他只是在等待，等待那个老人再次出现，老人却没有出现，他也许就是一个一般的游客，也许再也不会出现，柳一石却控制不住自己的思想，他老是在想着那个老人，柳一石也知道他绝不会是二百年前的锄月园园主苏醉石。柳一石无法掌握自己思想的列车，它固执地朝某一个方向行驶，那就是等待老人。柳一石看着园中的小径，看着池塘，看着四周，好像老人随时随地会钻出来，每当柳一石摊开画纸，柳一石就想起老人音容笑貌，柳一石的心思很难再集中到作画上去了，柳一石就这样等了一天又一天，他始终没有等到老人的出现，而他的那幅《自锄明月种梅花》也一直没有能画好。

　　转眼就过了画展的最佳时期，进入冬天了，园领导说，老柳呀，原以为你能赶在秋天把画展办了的，我好不容易说服了局里，他们算是同意让你办一次画展，你自己，你怎么的，怎么拖下来了。柳一石说，是，我拖了，我太慢。园领导说，老柳，不是我说你，你这个人，做事从来不拖拉的，怎么轮到自己的事情，反倒拖拉了，再这样下去，办展览就不太合适了，天也冷了，园里还有其他任务，到了迎春节，就轮不上你了，老柳你知道的。柳一石说，我知道，园领导说，你再赶一赶，能在这个月内准备好，我们就抢一点时间，下个月初几天办了，你看行不行？柳一石说，我试试。园领导道，这是最后限期了，过了这几天，就比较麻烦。小梅道，麻烦什么，今年赶不上，赶明年。柳一石看看园领导，园领导不说话。柳一石说，明年我退休。小梅道，我倒忘了，小梅盯着柳一石，老柳，你的脸色，你的气色，怎么的，像丢了魂，是吧，是苏醉石把你的魂勾去了吧。小李道，又瞎嚼，老柳的定力，好着呢，苏醉石勾得去别人的魂，却勾不去老柳的魂，是不是，老柳。园领导说，你们瞎说什么，自己造自己的谣呀，告诉你们，有一年，也是传出什么话去，害得我们园几个月没有正常收入。柳一石慢慢地说，小梅说得不错，我一直在想着那个老人，我想他一定还会再来的。园领导说，什么老人，柳一石道，不知道什么老人，反正我想，他还会再来的。小梅道，原来，你停了画不作，就是在等老人呀。园领导正色起来，道，别乱说了，老柳，你自己抓紧吧，误了展期，我可帮不上忙了。柳一石说，好的，我抓紧。

　　柳一石仍然早出晚归，在开园之前和闭园之后，在园里作画，但是他怎么努力也收不回他的分散的精神。柳一石总是有一种感觉，他认为老人会回来的，但是老人一直没有出现。柳一石终于误了展期。园领导说，老柳，我是爱莫能助呀。柳一石说，我知道，谢谢领导的关心。说这话的时候，柳一石突然想，根本就没有什么老人。

少爷汤米

汤家有个家仆叫汤水，是个酒虫，每日喝酒，满宅子飘着酒香，连地底下也冒着酒气似的，弄得满宅子的人成天醉迷迷的。汤水不光自己好喝，还带着别人，像别的仆人什么，在汤水的带领下，不管有酒量和没有酒量的，到后来都成了酒鬼。汤家的少爷汤米，才七八岁的时候，汤水就偷偷地灌他酒喝。

很多年以后，汤水早已经作古，汤家的后辈也已经迁移他乡，汤家唯一的继承人汤米也不知到哪里去了，反正很多年来他一直没有露过面，音讯全无。在涉及汤家财产房屋大事的几次波折中，也没见汤米有什么消息，大家猜想，汤米不是死了，就是漂洋过海远去了。汤宅里只剩下一个小汤，从前是汤家的一个小家仆，小汤从哪里来，小汤什么时候进汤宅，小汤进汤宅的时候有多大，从前小汤在汤宅里做什么，后来又怎么样，现在的人，多半说不清楚了。

知道小汤的人都已和汤水一样作了古，到了另一个世界，不知道小汤的人越来越多，现在小汤也已经很老了，大家叫他老汤。老汤喝酒是拿热水瓶装酒的。大家说，这个酒虫，少见。老汤就笑，说，你们没见过我师傅喝酒。老汤说的师傅，大概就是汤水，汤水培养出小汤，一定不会有什么遗憾了，老汤现在喝了酒常常说起汤水临终前的形象。老汤说，汤水是醉死的，死得很潇洒，死得很快活，他向小汤和别的替他送终的人挥手道别，说，再会，再会，又说，对不起，我先走了，赶到那地方喝酒去呀，嘴里仍然飘出酒香来。大家听了有些反胃，道，会是酒香吗。老汤道，当然是酒香。

　　老汤一辈子未曾婚娶，独自个儿过日子，他住在汤宅的一间厢房里，一个人，也不嫌拥挤，汤宅的其他许多房屋，都归了别人住，这也是正常的事，老汤也想得通。大家说，老汤只要有酒喝，别的都能想通。汤家从前是名门望族，后来汤家家道中落，但大家都认为饿死的骆驼比马大，既然汤家让老汤管着，老汤怕是得了汤家的一些私房呢。对于这样的猜测，老汤也不承认，也不否认，只是一笑，或者被逼急了，道，哪里有，让我看着的东西，不是都抄走了吗，你们大家看见抄的。大家说，后来不是还了吗。老汤两手一摊，还了，在哪里呢？谁也不相信老汤的话。

　　老汤每天上班下班，早出晚归，挺辛苦的。退休以后，老汤在书场烧开水，书场就在原来的汤宅的轿厅。老汤的工作就是烧水，卖茶给大家喝，来听书的老太太老先生花几毛钱就喝一杯好茶，大家称赞老汤的茶泡得好。老汤说，茶泡得好，是因为茶里有酒香。大家笑，说我们怎么喝不出酒香，老汤说，那就是因为你们不喝酒的缘故，你们若喝了酒，满世界都是酒香，喝白开水也会有酒香，

不信你们试试。老太太老先生承认老汤说的有道理，但是他们谁也
不会去试试，他们宁愿看老汤喝酒。他们说，从前只听说你们的少
爷汤米能喝，想不到老汤你也是一把喝酒好手，你们汤家的人，出
众。老汤喝了酒也给大家说说自己年轻时的风流，老汤说，我那时
候，和一个女艺人好，也是说书的，说朱买臣马前泼水最好。大家
便笑，说，老汤你以为你是汤家的少爷呀，愿意和谁好就和谁好，
老汤有些难为情，支吾道，汤家从前是大户人家。大家说，汤家是
大户人家，你又不是汤家的人。老汤说，我怎么不是汤家的人，我
不是汤家的人你们怎么叫我老汤。大家说，叫你老汤是因为你自己
说你姓汤呀。老汤说，是呀，从前的汤家，大着呢，仆人也都跟着
姓汤。大家说，所以，女戏子就跟你好了。老汤纠正说，不是女戏
子，是女艺人，说书说朱买臣马前泼水最好。大家又笑，老汤老是
说朱买臣马前泼水，老汤是不是以为你自己是朱买臣呀。老汤说，
那倒不是。有知道些旧事的人，总喜欢把话题往汤宅的事上说，他
们常常指着老汤道，老汤呀，从前你们汤宅里，都是风流情种呀，
大家笑起来。年轻些的人，不知道旧事的，便有兴趣，要老人们说。
老人道，是不是，老汤，叫老汤说，是不是？老汤道，你们怎么知
道，你们看见了，你们听见了？老人们道，我们看是没有看见，我
们听也是没有听见，但是我们知道，这是事实，我们知道你们汤家
的人，都是很风光的，特别是你们汤家的少爷汤米，是不是，老
汤？老汤说，你们认识少爷汤米，老人道，那是，小时候，我还和
他掰过手腕，他输的，我和他同年。老汤笑起来，你说说，汤米少
爷怎么个风流呀。老人道，你不说，要我说，我怎么说得过你，你
是汤家的人呀。老汤道，那就是了，我是汤家的人，我怎么不知道

汤家少爷很风流呢。老人道，那是你包庇。老汤道，我包庇什么，我有什么好包庇的，我只知道汤家的少爷能喝酒，七八岁时，就被老汤水灌酒，灌成个大酒鬼。大家笑起来，这不和你老汤一样了吗，你老汤也是不简单。老汤说，不一样的，怎么会一样呢。大家道，一样的，一样的，一样的酒虫。老汤笑了，慢慢地说，倒也是的，一样的。

　　老汤的日子过得很平常，每日下晚喝酒，老汤对自己的生活很满足，唯一稍觉遗憾的就是喝酒时老汤总是独自一个人喝。老汤喝酒没有对手，也没有伴，认识老汤的人都不敢和老汤一起喝酒，没有人能够喝过老汤的。老汤虽然有了些年纪，身体还挺壮实，没有病，多少年的酒喝下来，肝也挺好，胃也不错，胆囊也没问题，人也不糊涂。大家称奇，老汤便说，你们身体不好的，跟着我喝酒。大家承认老汤的身体和喝酒有关，但是却没有一个人跟着老汤喝酒，也曾有几个年轻力壮的小青年，不服老汤的酒量，上前拼过，都败下阵去，从此再没有人敢和老汤叫阵，老汤喝酒只有独自个儿喝，让老汤觉得挺扫兴，老汤常摇头叹息，回想从前的汤宅，满宅子飘的酒香，由汤水带头，喝出一派阵势。有一回竟杀到汤家一个世交家里去了，因为那世家放出风来，说他们的宅子里，喝酒更是恣意，汤水不服，便带了人众杀上门去，大胜而归，汤宅的主人，为此还光荣了好一阵子。老汤记得，那时他尚年幼，没有轮上，只是跟着过去看热闹，又跟着一帮醉汉回来，一路风光，如今喝酒，只自己一人，形单影只。

　　老汤喝酒也有热闹的时候。有时候书场来了外码头的艺人，住在书场的小屋里，由老汤负责给他们做饭，碰到了能喝两杯的，老汤就有了伴，只可惜这样的机会并不多，外码头来的艺人，出门在外，多半比较严格，不会喝得痛快淋漓，第二天得上台说书，喝过了量，怎么挣钱，老汤也理解他们，不勉强，能坐一起对喝几小杯，也快活。

这一年的秋天，书场里来了一对评弹艺人，外码头来的，男女档，蒋调，男的四十多，叫蒋菊保，女的二十多岁，叫蒋菊仙，艺名小菊仙。他们就住在书场边的两间厢房里，这是书场专门给外码头艺人准备的住处。老汤给他们端上第一顿饭，喝吗？老汤看着蒋菊保，充满希望地问。蒋菊保摇摇头，看老汤失望，蒋菊保说，你喜欢喝？老汤道，我是酒虫，大家叫我酒虫。蒋菊保笑了一下，旁边小菊仙也笑了一下，老汤看着小菊仙笑，心里动了一下。笑什么？老汤说，不相信我，我从小，七八岁，就开始喝。蒋菊保又笑，小菊仙说，你怎么不说三四岁。老汤道，真的七八岁就开始喝酒，我七八岁时，汤水就往我嘴里灌酒。汤水是谁？蒋菊保问，是你师傅？老汤说，是我师傅，是我喝酒的师傅，小菊仙嘻了一声，喝酒还拜师傅？老汤道，那当然，小菊仙笑，不说话了，老汤看看桌上的菜，叹息一声，道，你们吃罢，我喝酒。一个人喝呀，蒋菊保指指小菊仙，要说喝酒，你怕不是小菊仙的对手呢。老汤盯着小菊仙，看了一会儿，老汤点头，我相信，女人喝酒，厉害的是很厉害，只不过，想喝过我这几十年的经历，也不易呢。蒋菊保笑道，不信，你试试，小菊仙陪老汤喝一壶。小菊仙说，怎么行，明天要上台的，喝醉了怎么办，瞎说呀，第一天的场子，不能砸呀。蒋菊保道，就你，能醉？小菊仙笑道，这不是碰上酒仙了么，怎么能不醉。蒋菊保看看老汤，老汤说，那就不喝，说书要紧，自顾喝酒，小菊仙看老汤闷闷的，便和他说话，老汤，你从前是做什么的？老汤说，要说很早的时候呢，还是说后来，小菊仙说，很早的时候你做什么，后来你又做什么？老汤说，很早的时候我就在汤宅里了，后来我在工厂里做工。小菊仙说，你是汤家的人？老汤犹豫一下，道，也算是，汤家是个很大的家族，家里的仆人也都跟着姓汤。小菊仙哦了一声，蒋菊保说，从前的大户人家，就是这样的，吃哪家饭，跟哪家姓，其实我们学艺的，也一样。小菊仙道，那是，我和你，都姓了蒋。老汤说，那可不一样，你们是有本事的人。小菊仙道，什么本事呀，独出一张嘴罢了。老汤道，独出一张嘴，也是本事呀，像我，就不行，不会说，小菊仙道，我看老汤你也挺会说的。老汤道，那是因为喝了些酒，不喝酒，我是没有话的。蒋菊保和小菊仙同时说，这倒是的，许多人都这样的，酒多话多。第二天蒋菊保和小菊仙上场说书，说的朱买臣马前泼水，说，唱，念，炉火纯青。老汤提着水壶给大家加水，看到大家称赞的神色，老汤像自己的事情似的高兴。书场休息时，见到人就问，怎么样，不错，怎么样，来事，怎么样，这一档有功夫的。大家说，老汤今天怎么了，像说书的小菊仙是你孙女似的。老汤说，你们说得出，我哪有这样的福气。大家说，那你就认她一个，我们替你告诉小菊仙，说你从前是汤家的少爷，有不少家私。老汤连连摇头，开什么玩笑，开什么玩笑，大家说，老汤从来不着急，老汤这回是真急了，我们不开玩笑，不说就是，别急呀。再开场时，老汤站在书场最后一排，呆呆地看着小菊仙一举手一投足，音容笑貌。

到下晚老汤给蒋菊保和小菊仙多做了好几个菜。蒋菊保说，老汤，请客呀，做这么多菜。老汤说，就算请客，就算请客。蒋菊保说，请的什么客，我们吃也得吃个明白。老汤愣了一下，道，为你们今天的开场书说得好，我请客。小菊仙道，老汤，你不仅爱喝酒，还爱听书呀。老汤说，说实话，酒我是必不可少的，书我倒是可有可无的。我喜欢听的书并不多，只有一出，就是你们说的朱买臣马前泼水。小菊仙说，真巧了。老汤说，真巧，我就只喜欢听朱买臣马前泼水。小菊仙说，好听的书多得很，为什么你光爱听这一出。老汤愣了一愣，忽然脸有些红，老汤老了，脸红，看着挺可爱。小菊仙看了忍不住笑。蒋菊保道，老汤，有什么风流往事是吧？老汤老老实实地说，是的，从前和我相好的一个女艺人，就是说朱买臣马前泼水说得好。小菊仙笑得更厉害，拿了个酒杯，向老汤要了一杯酒，举着到老汤面前，老汤，敬你，敬你。老汤道，你怎么敬我，你怎么敬我，该我敬你呀。小菊仙道，我敬你。老汤道，你敬我什么？小菊仙笑，我敬你从前有个相好的，能说朱买臣马前泼水。老汤和小菊仙同时将酒干了。小菊仙说，我奶奶从前就是说朱买臣马前泼水出名的，会不会是我奶奶呀。老汤认真地道，真的，你奶奶也是评弹艺人，你奶奶会说朱买臣马前泼水，你奶奶是谁？小菊仙忍住笑，我奶奶是蒋兰珍。老汤摇了摇头，不是的，不是的。小菊仙道，怎么不是，你怎么知道不是，我奶奶就是蒋兰珍呀。老汤说，我不是说你奶奶不是蒋兰珍，我是说，我是说，我说不是的意思，是不是蒋兰珍。老汤越说越不清楚，小菊仙终笑弯了腰，手里的酒杯也拿不住，放到桌上。老汤看小菊仙笑得开心，并不知道她笑的什么，却也跟着笑起来。小菊仙高兴，又喝了酒，果然海量，再要喝。蒋菊保和老汤都不让她喝，小菊仙道，不喝就不喝，她看着屋外，汤宅一排排的住房，指了指，说，这些房子，原来都是你家的？老汤道，怎么是我家的。小菊仙说，不是你们汤家的吗，既然你也姓汤，你不就是汤家的人吗，汤家的房子不就是你们家的房子吗？老汤道，你这么说，和你说不清了。小菊仙道，有什么不清的，很清楚么。老汤说，也是的，没有什么不清楚的，就是汤家的房子。说话的时候，老汤仍然盯着小菊仙。

　　如此，小菊仙他们说了十天书，每天小菊仙陪老汤喝一点，老汤这些日子过得特别有滋味。老汤很希望小菊仙他们能多说几回书，多留一些时间，可是不行，他们这一档，已经和别的地方签了合同，在汤宅的书场说完，便要转到别的地方去。临走的前一天晚上，老汤喝着酒，呆呆地看着小菊仙，老汤终于忍不住说，真像，像。小菊仙道，老汤，你说什么，什么像，像什么？老汤摇了摇头，小菊仙道，说呀，我们住你这地方也有日子了，处得不好吗？老汤说，好，好，处得挺好，我真希望你们再留下来。小菊仙道，既然处得好，有什么话你说呀。老汤犹豫了半天，终于说道，像，我看你太像了，我一直不敢说。小菊仙笑道，我知道了，老汤自从我一到这里，你就一直盯着我看，是不是我很像一个人，很像你从前的相好？老汤脸红了，老汤没有否认，老汤说，是的，是像，一举手，一投足，音容笑貌，都像，像得很。而且，她也能喝，海量。小菊仙道，真像我奶奶？老汤摇摇头，不是的，不是，她不叫蒋兰珍。小菊仙说，也许我奶奶改了名呀，说不定她从前不叫蒋兰珍。蒋菊保在一边笑起来，小菊仙那你干脆认个干爷爷得了。老汤连连摆手，道，不行，这不行，不行的。小菊仙说，老汤，你的那个人，叫什么？老汤忸怩了半天，轻声道，她叫彩凤。小菊仙说，彩凤，老汤，你放心，我回去问我奶奶。

小菊仙和蒋菊保一走以后，再没有音讯，老汤心里虽然有些挂记，但毕竟没有真的当回事情等着，邻居里知道这事的，都和老汤开玩笑，老汤便红着脸，说，没这事，没这事，心里却是甜滋滋的。

老汤仍然和从前一样过日子，再有说书人来说书，老汤仍然希望他们能和他一起喝酒，可是老汤再也没有等到一档说朱买臣说得好的艺人。老汤后来常常提起蒋菊保和小菊仙，老汤说，听了他们的书，别的书就差远去了。大家知道老汤偏心，也不去说穿他，让老汤有一个良好的印象也罢。

就这样过了一年多。有一天下晚，一场书刚刚散场，老汤正和几个老听客评论着，突然看到小菊仙一个人站在书场门前。老汤呀了一声，道，是小菊仙，是小菊仙呀！小菊仙朝老汤一笑，老汤说，小菊仙，你又来说书，说不说朱买臣马前泼水？我很长时候没有听到这出戏了。小菊仙犹豫了一会，说，老汤，我现在改行了，说书生意不好，我们改演现代歌舞了。老汤张着嘴，半天才说，那么，你不说朱买臣马前泼水了？小菊仙笑了一下，不说了，我现在唱歌，我们这次到这里来演出，我来看看你。老汤说，谢谢你，小菊仙，谢谢你，在我这里吃晚饭，我陪你喝几杯。小菊仙说，我没有时间，晚上要演出，老汤，我来告诉你，我奶奶年轻的时候确实是叫彩凤。老汤的脸突然红了。可是，小菊仙说，我奶奶说，她不认得你，我奶奶说，她确实和汤宅的人很要好……

大家都盯着小菊仙看。

小菊仙却盯着老汤，小菊仙说，我奶奶说，他是汤家的少爷汤米。

大家的眼睛立刻转向老汤。

原来你就是汤家的少爷汤米，大家说。

老汤一脸的莫名其妙，老汤说，我怎么是汤家少爷汤米呢。

金黄的落叶

　　夜里的雨一直下到早晨，天色很暗，老是亮不起来，人醒得也晚了，起来的时候，看看钟，知道迟了。母亲塞了些钱给玲儿，说，来不及做早饭了，自己出去吃一点吧。玲儿拿了钱，出门来，她并没有去吃早点，却将母亲给的钱买了一支四色圆珠笔和一块机器猫橡皮，揣进书包，高高兴兴地上学去。

　　课间的时候，玲儿将四色圆珠笔和机器猫橡皮拿出来欣赏，被同座的胖子看见了，一把将橡皮抓过去，说，这是我的橡皮。玲儿要夺回来，胖子不给，说，你偷我的橡皮。玲儿说，我自己买的。胖子不听玲儿说，他将橡皮高高地举起来，给别的同学看，说偷橡皮，偷橡皮。玲儿说，我没偷，我自己买的。但是她感觉到自己的声音很低很低，根本盖不过胖子的声音，满教室都是胖子的声音。老师走了进来，听到吵闹，老师问什么事。胖子举着橡皮说，老师，

090 / 锄　月

她偷我的橡皮。老师接过胖子手里的橡皮看了看，说，你有什么证据证明她偷你的橡皮？胖子说，我昨天刚买了一块机器猫橡皮就不见了，和这块一模一样。老师向别的同学看看，说，有同学知道这事情吗？后座上的眼镜说，我知道，胖子昨天是说橡皮不见了。和眼镜同座的英子也说，我也听见胖子说的，是机器猫橡皮。老师点点头，将橡皮扔到胖子的桌上，回过来看玲儿。玲儿感觉到老师的目光很尖利，她有点害怕，不敢正视老师的目光，低声说，我没有偷，是我自己买的。老师说，在哪里买的？多少钱？玲儿说，在天天文具店，妈妈给我两块钱买点心，我没有用，买了一支四色圆珠笔和一块机器猫橡皮，还多了一角钱。玲儿从口袋里掏出皱巴巴的一角钱给老师看。老师笑起来，说，你给我看一毛钱也不能证明什么呀？玲儿说，你不信可以到天天文具店去问。老师再次笑了，说，为一块橡皮跑到店里去问呀，我哪有那么多时间，算了算了，不就一块橡皮，以后别再这样了。老师说话时，上课铃声响了，老师说，上课了。班长喊了起立，大家站起来。玲儿说，老师，不是我偷的。有几个同学偷偷地笑了一下，老师朝玲玲看看，说，别黏糊了，不就一块橡皮么？老师说着忍不住又笑了一下，同学们看到老师笑，也都跟着笑了，老师将脸板了，说，上课了，安静！同学们坐下来，老师开始讲课。

　　下了课，胖子起身要到外面去玩，玲儿一把将胖子抓住，说，我没有偷你的橡皮，我的橡皮还给我！胖子说，你有完没完了？玲儿说，你还给我！胖子想了想，将机器猫橡皮从自己的铅笔盒里取出来，扔到玲儿面前，说，给你给你，不就一块橡皮么，就算我送给你的！玲儿仍然不放手，说，是我自己买的！胖子说，偷就偷了，还不承认，我以前偷你的自动笔芯，我不是承认了么？胖子想将自己的衣角从玲儿的手里拉出来，试了一下，拉不出，皱了皱眉头，说，女人真烦人，好吧好吧，就算你没偷。玲儿说，什么叫就算，没偷就是没偷！胖子举起双手，做投降状，说，没偷没偷，放了我吧，终于将衣角从玲儿手里抽出来，转身向教室外去。玲儿紧紧跟着胖子，说，你去跟老师说，我没偷你的橡皮，机器猫橡皮是我自己买的。胖子连奔带逃，玲儿在后面紧紧追随着，胖子走到哪里，玲儿跟到哪里，男生拍着手笑，说，胖子胖子，无路可逃。胖子说，谁说无路可逃，一下子蹿到厕所里去。

玲儿在厕所外等了一会，不见胖子出来，回到教室，走到围成一圈的女生中间，说，我没有偷胖子的橡皮。英子说，可是我是听见胖子说过机器猫橡皮不见了。玲儿说，我不知道，这一块是我自己买的，不信，你去问我妈，不信，你去问天天文具店的人。英子说，我才不去问呢，关我什么事。陶子走到玲儿跟前，说，你怕胖子呀，怕他做什么，胖子的东西，偷光了才好。玲儿说，可是我没有偷他的橡皮。陶子说，就算偷了，又怎么样，胖子要是再啰唆，你叫他来跟我说，你看他敢不敢。女生都笑了，说，就是，胖子的东西，偷光他才好。玲儿说，我没有偷。女生没有再和玲儿说关于橡皮的事情，她们叽叽喳喳说哪个老师的衣服时髦，哪个老师化妆得好看，哪个老师土。

因为这事情，胖子迟到了，受到老师批评，胖子说，不怪我，是她偷我的橡皮，还追我。玲儿说，我没有偷，是我自己买的。老师说，你们烦不烦，就一块橡皮的事情，不许再说了，好好上课。

放学的时候，胖子兔子似的溜走，玲儿追不上他，便自己往老师的办公室去。老师见了玲儿，说，放学了，怎么不回去？玲儿说，老师，我没有偷橡皮。老师说，不说这事情了，说来说去，也就一块橡皮，吸取教训，以后注意就是，老师也不会把这事情放在心上。玲儿说，我没有偷，是我自己买的。老师说，我知道了，不说你偷，好了吧。指指办公桌上一大叠本子，说，我要批作业了，你走吧，没事。玲儿说，本来就不是我偷的，老师笑着摇了摇头，向办公室里别的老师说，现在的小孩子，倔起来也厉害，拿他们没办法，指指玲儿，这一个就为了一块橡皮，倔着呢。别的老师也朝玲儿看看，有老师问了一句，以前有没有这样的事情，玲儿的老师再看看玲儿，说，以前没有，是不是，以前没有这样的事情。玲儿说，我没有偷，是我自己买的，在天天文具店，不信，你们去问天天文具店的人。老师们都笑了，玲儿的老师笑着拍拍玲儿的头，说，好的，好的，一会下了班，老师经过那里问一问。好吧，现在你先回去吧。玲儿点点头，走出老师的办公室，在学校里找了一个地方坐下，坐在这个位置上，她能看到老师的办公楼，也能看到天天文具店的店面。

玲儿等了很长时间，才看到老师从办公楼出来，玲儿看到老师到车棚里开了自行车锁，将自行车推到外面，骑上，经过传达室，下了车，和传达室的人点个头，出了校门，又骑上车，经过天天文具店，老师并没有下车。玲儿看着老师的车，很快远去，玲儿慢慢地站起来，向天天文具店过去。

天天文具店的妇女隔着柜台和一个男人在说话，他们很开心的样子，妇女笑了好几次，过了好一会，妇女才注意到站在柜台外面的玲儿，妇女朝玲儿看看，说，小朋友，买什么？玲儿说，不买什么。妇女仍然和男人说话，仍然笑，又过一会，看玲儿仍然站着，不走开，也不朝柜台里的文具看，妇女有些奇怪，说，小朋友，你做什么？玲儿说，我等老爷爷。妇女说，什么老爷爷？玲儿说，你们店里的老爷爷，早晨他在店里的。妇女说，噢，老爷爷呀，他身体不好，到医院看病去了，她又盯着玲儿看了一眼，说，你找老爷爷做什么？玲儿说，我问问老爷爷，记得不记得，今天早晨，我在老爷爷这里买了一支四色圆珠笔和一块机器猫橡皮。妇女笑着向男人说，现在小孩子，没事情做，烦人！又低下头向玲儿说，老爷爷不在，你回去吧。玲儿说，我给老爷爷两块钱，老爷爷找给我一角钱，玲儿从口袋里摸出那张皱巴巴的一角纸币给妇女看，就是这一张！妇女说，怎么了，小朋友，是不是找错钱了，少找了你？玲儿摇摇头，没有，玲儿说，没有找错钱，你看一看，这张钱是不是你们店里的？妇女没有看这张纸币，却笑起来，说，小朋友，钱我可认不出来，这钱也不是我养着的，也是别人给我，我再给别人，来来去去，只是从我的手里经过，我认不得它们，和玲儿并排站在柜台外面的男人侧过脸看看玲儿，说，小孩子是不是有什么事情？妇女说，也许是。问玲儿，怎么了，小朋友，碰到什么事情了？玲儿说，早晨我在这里买了一支四色圆珠笔和一块机器猫橡皮，胖子看见了，说我偷他的橡皮。妇女忍不住"嘿"了一下，男人也和她一起笑起来，说，原来，小孩子要来找证人呢。妇女说，你去对胖子说，我给你做证人。玲儿说，不是你，是老爷爷。妇女说，我和老爷爷一样的。玲儿却摇摇头，不一样，玲儿说，我要等老爷爷回来。妇女有些烦了，说，小朋友，就算你等老爷爷回来，老爷爷怎么记得谁谁谁在我们店里买了什么，这学校有那么多的学生，老爷爷能记得过来吗？走吧，走吧，时间不早了，你爸你妈要找你了。玲儿说，机器猫橡皮确实是我买的，我没有偷。妇女说，知道了知道了，不就一块橡皮么，偷了也没有什么了不起，现在的社会又不是从前，从前我们小时候读书时，那才叫严，现在的小孩子，什么事情做不出来？别说一块橡皮，叫他偷个百货商场也敢。男人说，真是，现在的孩子，日子好过，胃口自然大，偷块橡皮，算什么事，鸡毛蒜皮也算不上。前天看报纸上写的，几个十三四岁的孩子，半年里偷了几十部赛车，叫人不相信。玲儿说，我没有偷橡皮，是我自己买的。妇女说，好好，你没有偷，是别人偷的，好了吧，你还要怎么样？总不能让我跟着你到你们学校去给你做假证明吧？玲儿说，老爷爷能证明的。妇女打开柜台门，从里边拿出一块机器猫橡皮，扔到柜台上，说，拿着吧，算我送你的，行了吧？玲儿看着那块橡皮，一动不动。妇女说，拿着吧，这一块给你，那一块还给胖子，不就没话说了？玲儿盯着机器猫橡皮看了一会，慢慢地转过身去，男人在她背后说，她要做什么？妇女笑着说，不知道。

玲儿穿过大街，走到菜市场，菜市场快要下市了，玲儿走到叫哥哥的葱姜摊前，说，叫哥哥，你知道医院在哪里？叫哥哥吓了一跳，说，怎么啦，玲儿，不舒服呀？玲儿说，我去找天天文具店的老爷爷，老爷爷知道我早晨买了一支四色圆珠笔和一块机器猫橡皮，老爷爷能证明的。叫哥哥狐疑地看看玲儿，你怎么了玲儿，你说什么呢？我怎么听不懂？玲儿说，我买的橡皮，胖子说我偷他的。叫哥哥松了一口气，笑起来，说，你个玲儿，倒把我吓了一跳，当什么大事情呢，一块橡皮呀，算了算了，我给你钱，你再去买一块就是。玲儿说，我不要橡皮，我要找老爷爷，你告诉我医院在哪里。叫哥哥说，哪个医院？你不说是第几医院，我怎么知道在哪里呀？玲儿低头，想了想说不出来。叫哥哥说，就是和你同座的那个胖子？玲儿说，是。叫哥哥说，胖子太老卯，明天放学，你拉他从这边走，我教训教训胖子，叫他以后别大惊小怪，瞎说八道，一块橡皮，算什么东西！玲儿说，我没有偷。叫哥哥看看玲儿，问，你们老师怎么说？玲儿说，老师说以后注意别做这样的事情。叫哥哥"呸"了一声，说我去找你们老师，跟他们说说，一块橡皮，小题大做，一个小孩子，知道什么偷不偷？将我当年偷飞机的事情告诉他们，吓他们一裤子尿。玲儿说，你去没有用的，你没有看见我买橡皮。叫哥哥无可奈何地挠挠头皮，说，玲儿我拿你没办法，一块橡皮，你老放在心上做什么？玲儿说，我没有放在心上，我没有偷橡皮。叫哥哥说，那你要我做什么？玲儿想了想，摇了摇头，慢慢地说，我没有要你做什么。她离开叫哥哥的姜摊，向前走去。

玲儿穿过菜市场，到了路口，玲儿站定了，想了一想，玲儿没有直接回家，她往奶奶家去。

奶奶想不到这时候玲儿会来到，高兴地拉住玲儿左看右看，说，玲儿你来了，奶奶好想你呢！玲儿不说话，奶奶让玲儿坐下，拿了水果给玲儿吃，玲儿不吃，奶奶有些担心地摸摸玲儿的头，是不是不舒服？奶奶说，没有病吧？玲儿说，没病。奶奶说，没病就好，没病就好，告诉奶奶，今天怎跑来看看奶奶？玲儿说，胖子说我偷他的橡皮，告诉了老师。奶奶心疼地搂了一下玲儿，说，哟哟哟，这叫什么话，怎么说得出口，才十来岁的小孩儿，懂什么偷不偷，拿他块橡皮用用，怎么啦，一块橡皮，用他不得呀？玲儿说，奶奶，我没有拿，我没有买点心，买了一支四色圆珠笔和一块机器猫橡皮，你看，找还我一角钱。玲儿将一角的纸币摸出来，给奶奶看。

奶奶没有看纸币，只是搂着玲儿，说，呀，玲儿，你把吃早饭的钱买了别的，到现在还没吃呀，你饿了吧？奶奶给你弄好吃的。玲儿说，奶奶，我真的没有偷胖子的橡皮。奶奶说，什么偷不偷，多难听，不说了，不说，奶奶给你弄吃的。玲儿跟着奶奶到厨房去，看奶奶忙着，玲儿不再说话。一会儿，外面有敲门声，奶奶去开了门，是小店里管公用电话的大伯，大伯说，奶奶，有你的电话，去听一听吧。奶奶说，怎么会有人给我打电话，是谁呢？跟了大伯往外走，一边回头对玲儿说，玲儿，在这待着，别走开，奶奶一会儿就来。玲儿等了一会，奶奶果然回来了，指着玲儿，说，玲儿呀，你放学不回家，把你妈你爸急坏了，到处找你呢。看玲儿不作声，奶奶说，玲儿，下回过来，和爸爸妈妈说一声，知道吧。玲儿说，知道了，是妈妈打电话？奶奶说，是，是你妈，急坏了，以为出了什么事情，我说，没事，没事，一点事也没有，就是饿了，是不是？玲儿，我告诉你妈你把吃早饭的钱买了别的东西了，没有吃早饭，这会儿还不饿呀，我正给你弄吃的，你妈就放心了。玲儿说，你说没说胖子赖我偷橡皮的事情？奶奶笑了，转身摸摸玲儿的头，说，玲儿真是个孩子，拿块橡皮用用，这算什么事呀，这有什么好说的。玲儿说，可是我没有拿他的橡皮用。奶奶说，在奶奶这里吃了饭，叫谷子叔叔送你回去。

　　玲儿吃了饭，谷子叔叔就回来了，还带着他的女朋友，奶奶叫谷子叔叔送玲儿回去。谷子叔叔将玲儿抱到自行车前杠上，女朋友坐在后座上，手臂绕着谷子叔叔的腰，谷子叔叔带着两个人骑自行车，路上谷子叔叔问玲儿今天怎么想到来看看奶奶？玲儿说，我买了一块橡皮，胖子说是我偷他的橡皮。谷子叔叔嘻了一声，说，我

问你怎么跑来看奶奶了，你答非所问呀！玲儿不再说话，谷子叔叔
便说，我知道，玲儿想奶奶了是吧，想不想你谷子叔叔呀？玲儿没
有吭声，谷子叔叔又说，玲儿，叔叔的女朋友，你第一次见到吧，
怎么，漂亮吗？女朋友在后座上咯咯地笑，用手推谷子叔叔，谷子
叔叔装出要倒下来的样子，将车子骑得直晃，女朋友在后面尖声大
叫、大笑，玲儿一直没有吭声。

　　谷子叔叔将玲儿送到家，向哥嫂打个招呼就走了。家里很安静，
爸爸在书桌上写东西，妈妈看电视，织毛衣。和平时一样，爸爸妈
妈在家里不怎么说话，实在需要说话，也只说很少的几个词。其实
玲儿在妈妈的单位看见妈妈和同事说话，叽叽喳喳，很能说，玲儿
也知道爸爸在外面总是笑眯眯的。到了家他们就不说话，也不怎么
笑，玲儿不知道这是为什么，玲儿早已经习惯了家里的这种宁静。
现在玲儿背着书包，进了屋，妈妈说，回来了，玲儿点点头，妈妈
说，功课还没有做吧，做功课去吧。玲儿到自己屋里，将作业本拿
出来做作业，玲儿打开铅笔盒，看到那块机器猫橡皮，玲儿没有用
它，她继续用另一块已经用得很小了的橡皮。爸爸妈妈仍然做他们
自己的事情，玲儿的学习比较自觉，他们不用操很多的心。作业做
完后，玲儿收拾书包，她将机器猫橡皮看了看，拿着，到妈妈身边，
送到妈妈眼前，给妈妈看。妈妈不明白，说，怎么，橡皮？玲儿说，
早晨我没有吃早饭，买了橡皮，还有一支四色圆珠笔。妈妈说，噢，
知道了，奶奶在电话里说了，说你饿坏了，以后不能这样，知道
吗？玲儿说，奶奶没有说胖子赖我偷橡皮的事情？妈妈说，什么偷
橡皮，谁偷橡皮？玲儿说，胖子说我偷他的橡皮。妈妈打了个呵欠，
说，那你偷没偷？玲儿说，我没有，橡皮是我自己买的。妈妈说，

没偷就算了，这有什么好多说的。玲儿说，你不信，可以去问天天文具店的老爷爷。玲儿再次摸出那张皱巴巴的一角钱给妈妈看，妈妈终于笑了一下，说，好了好了，洗洗睡觉吧，时间也不早了。爸爸听到妈妈的笑声，回头看了一眼，没有说话，脸上也仍然是平平淡淡的，他又回头伏案工作。妈妈给玲儿洗了脸洗了脚，玲儿进自己屋，上床，睡觉。

夜里玲儿做梦，梦见机器猫橡皮变得奇大无比，一会现出机器猫的脸，一会儿又变成胖子的脸，再变成英子的脸，眼镜的脸，陶子的脸，老师的脸，文具店妇女的脸，叫哥哥的脸，奶奶的脸，谷子叔叔及女朋友的脸，妈妈的脸，爸爸的脸，玲儿急于想它变成文具店老爷爷的脸，却一直没有变成，玲儿醒了。

玲儿上学时，到了天天文具店门口，仍然是妇女在站柜台，玲儿说，老爷爷呢？妇女认出玲玲来，说又是你呀，还想着那块橡皮呀，老爷爷住医院了。玲儿说，在哪个医院？妇女笑了，说，你还真的要去找他呀，为了一块橡皮，嘻，嘻嘻。玲儿盯着妇女，说，老爷爷在哪个医院？妇女说，从这边出去，过两条大街，就到了，嘻嘻。

玲儿不明白妇女笑的什么意思，她站定了想了一会，决定不往学校去，她沿着妇女指点的方向，向大街上走去，穿过两条街，玲儿果然看到一座医院。玲儿走过去，看到医院门口的草坪上，坐着一个年轻的阿姨，穿着雪白的衣服，脸色也白白的，脸上笑眯眯的，玲儿说，你是护士吗？阿姨笑着说，你怎么猜到我是护士？玲儿说，我看你像护士。阿姨摸摸自己的脸，说，我像护士吗？玲儿说，我找住院的老爷爷。阿姨说，他是你爷爷吗？玲儿说，他不是我爷爷，他是天天文具店的老爷爷，他能证明橡皮是我自己买的，不是偷的，胖子赖我偷橡皮，老爷爷能证明我。阿姨好像愣了一下，她轻轻地将玲儿拉到身边，抚摸着玲儿的头，说，跟阿姨说说，怎么回事？玲儿说，早晨妈妈给我两块钱买点心吃，我没有吃点心，我买了一支四色圆珠笔和一块机器猫橡皮，老爷爷找还我一角钱。玲儿将皱巴巴的一角纸币摸出来，给阿姨看。阿姨接过去，看了看，还给玲儿。玲儿说，胖子说机器猫橡皮是他的，是我偷他的，我没有偷，我自己买的。阿姨眼睛定定地看着玲儿，说，胖子赖你偷橡皮，别人怎么说你，他们相信胖子的话吗？玲儿想了想，说，他们也不说是我偷的，也不说不是我偷的，他们说算了算了，就一块橡皮，别放在心上，可是，可是我真的没有偷橡皮，我找文具店的老爷爷，只有他能证明我，老爷爷一定认得我，老爷爷一定记得我买了一支四色圆珠笔和一块机器猫橡皮，他找还我一角钱。玲儿说着慢慢地发现阿姨的眼睛蒙上了一层水雾，玲儿有些惊讶地看着阿姨。阿姨摸着玲儿的头，眼睛看着远处，轻轻地说，我知道，我知道，我知道这种感觉，小妹妹，心里好像有好多好多的话要和别人说说，是不是？可是大家都不要听你说，是不是？心里堵堵的，闷闷的，是不是？玲儿说，是的，我跟他们说，他们就笑，他们说这没有什么，一块橡皮算不了什么，叫我别说了，他们不要听我说，可是，可是……阿姨点着头，说，是的，是的，我明白你的心情，明明你没有偷橡皮，但是心里老是虚虚的，不踏实，就像真是自己偷了似的，总是想要向别人说一说，告诉他们，我没有偷橡皮。玲儿说，阿姨，就是这样的，你怎么知道？阿姨说，我知道，是因为我也碰到这样的事情。玲儿说，阿姨你也买了一块橡皮？阿姨笑了一下，笑得很好看，阿姨说，不是橡皮，是一条项链，我的一个同事，掉了一条项链，我正好买了一条，一模一样的。玲儿说，你的同事说你偷项链？阿姨说，是的，我自己独自去买的，我没有证人，我到处找发票，却找不见，我也和你一样，到金店去找营业员，可是他们不记得我，他们根本不认得我，他们不肯给我证明项链是我自己买的，他们所有的人都怀疑我。我知道他们有的人虽然嘴上不说什么，但是他们心里都认为我是偷了金项链，我跟他们说，我没有偷，我真的没有偷。项链是我自己买的，玲儿看阿姨停下不说了，问道，后来呢？阿姨指指医院四周，说，是，后来我就来做护士了。

有两个穿白大褂的人向草坪奔过来，玲儿看出来他们脸上有紧张的样子，玲儿朝阿姨看看，她发现阿姨的脸色更加苍白，嘴唇哆嗦着，站起来想走，但是那两个穿白大褂的人已经到了跟前，他们一起上前抓住了阿姨，其中一个说，你跑到这里来了！另一个说，你怎么跑出来的？阿姨说，我没有跑，我到草地上散散步，和小妹妹说说话。两个穿白大褂的人担心地看着玲儿，一个说，小朋友，她没有打你吧？另一个说，她没有吓着你吧？玲儿不明白他们说的什么，她茫然地看着他们将阿姨紧紧抓着进了医院。

玲儿看着马路上的人和车穿过来穿过去，玲儿想，我该上学去了，我今天要迟到了。玲儿向前走了两走，有一张树叶从树上飘落下来，随风旋了几下，掉在玲儿脚边，玲儿看着落叶，她想起课文里的句子。课文里说，秋天到了，金黄的树叶飘落下来。

又在秋天

在从前的一个秋天，秋琳为自己准备婚礼，沉浸在幸福之中，帮她一起忙的是她最要好的同学沈维，她们在某一天相约到郊外的山上看红叶。秋琳说，沈维，这也许是我做别人的妻子前的最后一次游玩呀，以后的事，也不知怎么样呢。红叶和幸福将秋琳的脸映得红红的，沈维看上去有些忧郁，她的眼睛里含着些泪水，脸色也很苍白。秋琳说，沈维，你怎么啦？沈维弯腰捡起一片红叶，将红叶遮在自己的眼睛上。秋琳说，沈维，你说话。沈维摇摇头，说，我们回去吧，沈维一直就是一个忧郁的样子，秋琳也没有怎么在意，她已经习惯了沈维的样子。

回来后的第二天，陶柯来了，他盯着秋琳的眼睛，看了半天，陶柯说，秋琳，我对不起你，我决定和沈维结婚。秋琳笑了一下，说，陶柯，你做什么？陶柯说，秋琳，我不开玩笑，我能说出这句话，是下了很大很大的决心的。秋琳看着陶柯的脸，说，你和沈维结婚？陶柯说，是的，秋琳又说，不和我结婚了？陶柯说，是。秋琳说，什么时候决定的？陶柯想了想，他摇摇头，我不知道，也许是刚刚决定，也许是早已经决定。秋琳又笑了一下，说，那我，我怎么办？陶柯说，我，我不知道，我对不起你，秋琳，你一定能找到比我更好的。秋琳"哈"了一声，说，爱和婚姻，原来是找到的呀。陶柯有些紧张地看着秋琳，张了张嘴，他好像想说什么，却又没有说得出来，秋琳说，没事，我没事，你去吧。她指指门外，你去和沈维结婚吧。陶柯狐疑地向外退去，他一直盯着秋琳，退到门口。秋琳说，走吧，没事。

陶柯走了出去，外面的天气很好，秋高气爽。沈维正在某个街口等着陶柯，陶柯向沈维走去。沈维说，陶柯？陶柯轻轻地拍拍沈维的苍白的脸颊，没事，陶柯说，没事，我们走吧。沈维回头向秋琳家的方向看，她的眼睛里再次涌出一层又一层的泪水，陶柯搂着沈维，沈维的身体微微颤抖。没事，陶柯说，真的没事。

秋琳所有的亲戚朋友都为秋琳抱不平，秋琳的哥哥要去揍陶柯，秋琳的妈妈要到陶柯家去论理，秋琳的同事要给陶柯和沈维的单位写信揭露他们的不道德行为，秋琳和沈维共同的同学全部站在秋琳这一边，他们见到了沈维，不再为她的与生俱来的忧郁动心，他们丢给她一个鄙夷的眼神，他们说沈维原来是个阴险的女人。男生为自己曾经差一点着了沈维的道儿而后怕不已，女生庆幸自己没有像秋琳那样把毒蛇当成密友，否则的话，沈维很可能心狠手辣毫不留像抢陶柯一样把她们的丈夫或男友抢去。

面对突如其来的沉重打击，秋琳始终不言不语，大家害怕秋琳这样会出什么事，他们说，秋琳你想哭就哭出来。也有的人说，不哭，为那样的人哭，不值。他们说，秋琳，只要你开口，要我们做什么我们都会去做的。秋琳其实也不要他们做什么，她想做的事，他们大概无能为力。

在陶柯和沈维举行婚礼的那一天，秋琳独自一人，悄悄地离开了这个城市。

事情就这么结束了，时间长了，大家渐渐将这事情淡忘，偶尔提起，情绪也不似当时那样激烈了，作为一件逝去了的往事谈谈说说，给现在的平淡的生活增添一些味料，也没什么不好。至于秋琳的母亲曾经咬着牙说要看一看陶柯和沈维的好下场，这话也不过是气头上说说，也没有哪个真的等着要看陶柯和沈维的结果如何，毕竟陶柯和沈维离他们都远了，以后，会越来越远。如果秋琳的境况不好，他们也许还会提到陶柯和沈维，说，都怪他们，害得秋琳怎样，而事实上，秋琳的情况很不错，而且一年比一年好，秋琳有了自己的事业，她嫁了一个好丈夫，正如陶柯所说，你会找到比我更好的。

多年以后的一个秋天，秋琳回到了自己的家乡。秋琳的母亲已经很老了，母亲并不知道秋琳的归来，秋琳事先没有告诉任何人她要回家。当秋琳出现在老家的街口时，她远远看到家门口有一位白发苍苍的老人迎风站着，秋琳走上前去，喊道，妈。母亲茫然地看着秋琳，你在喊谁吗。母亲说，你是在喊我吗？秋琳止不住掉下眼泪来，说，妈，是我呀，我是秋琳。母亲的眼睛迎风掉泪，但她并没有避开风头，她仍然迎风站着，也许她终于想起她是有一个女儿叫秋琳，或者，她想起一个别的什么人叫秋琳。母亲笑了一下，脸上露出些不解的样子，是秋琳吗，母亲说，是秋琳吗，怎么会是秋琳，他们告诉我秋琳死了。秋琳说，不，妈，我没死，妈，你好好地看看我，我活着。母亲说，怎么会呢。秋琳说，出过一次车祸，但是我没有死。母亲将昏花的目光投到秋琳身上，看了半天，她仍然认不出秋琳是谁，母亲说，那么，死的是谁呢，是春琳吗？秋琳说，没有，春琳也没有死，他们都活得好好的。母亲有些奇怪地想了想，那么到底是谁死了呢，总是死了一个人的，我记得，他们告诉我的。有一个人死了，秋琳不知道这个死去的人是谁，秋琳想，这是正常的，总会有人死去，或者死的人很多，母亲搞不清楚了。

　　秋琳在离家许多年以后，重又回来，从前属于她的一间小屋依然和她走的时候一样布置，少女时代的相片依然在墙上挂着，镜框被擦得干干净净，没有一丝灰尘，床单和枕巾也都像从前一样洁净清爽，秋琳不知道是谁在为她的旧屋做这些事情。吃晚饭的时候，秋琳说，妈，我的小屋，是您打扫的吗？母亲疑疑惑惑地看看秋琳，你说什么，你说什么小屋？秋琳指指自己的小屋，就是那间，从前我一直住在里边，母亲动作缓慢地转过身体看那间屋子，慢慢地说，你住过这间屋子？秋琳的哥哥说，秋琳，妈糊涂了，房间确实是妈打扫的，但是她根本已经不知道她自己在做什么，许多年来，像已经成为一种形式，一种仪式。秋琳看着母亲，顿了好一会儿，秋琳说，妈，您都忘记了，是不是，从前的事，您都不记得了？母亲笑了一下，又笑了一下，母亲说，记得，记得，越是老了来，对从前的事就越是记得清，常常就像在我的眼前，做戏似的，活灵活现，我一伸手，能抓住似的。母亲说着，向秋琳伸了一下手，摸到秋琳的脸庞，母亲高兴得笑了，抓到了，母亲说，我抓到了。秋琳说，妈，您觉得自己抓到什么了，母亲说，我抓到从前了，大家都笑了一下。嫂子说，妈见了秋琳，可能是想起什么了，神志也清醒多了。一家人一边吃饭一边说话，他们说了许许多多的事，提到许多人，说了他们从前怎么样，后来又怎么样，以后还会怎么样，只是从头到尾谁也没有提到陶柯和沈维。他们也许怕我想起往事不高兴不快活罢，秋琳想，不提也罢。但是在秋琳的心里，一直搁着这两个名字。晚饭快结束的时候，大家喝了点酒，情绪也很高。秋琳终于说，你们知不知道他们的情况，她盯着哥哥，再看看嫂子，她想他们应该知道她问的是谁。可是哥哥和嫂子好像并不明白，他们想了一会儿，脸上有些茫然，看得出他们并没有想明白秋琳问的是谁。嫂子说，两个人，你说谁，哪两个人，我们认得吗？秋琳说，你们认得的，应该不会忘记。嫂子说，是谁？秋琳张了张嘴，她想说出陶柯的名字，但不知怎的，到嘴边，她说出来的是沈维的名字，沈维？嫂子愣了一会，又想了想，说，沈维，你让我想一想，我好像听到过这个人，我再想一想，噢，噢，我想起来了，沈维，是你的同学吧，是不是？秋琳说，是，你知道，她后来、她现在，怎么样了？嫂子说，我知道的，我听说过的，让我再想想，时间长了，有些不清楚了。哥哥说，沈维，我也能想起来，是不是和那个谁结婚的，秋琳说，是，她和陶……秋琳顿了一下，许多年没有再提过陶柯这两个字，现在重新说起，秋琳的心里咯噔了一下，她没有想到，再提陶柯的名字，竟是那么的陌生和遥远，又是那么的切近和熟悉。秋琳说，她和陶柯结婚。嫂子说，对了，说起陶柯，我想起来了，他们两个都是你的同学吧。秋琳说，沈维是我的同学，陶柯不是。嫂子说，噢，我听谁说过，沈维和陶柯，离了。秋琳说，离了，怎

么会，嫂子说，说是沈维跟别的男人好了，后来就离了。秋琳愣了
一会，说，怎么会，沈维怎么会这样？嫂子说，我也是听别人说的。
哥哥想了想，说，不对吧，你可能搞错了，我听说不是沈维有事，
是陶柯有了女人，才离的，事情和你说的正好相反，你是不是搞错
了？嫂子说，为什么是我搞错了，说不定是你搞错了呢，告诉我这
事的人，和他们很熟。哥哥说，你能肯定么？嫂子说，什么肯定不
肯定，这么顶真做什么，别人的事，与我也没有什么关系，也是秋
琳问起来，我也是随便说说的罢。秋琳说，哥哥，嫂子，你们说的，
是沈维和陶柯吗？嫂子朝哥哥看看，哥哥也朝嫂子看看，他们一起
说，是的吧，是的吧，不是你打听沈维的吗，我们是听了你提这个
名字，才想起来的。秋琳说，会不会，你们都搞错了人，根本就不
是我要打听的沈维和陶柯呢？哥哥和嫂子又想了想。哥哥说，也可
能的，也可能是搞错了。嫂子笑了一下，说，冬瓜缠到茄门里，哥
哥说，许多年前的事了，大家都淡忘，记不很清了，谁是谁，谁是
谁，谁谁和谁谁怎么样，有时候提起来，简直牛头不对马嘴了。嫂
子说，就是，秋琳你还记得同学里有个谁谁谁呢，像我这样的记性，
笑话多了，有的人还多少有些儿印象，名字却怎么也想不起来，见
着了，也只好哼哼哈哈糊过去，也有的，干脆忘个一干二净，当面
站着了，就像这一世里根本没碰过面似的。有一次，人家指着我说
你不认得我了，你不认得我了，我还和你同桌呢，我还偷过你的笔
呢，弄得我好尴尬，硬是没有把人家想起来。秋琳说，那也是，到
底多少年过去了，许多事都随风飘去，只是，只是，秋琳停下，没
有再往下说。嫂子看看秋琳，说，秋琳，是不是，是不是那个叫沈，
沈什么，噢，对了，叫沈维吧，是不是这个同学和你特别要好，你

所以……秋琳说，嫂子，你们真的不再记得他们？嫂子说，记得的，记得的，沈维是你的同学，对吧？哥哥说，秋琳，你是不是真的很想念你的同学，我和你嫂子，可以替你打听打听，很多年了，也许很难打听到，但我们可以试一试。嫂子点头，说，是，可以试一试，反正你这次回来，可以多住些日子。秋琳说，不用了吧，你们打听的，也许根本不是我要找的那个沈维。坐在饭桌边打瞌睡的母亲突然惊醒了，听到秋琳的最后两个字，母亲昏花的眼睛亮了一下，说，沈维，你们在说沈维是吧？她将这个名字重复了几遍，说，沈维，这个人，我应该是知道的，你让我再想一想，母亲果然想了一想，说，对了，我想起来了，母亲苍老的脸上出现了一种突然醒悟的表情。母亲说，沈维，我想起来了，是沈维死了，我一直知道有一个人死了，现在我终于想起来了，那个死了的人，就是沈维，哥哥和嫂子都笑了。哥哥向秋琳说，瞧，咱老太太的结果，最彻底。

秋琳回自己的家乡并不是专程来探亲，秋琳是有一笔比较大的生意要做。其实这事也可以让别人来做，但是因为这是到自己的家乡，所以秋琳就自己来了，秋琳回来以后，就投入到生意中去。她在工作过程中，碰到了从前的一个同学大路，大路看到秋琳回来，很高兴，将这事情告诉了其他的同学。大家找个时间凑到一起，喝酒，唱歌，叙旧，他们聊得很开心，说了许多从前的事情，但是他们始终没有提到沈维，秋琳忍不住问了一下，大家说沈维前些年就走了，到美国继承遗产去了，后来就再也没有她的消息。秋琳犹豫了一下，说，那么，他呢，同学都看着秋琳，谁，哪个他？秋琳说，沈维的丈夫，叫陶柯。同学说，对，沈维的丈夫听说是叫陶柯，一起跟去美国了吧。另一个同学说，没有吧，听说沈维没有带他走，给了些钱，算了断，那个姓陶的，结婚时大概没想到还有这么一笔额外收入。再一个同学说，我倒是听说，他自己不愿意走，大家笑了，说，现在，还有不愿意去美国的人？夫子，你不是在作五讲四美三热爱报告吧，你的消息，是不是社会主义精神文明办公室传来的呀。夫子也笑了，说，只是听说罢了，我也不认得哪个叫陶柯，我也不知道他几讲几美几热爱呢，秋琳听他们说着，也跟着他们一起笑笑。只是她的心里，老有一种感觉，飘飘忽忽的，好像有点不着边际，他们正在说着的沈维，还有陶柯，好像是两个和秋琳毫无任何关系的人，好像是两个生活在另一个世纪的人。秋琳说，哎，你们说的是沈维吗？大家想了想，说，是沈维呀，我们班的沈维，你怎么忘记了，你不是和她，最要好的么。秋琳说，那么还有别的一些事情，你们都想不起来了？同学说，什么别的一些事情，同学之间，事情可多了，哪些事情留下来了，一辈子也忘不了，哪些事情你想留也留不下来，很快就忘了，都是命中注定。秋琳想了想，说，我怎么觉得，你们说的不是她，而是另一个人呢，同学疑惑地互相看看，再疑惑地看看秋琳。秋琳说，你们别这么看我，我还觉得你们奇怪呢，你们和我，我们，是不是一个班的？同学说，我们当然是一个班的。秋琳说，那你们看我是不是秋琳？同学哈哈笑了，说，秋琳你喝多了呀，说，大路，你别给我们领了一个不是秋琳的秋琳来了呀。他们一起大笑，真痛快，许久没有这样痛痛快快地笑。

　　秋琳在为自己的工作奔波忙碌的某一天，她经过一幢房子，无意中秋琳想起这就是沈维从前的单位，秋琳让司机停了车，秋琳向那幢房子走去，开门的是一个男人，一开始秋琳没有认出他来，但是他的那一把大胡子很快让秋琳想起他来，他是沈维的同事，因为始终留着一把大胡子，大家都叫他胡子，秋琳曾经在沈维的办公室里见到过他。秋琳说，你还记得我吗，许多年过去了，胡子愣了一下，他很快也想起秋琳了，笑着说，我知道了，你是秋琳，和沈维同学，你们那时候，最要好，你常常来看沈维，对不对。秋琳想笑，却没有笑出来。胡子说，许多年了，一直没有见你再来，秋琳说，我在外地。胡子告诉秋琳，沈维已经从原来的地方搬走，秋琳说，是不是到美国去了？胡子愣了一下，笑笑，说，没有走那么远吧，只是搬到另一个地方去住，他说，对了，她还给我留过一个地址，我找一找，抄下来给你。秋琳说，不必了，我只是路过这里，随便过来看看，没什么要紧的事情。胡子认真地看了看秋琳，秋琳说，你现在仍然和沈维同事吗？胡子说，不了，她早就离开我们单位了。秋琳说，那么，你现在是不是知道一些沈维的事情？胡子想了想，说，怎么说呢，也许知道一些，你想听什么？秋琳说，她的家，我是说，她的家庭……胡子说，噢，看起来你也听说了，是的，她的家庭是遭遇不幸。有一天，她的丈夫，突然，失踪了。秋琳失口说，陶柯失踪了？胡子说，你和沈维的关系确实很密切，你知道她的丈夫叫陶柯，我们许多跟沈维关系不错的人，都不知道她丈夫叫陶柯。沈维这人你是知道的，不大和别人多说话。秋琳听胡子说这话时，又开始有一种飘飘忽忽的感觉，秋琳说，你说的是沈维和陶柯吗？胡子狐疑地看看秋琳，说，是呀，不是你来找沈维的吗，你来找她，我们才会聊起她来。秋琳说，会不会，我们两人都搞错了，我们说的会不会不是同一个人？胡子说，你的意思是说，还有另外一个沈维？既是你的同学，也是我的同事，但却不是我们现在说的这个人。秋琳说，那你觉得，我是不是秋琳呢。胡子"哈"了一声，说，秋琳，你真会开玩笑。说话间胡子找出一张纸条，写了一行字，交给秋琳，你还是拿着，也许你会去找她，秋琳犹豫了一下，接了纸条，放在提包里。胡子说，还有什么需要我帮助的？或者，有什么要问的，我可以告诉你。秋琳摇摇头，她慢慢地走出沈维曾经待过的地方，那张纸条一直在秋琳的提包里搁着，秋琳始终没有看一看上面写的什么。

秋琳的生意做得比较顺利，在不长的时间内，她基本上已经将该做的事做得差不多，她的合伙人告诉她，最后只剩办一办手续，签个字。为了庆祝生意的圆满，秋琳和她的合伙人一起吃了一顿饭，在一个高档的饭店，要了一个包间。席间，大家情绪都很高，谈了这一次合作的成功，还谈到今后的继续合作，正说着话，服务员小姐进来，告诉秋琳，有个人在外面想见她。秋琳说，是什么人？小姐说是一位女士。秋琳说，能不能请她进来？小姐出去了一下，又回来，说女士不肯进来，说在外面等着。秋琳有些不放心，不知道是谁找她，便走了出来。在餐厅外面的休息间，秋琳愣住了，她看到的人，是沈维。

沈维正坐在沙发上，看到秋琳从包间出来，沈维笑了，她从沙发里站起来，向秋琳走来，走到秋琳面前，一把抓住了秋琳的手。秋琳，沈维说，秋琳，你不认得我了？秋琳没有说话，想，我怎么会不认得你，我永远认得你呀。沈维感觉到秋琳的神态，有些迷惑不解的样子，拉着秋琳的手也有些犹豫了，你是秋琳吗？沈维说，你的手，怎么这么凉，冰凉冰凉的，怎么会？秋琳张了张嘴，她说不出话来，她不知道该说什么，也许，她应该说，你怎么好意思来看我，或者，她说，你应该知道我的手为什么冰凉，或者，她什么也不说，将自己的手从沈维的掌心里抽出来，转身就走，可是秋琳并没有说什么，也没有做任何事，没有任何表情，也没有任何动作，秋琳只是木然地站在沈维面前。沈维惊讶地看着秋琳，说，秋琳，你怎么啦，秋琳，你说话呀。秋琳突然笑了一下，说，我说什么呢？

沈维把秋琳拉到沙发上坐下，服务小姐端上咖啡，沈维用小勺搅拌着咖啡，眼睛仍然盯看着秋琳，说，秋琳，我听他们说你回来了，就到处找你，追到这儿，终于看到你了。唉，多少年了，想不到，你一走就是这么多的日子，我还以为，这一辈子怕是见不到你了呢。秋琳说，你很想见我是吗？沈维说，我都想疯了。秋琳再又苦笑一笑，说，见我做什么呢，是想向我说一声对不起，说你错了，说你对不起我，或者说，你后悔了？沈维听了秋琳这话，顿了一顿，过了会她笑了起来，说，什么呀，秋琳，你说什么呀，到底谁该向谁道歉，谁向谁说声对不起呀，你说说你，当年，怎么回事，突然一声不吭就走了，走得连个人影子也不见，招呼也不打，把我们急得，到处找，咳，到哪里找呀，我们等呀，等呀，相信一定能把你等回来，可是，你却一直没有再回来，秋琳，你到哪里去了？也不告诉我一声，你说，该谁说一声对不起？秋琳惊讶不止地看着沈维，看了半天，把沈维看得有些惊疑了。秋琳说，你是沈维吗？沈维说，秋琳你干什么，装神弄鬼呀。秋琳说，你是不是和陶柯结婚的？沈维说，是呀，虽然你已经走了，我们还是给你发了请帖，我和陶柯都想，如果你没有走远，你看到请帖一定会来的，可是你没有来，你不来参加我们的婚礼，你没有喝我的喜酒，秋琳，你大概已经走得很远了，是不是？秋琳说，大概是吧，沈维说，我和陶柯说，以后等她回来了，我们补请她，我和陶柯的喜酒，别人可以不喝，可是秋琳不能不喝。陶柯也是这个意思，说，一定补请她。沈维说，秋琳，你说，别人的喜酒你不喝，我和陶柯的喜酒，你不能不喝吧？

秋琳再又陷入无话可说的状态，飘飘忽忽的感觉又笼罩了她，只有沈维关切的期盼的眼睛，使她知道自己应该再说些什么，便恍恍惚惚地向沈维说，喝你和陶柯的喜酒，那你、你和陶柯，好吗？沈维点点头，说，挺好的，秋琳犹豫了一下，说，陶柯呢，你来看我，他没来？在家？沈维说，噢，我还没告诉你，我和陶柯，我们早已经分手了。秋琳说，为什么？沈维说，也不为什么，就是分了手，说起来，他也是好人，我也是好人，沈维说着又笑了一下，只是我们分手了。离开那天，陶柯还笑着说，早知这样，我还不如娶秋琳呢。我说，娶秋琳你就能保证白头到老呀。陶柯说，那我也不敢保证，但我愿意试一试。不过现在说这话也已经迟了，秋琳大概早就嫁了别人，也未必再愿意回来了。秋琳疑惑地说，你说的谁呀，你说的是哪个秋琳？沈维指指秋琳，笑了，说，除了你这个秋琳，哪里还有别一个秋琳吗？秋琳说，我不知道。

她们谈了一会儿话，秋琳的合伙人等不见秋琳进去，有些急，出来叫秋琳。秋琳说，这是我的老同学，多年不见了。合伙人说，那是，那是，老同学，是该聊聊，只是里边大家，等着敬你的酒呢。看看沈维，道，没事，既然是老同学，一起进去，也喝几杯，沈维说，不了，你们谈你们的事情，我走了。秋琳，你走之前，我会再去看你的。秋琳说，不用了吧。沈维说，这叫什么话，什么不用了，你知道你这一走多少年，看你一两次就能把丢失的友谊和别的一切补回来吗。你若是不走,我说不定天天去看你呢。沈维笑着向秋琳挥挥手,走出饭店。秋琳的合伙人对秋琳说,你这位老同学,挺念旧情的呀。秋琳说,也许吧。

下一天,秋琳正在家里和哥哥嫂子聊天,有人敲门,哥哥过去看门,开了门返进来,满脸喜色向秋琳说,秋琳,你猜猜,谁来了?秋琳已经看到站在哥哥身后的人正向她笑着,嫂子问哥哥,是谁呀?哥哥说,秋琳不是一直挂记着的么,回来第一天就说起来,嫂子笑了,说,呀,是陶柯呀。陶柯说,是我,你们都还记得我呀?嫂子说,也记不很清了,也是秋琳回来后才想起来的。哥哥向嫂子说,我们走吧,让他们聊聊。他们走出去,秋琳呆呆地站立着,陶柯自己先坐下来,指指椅子,说,坐,秋琳你坐。看秋琳坐了,陶柯说,沈维给我打了电话,告诉我,你回来了,已经待了很长时间,很快就要走了,是不是,秋琳?秋琳说,是,机票已经订了,陶柯摇了摇头,说,秋琳,这就是你的不对,怎么回来这么长时间,也不来找我,也不通点信息给我,你是不是对我,有什么想法,有什么意见?秋琳盯着陶柯看了半天,终于说,陶柯,你真的不记得从前发生的事了?陶柯沉思了一会,说,从前发生的事情,什么事情,事情很多,你说的哪个事情?秋琳说,我,你,还有沈维三个人的事情。陶柯想又了想,直挠头皮,说,我们三个人,我,你,沈维?我们三个人的事情,终于他"哈"了一声,说,你是不是说我先和你谈恋爱,后来又和沈维谈了?秋琳的心突然落到很深很深的地方去了,她好像感觉不到她的心脏了。陶柯见秋琳不吭声,也没有表情,无奈似的摇摇头,自言自语地说,不是,不是这事,我搞错了,我就知道你不是说的这事情,不会是这样的事情,那是什么呢？再又挠起头皮来。秋琳站起来，说，陶柯，别挠头了，也别再想了，就这样吧，我还有一些事情没有处理，我没有时间陪你聊了。陶柯说，秋琳，我还有话跟你说呢，我知道你这次来投了一个大项目，我现在也在搞项目投资，这次来不及了，下次你若回来投资，一定找我，啊，我们合作，一定很成功。秋琳点点头，说，好吧。

陶柯走后，哥哥嫂子问秋琳，陶柯现在情况怎么样，是不是和沈维离了，有没有再婚，秋琳说，他不是陶柯，哥嫂惊讶地看着秋琳，他们看不出秋琳在开玩笑。

秋琳在整理行装时，发现了胡子留给她的那个写有沈维地址的纸条，秋琳看了看。胡子的字写得龙飞凤舞，每一个字都得猜一猜。秋琳笑了一下，她不再费心思去猜那些字以及由那些字组成的某一个地址，她将纸条揉成一团，扔了。

临行前的一天，秋琳来到郊外的山上，看满山红遍。秋琳弯腰捡起一片红叶，将它遮在自己的眼睛上，阳光将红叶照射得通体透明，穿过红叶，秋琳看到沈维站在她的面前，说，回去吧，明天要做新娘了。

走过石桥

蓬头垢面的乡下孩子从很远很远的乡下一直走过来，他们告诉他，走过有石狮子的石桥，就到了小镇。孩子终于走到了石桥，孩子坐在桥栏上歇歇，他看看那对石狮子，有秋风吹过来，孩子有些冷，肚子也有些饿，他振作了一下，走进了这一座默默无闻的水乡小镇。

孩子沿着小镇的石子小街一直往前走，没有人注意到他的出现。孩子一直走到一扇半开着的门前，孩子停下了，一个老人从屋子里走出来，老人金相玉质，道骨仙风，和孩子的样子形成一种很大的反差。老人走出来，他朝孩子看看，说："你找谁？"孩子没有说他找谁，孩子只是从自己的衣服口袋里拿出一张纸交给老人。老人看那纸条上写着"这孩子会烧饭做家务"。老人有些奇怪，说："这是什么意思？"孩子看着老人，不说这是什么意思。老人想了想，说："你是乡下出来的？"孩子说："是。"老人说："你们乡下遭灾了？"孩子说："没有。"老人说："那你出来做什么？"孩子没有回答。老人说："你家里大人呢？"孩子不说话。老人说："你爹你妈呢？"孩子说："死了。"老人叹息一声，又想了想，说："你应该去找居委会。"孩子摇了摇头。老人说："你找我有什么用呢？"孩子依然站着，也不说什么，只是拿眼睛平平静静地看着老人。老人说："是不是谁叫你来找我的？"孩子说："没有。"老人说："那你怎么找我呢？"孩子看看开着的门，他说："你的门开着。"老人轻轻地叹息一声，后来老人说："你随我进来吧。"孩子跟着老人进了老人的家，孩子看到这一个家里到处都是画，没有别的什么东西。老人说："你坐下。"孩子坐下来，他看老人的家，孩子说："你画画？"老人点点头，老人说："我画画。"老人从前在外面做事，老了以后就回到自己家乡来，他在水乡小镇过着他的晚年，一切平平静静，老人的目光停留在孩子身上。老人后来说："你想在我这里住下，你就住下吧，多一张嘴对我也不是什么大负担。"孩子说："是。"老人说："我也老了，你帮我烧烧饭。"孩子说："是。"老人说："磨墨。"孩子说："是。"老人说："就这样。"孩子就留下来，孩子想，果然，他们说走过石桥。

一

　　早晨孩子起床，找了一副水桶，老人说："你做什么？"孩子说："我到石桥那边挑水。"老人说："门前就是河，不用到石桥那边挑。"孩子想了想，说："石桥那边的水清。"老人看看孩子瘦弱的肩，老人说："你挑得动？"孩子说："我挑得动。"老人点点头，孩子就挑了水桶出门去，他沿着小镇古老的石子街慢慢地往石桥那边走。

老人站在门口看着孩子的背影，他心里有一种说不清的感受，老人叹息一声，看到居委会的老太太走过来，老人说："你早。"老太太说："你早，那个孩子是谁？"老人说："他从乡下来。"老太太说："是你家亲戚？"老人笑笑，说："不是。"老太太停顿了一下，看看老人的脸，说："你不认得他？"老人说："原先是不认得他，现在算是认得了。"老太太说："你把他放在家里不太好吧？"老人说："有什么不好？"老太太说："你要小心才好呢，乡下的小孩子谁知道他是怎么回事。"老人想了一想，说："我也不怕他拿我的什么东西，我也没有什么东西可以给他拿的。"老太太说："你有那么多的画，他要是拿你的画呢？"老人说："我的画也不值什么，他要是拿我的画，他倒是个雅贼。"老人说着先笑起来，老太太也跟着笑，说："有你这样的。"在老人和老太太说话的过程中，孩子挑着水桶慢慢地走到石桥边，他看到石桥下的河水果然很清。孩子下河沿去打水，桥下有人在洗衣服，是一个女人，女人看看孩子，说："你是谁家的孩子？"孩子说："我不是谁家的孩子。"女人说："你帮谁家做事？"孩子说："我不帮谁家做事。"女人认真地看了孩子一眼，说："你从哪里来？"孩子说，"我从乡下来。"女人说："我知道了，程先生收留你，是不是？"孩子说："那位老人他是程先生？"女人又看了看孩子的脸，女人继续洗她的衣服。后来女人自自语地说，"有这样的人。"孩子不知她说的谁，说他，还是说老人。

孩子打满了水，挑上岸来，孩子觉得一担水很轻，也不禁他挑的，孩子挑着水又在石桥上站了一会儿，他注意到石桥的桥栏上也雕刻着许多动物，在两根桥柱上还有两行字，可惜孩子他不认得字，孩子看了一会儿，挑着水往回去。老人一直站在门口等着孩子。孩子把水挑回来，他问老人，石桥上写的什么字。老人说："写的一副对联，上联是'风物利时行自利'，下联是'此心平处路皆平'。"孩子点点头，老人说："你懂吗？"孩子笑了，他摇摇头："我不懂。"

后来他们一起吃早饭，吃过早饭，太阳已经高高地升起来，直照着老人阴冷的屋子，老人活动了一下手脚，对孩子说："你帮我磨墨。"孩子应声，帮老人磨墨，老人看孩子的架势，老人说："你以前常常磨墨？"孩子摇头，老人拿出一些画来给孩子看，他告诉孩子他要画一幅长轴，总长二十米，要把水乡小镇的全部面貌画出来，现在他的任务已经完成一大半。孩子听了老人的话，孩子说："噢。"老人说："你看看。"老人把卷着的画小心翼翼地展开来，孩子很认真地看了一会，最后孩子说："最后画石桥。"老人说："是。"

老人作画的时候，门外小街响起了行人的纷乱的脚步声，孩子到门口看看，孩子说："有一些人朝这边过来了。"老人继续作画，门开着，那一群人走过老人的屋子，他们确实已经走了过去。可是其中有一个人又走回来，他到老人门前朝里看了看，后来他喊他的同伴，他的同伴也过来看看，他们看到一位老人正在作画，一个孩子站在一边磨墨。他们觉得很有意思，慢慢地走了进来。他们都不说话，只是看着老人作画，他们看得出老人这是画的水乡小镇。后来他们说了一些话，老人并没有在意他们的到来和他们所说的话。孩子看着他们，但是他听不懂他们的话，这样一种状态使他们更觉得有意思。当老人终于停下手中的笔，他们问老人："你是画家？"老人说："我不是。"他们又问："你的画画了给谁？"老人说："给自己。"他们笑起来，说，仙风道骨，谈起了人生什么，老人听他们说，只是微微笑，孩子听不明白，他看到他们给老人的贫困的屋子和丰富的画桌拍了照片，孩子也笑起来。孩子的笑声使大家重新注意到孩子的存在，他们认真地看了看孩子，又看了看老人，他们提出来给老人和孩子合一张影，然后他们走了。

他们走后，孩子问老人："他们做什么？"老人说："看看我的画。"孩子笑着说："是。"过了几天，老人和孩子的合影就在一张报纸上登出来，小街上的邻居拿报纸给老人看，老人看了又给孩子看，孩子看了半天，说："这是我吗？"邻居都笑，老人也笑，孩子也笑，老人在笑声中继续作画。孩子看老人画，看了一会，孩子跑出去看看老人画的那一段，真是很像，孩子有些奇怪，进来问老人："你怎么能记得很清楚，想也不想就画出来？"老人说："这些东西早已经深深地印在我的心里。"孩子点头。老人继续说："不管我睁着眼，还是闭着眼，我都能清清楚楚地看到它们。"孩子说："噢。"老人再说："这就是家乡，你懂吗？"孩子说："我懂。"老人狐疑地看孩子一眼，说："你真的懂？"孩子笑了，说："我不懂。"老人说："你以后自然会慢慢明白。"孩子说："是。"

以后的日子就这样慢慢地过，每天孩子都到石桥下给老人挑一担清水，老人用石桥下的水磨墨作画，老人觉得他的画更有气质了。有一天老人对孩子说："你知道我这一辈子最大的也是唯一的心愿就是把家乡的小镇画出来。"孩子说："是。"老人看着孩子，问："你说我能画成吗？"孩子想了想，说："我不知道。"老人愣了一下，然后老人说："你是一个很实在的孩子。"孩子说："是。"老人说："你知道我这画画好了到底要给谁？"孩子说："你说过给你自己。"老人笑着说:"你到底是个孩子。"孩子说:"是。"

二

　　老人终于把画画到自己家的这一段,孩子觉得老人的进度慢了许多,他每天站在离家远远的一处空地上,朝这边看着,孩子不知道他看的什么。孩子想,这一段和别的每一段不都是一样么,老人难道看不出来,或者难道老人能看出什么不一样吗?孩子觉得自己很空闲,他有时候也帮助小街上的邻居做些事,邻居也会来差他做事。有时候他抱着邻居家的小婴孩一直从早上抱到下晚,邻居小婴孩的妈妈正在屋里玩麻将。她常常对孩子笑着说:"帮帮忙。"孩子就帮她的忙,帮她把小婴孩抱起来。

　　有时候孩子也抱着小婴孩出去走走,孩子常常一出门就要往石桥那边去,他不明白石桥那边有什么好,他也不知道为什么一出门就要往那边去。孩子想,也可能我是从石桥那边走出来的,所以我常常要到那边去。孩子抱着邻居家的小婴孩走到石桥边,孩子看着石桥下的流水,他听小婴孩"咿咿呀呀"地说话,孩子就想起自己乡下的家,他把小婴孩放到石狮子背上坐着,小婴孩很高兴,孩子跟小婴孩说:"你看看这石桥。"小婴孩就看看石桥。孩子说:"你看看桥栏。"小婴孩就看看桥栏。孩子说:"你看到什么?"小婴孩于是手舞足蹈,"咿咿呀呀"地说话,孩子说:"我们回家去。"他抱着小婴孩回来,小婴孩的妈妈还在麻将桌上没有下来,孩子看不到老人,他知道老人还站在某一个地方看着自己的家,孩子真是不知道老人能看出什么特别来。老人后来终于回来,他开始画自己家的这一段,老人画得很吃力，孩子听到他的喘息声，孩子说："你歇歇。"老人说："我不能歇，我得抓紧，不然我会来不及的。"孩子有些茫然地看着老人，他想老人说来不及是什么意思呢，他看到老人的笔常常久久地停在空间既不落下去，也不抬起来，就在那一个位置上。孩子不明白老人为什么要这样。他记得老人说过小镇的一切都在他的心里，不管是睁着眼，还是闭着眼，老人都能把它们画出来。这时候孩子抱着的小婴孩哭了起来，孩子想小婴孩大概是饿了，于是孩子抱着他找妈妈去，孩子走到小婴孩家门前的时候，小婴孩的爸爸看到孩子，突然一把抓住孩子，说："你偷的东西拿出来。"孩子吓了一跳，孩子说："什么？"大家都出来看事，小婴孩的爸爸说："你偷了我老婆的戒指，拿出来。"孩子说："我没有。"小婴孩的爸爸很恼火，他对大家说："你们想想，我这里从来没有外人的，不是他是谁？"邻居们看着孩子，孩子正抱着小婴孩，邻居们不知说什么好，小婴孩的爸爸后来把小婴孩抱过去，他对孩子说："给你一天时间，你自己拿出来最好，要不然我去报告。"

孩子默默地走回来，老人看看孩子，说："人总是要犯错误，你若是拿了，就还给人家。大家还是相信你的。"孩子说："我没有。"老人说："你若没有拿你就去跟他们说清楚。"孩子说："有什么说的。"老人想了想，也说："也是没什么好说的。"孩子一个人走出去，他沿着小镇上的小街慢慢地向石桥那边去，孩子走到石桥边坐下来，孩子看着石桥下缓缓的流水，孩子心里好像有些想法，但是他理不清楚那是什么。下晚的时候孩子站起来正要往回去，小婴孩的爸爸抱着小婴孩走了过来，他朝孩子笑笑，说："对不起。"孩子说："没什么。"小婴孩的爸爸说："你知道我说什么对不起？"孩子说："我

不知道。"小婴孩的爸爸说："戒指不是你拿的。"孩子说："噢。"小
婴孩的爸爸说："她自己赌输了。"孩子说："噢。"小婴孩的爸爸奇怪
地看一眼孩子，说："我冤枉你，你气不气？"孩子抬眼看了他一下，
说："什么？"小婴孩的爸爸说："你不恨我？"孩子说："什么？"小
婴孩的爸爸不知道再和孩子说什么，这时候他突然觉得手膀子上热
乎乎的，他"呀"了一声，说："尿了。"孩子看他的衣服都被小婴
孩尿湿了，孩子笑了起来，小婴孩的爸爸最后看了孩子一眼，他说：
"你这孩子有些呆。"孩子说："是。"他们一起往回去，孩子走进老
人的屋子，他发现老人这时候容光焕发，孩子有些奇怪地看着老人，
老人说："我终于，画出来了。"老人终于把自己家的这一段画好了，
老人拿那画看了又看，孩子想老人是满意的，老人后来叫孩子也去
看，孩子看了，老人说："怎么样？"孩子只是看到画上画的老人住
的这一带的情形，孩子想了想，说："我不知道。"老人点点头，说：
"你是不知道。"孩子说："下面你要画石桥了。"老人眼睛为之一亮，
说："是。"

三

　　老人终于把他的画画到了小镇的尽头。现在老人暂时搁下了画
笔，他天天到石桥那边去，在石桥那里老人一坐就是半天，下晚老
人回来，他的心里却没有一点点石桥的样子，老人问孩子："你说石
桥是什么样子？"孩子说："石桥就石桥那样子。"老人说："是，可
是我怎么也想不起来石桥的样子。"孩子说："你天天看它你怎么不知
道它是什么样子？"老人说："这很奇怪。"孩子说："是。"老人说：

"我老了。"于是第二天老人又去看石桥，在老人走出去的时候，家里来了些人，他们问孩子老人的去向，孩子说老人看石桥去了，他们点头，说了一些话，孩子能听出来他们在说老人什么。后来他们让孩子把老人的长轴画展给他们看看，他们看过以后，脸上都生出一层亮色。孩子领他们到石桥边去看老人，他们看到老人坐在那里简直就像是一座雕像，他们没有打扰老人，静静地看了一会儿老人，也看了一会石桥，他们就走了。临走的时候，他们让孩子转告老人，待老人画出了石桥，完成了长轴，他们再来，孩子说："是。"老人回来，孩子跟老人说了这事，老人想了想，他拿起了笔，老人说："我是该画了。"孩子给老人磨墨，他看到老人的手抖得厉害，孩子说："你怎么？"老人放下笔，叹口气说："我能画出石桥来吗？"孩子笑起来，孩子觉得老人真是有些老糊涂似的，孩子守着老人看他把石桥画出来，又画了石桥上的许多细节，画得很生动很逼真，孩子觉得老人画的和石桥真是很像，连两只狮子的神态也是一样的，还有桥栏上的那许多动物它们也像活起来的样子，孩子看了很开心，他说："画好了。"

老人放下笔，觉得很累，孩子做了晚饭和老人一起吃，老人吃不下饭，他放下饭碗就去睡，孩子便也睡。第二天孩子起来，却不见了那石桥画，孩子问老人，老人说："我撕了。"孩子说："再画。"老人说："是要再画。"老人再拿起画笔，他的手抖得更厉害，老人的一位老中医朋友来看他，老中医说你要小心，有中风的可能。老人说："我知道，所以我要快些。"老中医说，不对，所以你要休息。老人说："我知道我歇下来就再也拿不起笔了。"老人没有听老朋友的劝告，他用发抖的手画了石桥，又撕，再画了石桥，再撕，老人说：

"我画不起来了。"孩子说："画不起来就不画。"老人叹口气，说："我不能不画起来。"孩子看着老人，他不明白老人为什么非要把画画完，以孩子的想法，这样已经很好了，少一座石桥也没有什么。可是老人不这么想，孩子也没有办法。

老人有一天又提到了前面提到过的话题，老人问孩子："你知道我做什么要画这幅画？"孩子当然不知道，孩子茫然地摇头，孩子说："我不知道。"老人说："我其实可以告诉你，这是一个约定，我和别人约定的，我不能爽约，你知道是什么约定？"孩子不知道，他等着老人告诉他，可是老人看了看孩子，后来他说："算了，我也不说了。"孩子并没有失望，他觉得老人告诉他或者不告诉他都一样，老人说："以后再告诉你。"孩子说："是。"

下一天老人再到石桥去，天气很冷，老人受了风寒，回来就躺倒了。孩子在老人生病的日子里，他很无聊，于是拿了老人的画笔在没有用的废纸上画了一座歪歪斜斜的石桥，孩子画完以后他就出去走走，他到邻居家转转，看看有没有什么事，没有什么事，孩子又回来，这时候他看到老人披了衣服起来了，正站在画桌前愣。孩子上前去扶住他，老人回头问："这是你画的？"孩子说："是。"老人愣了好一会儿，后来他突然笑起来，笑得有些控制不住的样子，孩子从来没有见过老人这般的笑法，老人的笑总是淡淡的很平和的。孩子看着老人他有些害怕，老人在自己的笑声中把他的长轴画拿了出来，老人让孩子帮助他把画轴铺展开来，看了一会儿，老人又把画卷起来，然后老人拿着火柴，他把那卷画点着了，孩子站在一边看着火燃起来，孩子没有问为什么，但是他心里很怕。当孩子感觉到火的炽热时，孩子转身跑了出去，孩子一直跑到石桥边，他喘着气，石桥下洗衣服的女人看到孩子惊恐的样子，女人说："你怎么？"孩子说："火。"女人起身朝小街上看看，什么也没有看到，女人继续洗她的衣服，孩子站在石桥这一边，他看着石桥对面乡下的田野，他慢慢地走上石桥，后来孩子终于走过了石桥，他在石桥的那一端坐下来。孩子的心慢慢地平静下来，他只是想着那一团火，他不能明白老人为什么要烧他的画。老人说过那是一个约定，老人说他不能爽约，但是老人却把画烧了，孩子不知道那是一个什么样的约定。天色慢慢地黑下来，孩子回头看看石桥那边的小镇小街，这时候孩子真不知道他该不该回头。洗衣女人已经洗好了她的衣服，她直着身子，看看孩子，说："天黑了，回吧。"孩子听了洗衣女人的话，他站起来，又走过石桥，朝老人的家走去。

孩子到老人家的时候，老人屋里还没有开灯，有些昏暗，孩子走进去，他看到老人已经铺展开画纸，老人正在画的是小镇那一头的第一样东西，一棵古老的香樟树。孩子想，老人果然要重新画起来，孩子想，这没有什么，人就是这样的。孩子过去帮老人磨墨。

恶　手

　　柴生从家里走出来，往镇上去，他心里很气，我今天一定要把司法助理叫来看看，他想。

　　天气阴沉沉的，像要下雨的样子，柴生没有骑自行车，出门时还带了一把雨伞。柴生在乡下的路上慢慢地走着，田野里一片青绿，但是柴生的心情不好。让人是福，老父亲在世的时候常常说这一句话，柴生印象很深。柴生很愿意让人，可是老方家欺他们欺得真是有点过头了。柴生常常跟老方家的人说，我是好说话的人，可是老方家的人还是要欺他们。老方家造新房子的时候，就把围墙造在柴生家的地边上，柴生也没有说话，老方家搭茅坑，又往柴生这边挤过来一点，柴生也没有说话，于是老方家就一点一点地挤着柴生家的地了。柴生有时候也忍不住要跟老方家的人说说，可是老方家的人却笑，说，柴生你顶什么真，这地现在看起来是你的我的分得很清，谁知道哪一天又变成大家的了呢？柴生说不出话来，他觉得老方家这样说话是不对的，但是柴生看到老方家的人就没有话说。柴生想，我不跟你们说。

柴生在乡下的路上慢慢地朝前走，正是中午时分，路上人不多，柴生走了一会，碰到同村小泉子，柴生和小泉子点头打招呼，小泉子问柴生到哪里去，柴生说，我去喊司法助理来看看。

"是不是又和老方家生气了？"小泉子说。

柴生说："是的。"

老方家今天上午把柴生的猪圈挖塌了，倒塌的土墙压伤了柴生的猪，柴生用纱布给猪包扎起来，现在猪正躺在倒塌的猪圈里哼哼。

小泉子笑，说："柴生你让让他们算了。"

我不想让了，我已经一让再让了，柴生想。

和小泉子交叉走过以后，柴生再也没有碰到什么熟人，柴生一直走到镇上。在乡机关的大门前，柴生停下来，朝里边看看，里边没有什么人，柴生这才想起现在是中午，乡机关的人是要午休的。柴生想了想，就在机关大门对面的一块石墩子上坐下来，拿出烟来抽，抽了几口烟，柴生想想有些不放心，他又走到乡机关大门那边，朝传达室看看。传达室里有个老人，柴生远远地看过去好像有些面熟，柴生走进去的时候，他想起来这是中学里的谷老师。柴生在镇上的中学念高中的时候，谷老师是他们的数学老师。

柴生心里高兴，走上前去叫了一声"谷老师"。

谷老师抬头看看柴生，他没有认出柴生来，但是谷老师还是笑了一下，说："从哪里来？"

柴生说："谷老师不记得我了，我是柴生，您教过我们高三的数学课。"

谷老师说："是柴生呀，好多年不见，真是认不出来了。"

柴生从谷老师的口气中很难判断谷老师到底是想起了他来还是没有想起来，不过柴生觉得这不要紧，老师记不得学生这是很正常的，若是反过来学生记不得老师，那就不好了。柴生说："谷老师，您怎么到这里来了？"

谷老师说："我退休了，工资不够开销，就托人说了人情，到这里来看看门，补贴补贴家小。"

柴生说："那是，现在开销大。"

柴生给谷老师一根烟，谷老师接过去，说："你到乡里有事情？"

柴生说："我找司法助理。"

谷老师朝柴生看看，停了一停，点着了烟，抽了一口才说："找司法助理做什么？"

柴生就把和老方家的事情说了一下。谷老师听了，想一想，说："这样的人家，你让让他算了。"

柴生说："我是让的。"

谷老师说："让人是福。"

柴生说："我是让的，我一让再让了。"

谷老师说："让了就算了，你找司法助理，他很忙，也不一定能跟你去乡下。"

柴生说："我要叫他去看看。"

谷老师说："这说明你还是不肯让。"

柴生说："我已经让过了，现在我不想让了。"

谷老师说："你不肯让也没有办法，一定要找司法助理，你就等一等看，下午可能会过来上班的。"

柴生说："我等。"

谷老师指指板凳，说："坐着吧。"

柴生就坐下来等司法助理来上班。柴生又给谷老师一根烟抽，过了一会儿，谷老师说："其实有些事情想想也就过去了。"

柴生说："是。"

谷老师说："我这个人也是不愿意和别人争的，让人是福，所以你看我，快快活活，没有气恼的。"

柴生说："是的。"

谷老师知道柴生虽然嘴上说是，但是柴生的心里不肯让人，谷老师叹息了一声，说："你坐着没事情，要不要看看报纸？"

柴生说："好。"

谷老师拿了一些旧报纸给柴生看，柴生就看报纸，过了一会儿，柴生听到谷老师说："老丁你今天又迟到了。"

柴生抬眼看到一个和谷老师年纪差不多的老人走进来，他进来的时候，谷老师已经把一副围棋盘摆好了，老丁坐下来没有说话，他们就开始下围棋。柴生不懂围棋，如果下象棋他倒懂一点，可是围棋他一点不明白，柴生站在谷老师身边看他们下了一会儿，一点也看不出名堂，柴生重新又坐到板凳上看旧报纸。

等到快两点的时候，柴生不敢再看报纸，他不住地朝外看着，开始陆陆续续有乡机关的干部来上班了。柴生不认得哪个是司法助理，他回头看看谷老师，意思想请谷老师指点或者介绍一下，但是谷老师的注意力都在棋盘上，柴生也不好去打扰他。

后来来了一个人，走到传达室窗口，朝他们看看，说："下棋呀。"

谷老师和老丁都没有理他，他又朝柴生笑，柴生看他笑，也笑了一下，那人问："吴乡长来了没有？"

谷老师头也没抬就说："来了，刚刚进去。"

那人就进去找吴乡长。

柴生奇怪谷老师头也没抬怎么知道吴乡长进去了，但是柴生想谷老师总不会瞎说的。又过了一会，又走进来一个人，看上去也是从乡下出来的，走得一头汗，这个人的头显得特别的大，所以一头的汗也就特别地明显。他把那颗大头探进传达室问："司法助理在哪里？"

谷老师头也没有抬，说："还没有来。"

大头愣了一愣，看看手表，想说什么话却没有说出口，嘴张着，很滑稽的样子。

柴生朝他笑了一下。

大头看柴生笑，也跟着笑，说："司法助理什么时候来？"

柴生说："我也是来找司法助理的，正等着呢。"

大头高兴起来，走进传达室，在柴生边上坐下，说："你是哪个村的？"

柴生告诉他是哪个村的，大头也告诉柴生他是哪个村的，叫什么名字，不过，他补充说，大家都叫我大头，我的头很大。

柴生忍不住又笑了一下。

大头盯着柴生，说："你找司法助理做什么？"

柴生说："我要叫他去看看。"

大头说："看什么？"

柴生说："我的猪被老方家压伤了。"

大头笑起来，说："猪压伤了也要找司法助理呀。"

柴生说："不是的，不光光是猪压伤的事情，还有很多事情，他们一直欺我。"

大头说："这样的人家，你就让让他们算了。"

柴生说："我是让的，我已经一让再让。"

大头说："那就再让让算了。我跟你说，我的邻居才真的恶呢，你要是碰到了，能把你气死。我就是让他们的，让了也就让了，没有事情了。"

柴生说："可是我让了还是有事情，所以我要叫司法助理去看看。"

大头正要往下说什么，谷老师和老丁那边闹起来。柴生回过头去看，谷老师的脸煞白，老丁的脸通红，谷老师抓住老丁的手，说："不许悔棋，说好了的。"

老丁说："这怎么是悔棋，你懂不懂棋？"

大头过去看看他们，笑着说："你们两位老先生，谁的棋好？"

谷老师说："当然我的棋好。"

大头说："那你就让让他算了，年纪也一大把了，下下棋，本来就是玩玩的，顶什么真呀，让让算了。"

谷老师和老丁都愣了一下，一起抬头朝大头看看，然后他们继续下棋。

大头对柴生说："有些事情，让让也就过去了。"

柴生说："是。"

大头对柴生说："我这个人，平时就是喜欢让人的，很好说话的，你看也能看出来是吧。"

柴生说:"是。"

大头一边说着一边朝大门口看,嘴里叽咕着:"司法助理怎么还不来,是不是下午不来了……"

柴生说:"你找司法助理做什么?"

大头的脸上立刻涌上一股愤怒的红晕,大头说:"我要叫他去看看。"

柴生说:"看什么?"

大头说:"我老婆把家里的锅也砸了,日子怎么过。"

柴生差一点笑起来,但是他看大头很气愤的样子,就忍住了没有笑,只是说:"你跟你老婆还顶真呀,女人么,让让她算了。"

大头说:"我怎么不让,我算得让了,一让再让了。"

柴生想这也和我的情况一样。

大头说:"你想想,越让越不像话了。今天我娘嘴里淡,向她要一块钱买包酥糖吃,她不肯就不肯了,还骂我娘。我才说了她一句,她就把锅砸了。你说说,我要不要叫司法助理去看看。"

柴生说:"女人么,还是让让她算了。我老婆我也是让她的,我老婆也……"

柴生正要向大头说说他的老婆怎么样,突然他们被谷老师的一声尖叫吓得跳了起来,只听谷老师一迭连声地喊道:"恶手恶手恶手恶手……"

柴生和大头面面相觑,他们都不知道什么叫恶手。

谷老师的脸已经变成了青紫色,而老丁的脸上则放着红红的光,在谷老师一连串的"恶手恶手"的叫唤声中,老丁连连说:"我有高血压，我不能激动，我有高血压，我不能激动……"

紧接着就听到"哗啦"一声响，谷老师把满盘的棋撸掉了，有十几颗棋子掉在地上。

老丁说："狗改不了吃屎，说好了输了棋不许撸棋盘的。"

谷老师说："谁输了棋？"

老丁说："你我心中有数。"

谷老师脸色苍白，一边弯腰去拣掉在地上的棋子，一边说："恶手恶手恶手恶手……"

大头说："什么恶手？"

谷老师横眼看了大头一下，没有说话，老丁也没有理他，他们很快摆好了棋盘，又开始新的一轮。

大头对着柴生直摇头。

司法助理一直没有来。

突然如一阵风般地跑进一个人来，一看大头在传达室，急着喊："大头你还不去追你老婆，你老婆刚才在代销社买了药拿回去了。"

大头一愣，说："什么药？"

那人说："什么药，你说什么药。"

大头又愣了一下，拔起腿来就跑。

柴生拉住那个人，说："大头的老婆真的会喝药？"

那人嘻嘻一笑，没有说话，走了出去。

柴生重新坐下来等司法助理，我一定要叫他去看看，他想。

"恶手恶手恶手恶手……"冷不防谷老师又尖叫了起来，把柴生吓了一大跳。他又看到和刚才相同的一幕，谷老师脸色惨白，老丁满脸放光，谷老师一迭连声说"恶手恶手恶手"，老丁则说："我有高血压，我不能激动，我有高血压，我不能激动……"接着就是"哗啦"一声响，谷老师把棋盘一掀，满盘的棋子飞落起来。老丁一边说："不来了，狗改不了吃屎……"一边站起来朝门外走，脚踩着地上的棋子，差点滑了一跤。

谷老师冲着老丁的背影说："你以为我想和你来，什么臭水平。"

柴生看着满地的围棋子，他过去帮谷老师一起捡棋子。谷老师蹲在地上，脸色还没有恢复过来，很苍白。他朝柴生看看，笑了一下，说："我不跟他计较，我是让让他的。"

柴生张了张嘴，不知说什么好。

谷老师说："其实我的棋力比他强多了，不信你去问问。"

柴生点点头。

谷老师说："我就是在关键的时候常常会走出恶手，我就这一点没有办法。"

柴生说："什么叫恶手？"

谷老师又看看柴生，摇了摇头说："跟你说你也不懂的，反正我是让让他的，我要是不让他，他就没脸从我这里走开。我这个人，就是喜欢让人的，让了人自己心里快活。"

柴生帮着谷老师收好围棋。柴生朝院子里看看，说："司法助理还没有来上班。"

谷老师看看墙上的钟，说："这时候不来，下午恐怕是不来了，可能下乡去处理什么事情。"

柴生说："那怎么办？"

谷老师说："我帮你进去问问。"

谷老师进去又出来，说："下午是下乡去了，今天不会来了。"

柴生叹息了一声，说："那我就走了。"

谷老师说："你走吧。"

柴生夹起雨伞慢慢地往回走，天气还是阴沉沉的，雨没有下下来，路上也没有什么人。一路上柴生的耳边一直回响着谷老师的叫喊"恶手恶手恶手"，柴生不明白什么叫恶手，但是柴生老是要想到这两个字。

一直走进村，柴生又碰到小泉子。小泉子说："柴生你怎么一个人回来了？"

柴生说："我没有等到司法助理，他下乡去处理事情，不来上班。"

小泉子眨眨眼睛说："是你没有等到司法助理，还是你根本没有去找司法助理呀？"

柴生说："我去找的，我在乡机关的传达室等了几个钟头呢，司法助理真的没有去上班。"

小泉子走开的时候脸上笑着。柴生知道小泉子不相信他的话，你不相信我的话我也没有办法，柴生想。反正我是等司法助理等了好半天，他不来上班我也没有办法。

柴生到了家，先往猪圈里去看看，倒塌的土墙已经砌起来了，猪也已经站起来，在猪圈里活蹦乱跳的。柴生给绷上的纱布被猪咬下来，拖得长长的，搅在猪粪里，变成一根长长的黑带子。

猪注意到柴生来了，它抬起头侧过脸温和地看了看柴生。柴生朝猪笑了一下，说："你个猪。"

柴生返身回家去。

恶手。

柴生又听见谷老师说。

柴生笑了起来，恶手。

最后一张

上　篇

　　摄影家已经到了退休年龄，其实对摄影家来说，无所谓退休不退休，至少这和他的工作没有很大的冲突。退了休，摄影家仍然背着个相机到处抓镜头也是可以的，但是摄影家已经很想休息了，他有些累了。年轻的时候，摄影家在大草原，在东北的大森林拍照，摄影家在他四十岁的时候，回到了他的故乡，南方的一座古老的小城。许多年来，摄影家拍下了无数珍贵的照片，这些摄影作品记录着祖国的大好河山，同时也记录了摄影家的一生。摄影家现在回首往事，在他的人生经历中，最满意的就是他在年富力强的时候回到了故乡。摄影家自己一生最满意的作品多半是在故乡拍下的。二十年来，摄影家先后在故乡举办了多次个人摄影展，这些摄影作品以摄影家的故乡为主题。

摄影家的故乡是一座历史悠久的小城，人文荟萃，物华天宝，大家都这么评价摄影家的故乡。摄影家以故乡为主题的系列摄影展，充分体现了故乡的特点：《园林寻趣》《水乡的桥》《巧夺天工的工艺美术》《古城遗迹》……摄影家成功运用他的光圈速度距离，把他的故乡介绍给更多的人。

在许许多多的成功的摄影作品背后，摄影家付出了多少艰辛，摄影家觉得这算不了什么，每一个从事自己所热爱的事业的人都必须付出代价，这是毫无疑问的。不付出代价，就没有收获，摄影家的想法很实在。摄影家在他五十九岁的时候，为了拍一幅雪后日出的作品，他在大雪天的凌晨三点，骑上自行车往郊外去；摄影家为拍下金鱼的生活，他趴在水池边连续几个小时一动也不动。摄影家知道哪一处景必须有大雾才能拍出最佳效果，他清楚哪一个季节的什么时间能在哪一座桥下拍到水中倒影。摄影家熟悉故乡的每一寸土，每一方天，就像熟悉自己身体的每一处，看过摄影家的故乡系列摄影的人，都有一个相同的感觉，他们说，摄影家已经把自己和故乡融为一体。

摄影家渐渐地感觉到自己有些力不从心，我快要退休了，他想，这是一种自然现象，也是人类走向的必然结果，我没有什么可抱怨的。在退休之前，摄影家最后的心愿就是再办一个故乡系列摄影展——《小巷风情》，摄影家经过充分的准备，《小巷风情》摄影展如期开幕了。

前来参观的人都知道这是摄影家的最后一个摄影展，大家怀着敬佩的心情，对摄影家的作品进行品评，也是一种带有总结性的定论。他们一致认为，这是摄影家最成熟的一批作品。他们一一回想摄影家这些年来举办的故乡系列摄影展，他们觉得摄影家已经很全面了，他几乎一点不漏地把故乡的每一个角落都梳理过。他们祝贺摄影家的圆满。

就在这时候，有位年轻的摄影同行走近摄影家，说道，老师，我总觉得您的系列作品中还少一个系列。

摄影家充满期待地看着年轻的同行。

年轻的同行说，老师，您应该有一个佛教系列。

摄影家听了年轻同行的话，他沉默了一会，说道，可是，你知道，这是我的最后一次展览，我已经很累了。

年轻的同行说，我觉得您若是不办这个系列，您会遗憾的。

小城寺庙甚众，古称佛土，民风甚笃，遍地佛性，摄影家的心动了。

《小巷风情》个人摄影展结束后，摄影家就投入了新的工作，摄影家一向对佛教知之甚少，他虚心学习，为了办好这个摄影展，摄影家像小学生那样从头开始学起，他研读佛经，出入寺庙，很快，摄影家就有了收获，他觉得自己的人生有了一个全新的开端。

摄影家积多年的工作经验，养成一个习惯：不打无准备之仗。所以，当摄影家开始为这个摄影展拍第一张照片的时候，摄影家确实是有了一定的把握。他的第一幅照片拍的是一根拂尘，他运用了较强的两组对比，深咖啡的尘柄和浅灰色的尘毛，背景是深红一片，摄影家为这作品题名《何处尘埃》。接着摄影家的思路一通百通，他又拍了好些作品，一只瘦骨伶仃的手捻着一串长长的佛珠，摄影家题《道具》；一座金碧辉煌的大寺庙，香客无数，这是《佛在哪里》；一个瘦小的和尚正在专心致志地敲着一口硕大的钟，题为《钟即是佛》；方丈盘坐于蒲团，闭目修行，叫作《形式》……摄影家一发而不可收，拍了一幅又一幅，他的创作热情空前高涨。

摄影家回家以后就觉得浑身疲乏，摄影家毕竟到了花甲之年，他折腾一整天回来还得加班冲印。他的妻子说，你急什么？

摄影家说，我急了吗？那就是说，我的潜意识里有了来日无几的紧迫感。

妻子看了他一眼，说，是有了吗？恐怕不是有了，是早就有的吧。你哪一天不是急急忙忙，赶完一个摄影展，又赶一个摄影展，你要赶到什么时候？

摄影家想妻子说的也有道理，他说，我这是最后一个了。

妻子说，你上次也说是最后一个。

摄影家说，我这真的是最后一个。

妻子不再说话。她并不相信摄影家的话，摄影家既然一直忙着，妻子想他以后也会一直忙下去，一直赶下去的。

摄影家把时间抓得很紧，他终于完成了一定数量的作品。摄影家要办最后一个摄影展的消息传了开去，大家听说了这个系列，都表现出很大的兴趣，他们见到摄影家时都说，我们等着呢。

摄影家知道从数量上看，他的最后一个摄影展的准备工作已经就绪。有一天晚上摄影家把所有的准备参加这一系列的作品一一看过，摄影家的作品总是比较全面，有写实的，有比较虚幻的，也有象征性的，或者暗喻，摄影家总的说来对自己的作品是满意的，但是在他的内心深处，却总觉得还欠缺些什么，也许只差那么一点点，只差那么一幅作品。摄影家心里踏实不下来。我得把那一幅作品拍出来。他想，同时觉得自己有些焦虑的情绪。

摄影家骑着自行车，在一片佛土上到处穿行，他到处寻找着灵感，终于有一天，摄影家在郊外一座小山的山坳里，发现了一座小小的寺庙。摄影家到达那里时，天已黄昏，山里静悄悄，只有归鸟在低声吟唱着。摄影家看见一位年长的和尚和一位年轻的和尚，他们两人相对而坐，每人桌前放着一杯茶。摄影家的灵感突然出现了，他没有惊动他们，他退到山崖边上，默默地观察了他们一会儿。后来摄影家终于举起了相机，他对焦距，调光圈，当他把一切准备就绪，正要按快门的时候，突然看到年长的和尚站了起来，对着摄影家隐身的地方说，喂，你在做什么？

摄影家猝不及防，身子向后一仰，他从山崖上摔了下去。

摄影家在他的摄影生涯中，常常会出一些事故，这很正常，他从奔马上掉下来，他在大森林里迷路，这些对摄影家来说是家常便饭，现在摄影家又出了一个事故，幸好山崖不高，摄影家摔断了胳膊。

摄影家被送到医院，他在医院上了石膏，又被送回家里，妻子看到他的手臂绑着白色的纱布，也没有表现出大惊小怪。这在妻子来说，也是常常遇到的事故，妻子只是说，这下赶不成了。

摄影家乐观地说，很快的，医生说半个月能拆石膏，二十天就能恢复。

妻子说，伤筋动骨一百天。

摄影家说，哪能呢。

此后的一些日子里，摄影家不能拍照片了，他只能在家里看看书。摄影家虽然在妻子面前表现得很乐观，但是摄影家知道自己内心很焦虑，他对前来探望他的人说，快的，快的，一点点小伤。

　　前来探望摄影家的人回去告诉别人，他们都说摄影家看上去老了许多，他们中间有些人已经看过摄影家的一些佛教作品，先睹为快。他们说，很有水平，他们期待着摄影家早日康复，他们都愿意早一点看到摄影家的这一个系列作品展。

下　篇

　　小巷里有一个卖烧饼的孩子，十一二岁的样子，是外地过来的，这一眼就能让人看出来。他卖烧饼的样子也不是本地的卖法，他用绳子将一只很大的竹匾套在自己的脖子上，竹匾里摊着烧饼，孩子也不着急，他从来不叫卖。开始大家都以为他是个哑巴。他一直站在点心店的门前，这对点心店并不是一件好事，点心店的人常常赶他走，但是孩子笑一笑，并不走开，也不说话，他一直站在那里，一直到后来有一天有人开始买他的烧饼。这个人其实并不很愿意买孩子的烧饼，他上班的时间到了，而点心店的队伍排得很长，他只好退而求之，买了孩子的烧饼，骑上自行车走了。后来慢慢地就有些人买孩子的烧饼，孩子还是不说话，间或有人忘了拿找头，孩子才说，找头。这样大家才知道孩子不是个哑巴。他们吃着孩子的烧饼，烧饼不是南方的做法，烧饼的面揉得特别好，这是北方的特点，和南方点心风味不一样。小巷的居民吃着就有些新鲜的感觉，他们问孩子，你的点心是在哪里做的？孩子只是笑笑，他不说话。

　　摄影家的家就在这条小巷里，他摔伤了胳膊以后，在家里闷得很，他常常开了门出来，到小巷里站站。大家都和他打招呼，摄影家在他的邻里间有一定的威信，他的邻里关系也不错，大家看到他总是要关心地问他的手好些了没有。摄影家总是说，快了快了，很快就好了。

摄影家在快要下市的菜场买好菜，这对妻子来说，倒是一桩意外的收获，如果不是摄影家摔伤了胳膊，他是没有时间在家里待着的。妻子在八小时以外，还得做许多家务，现在摄影家反倒可以帮助妻子做些事情。妻子甚至想，让他这样永远地折下去倒也不错。妻子把这想法向摄影家说了，摄影家说，你好狠心，妻子笑了，说，你也够狠心的。

摄影家买了些菜，他经过卖烧饼的孩子的身边，他过去和孩子聊聊天。孩子笑着回答他的问题。

摄影家问，你家在哪里？

孩子说，在苏北乡下。

摄影家问，你父母呢？

孩子说，死了。

摄影家没有从孩子的话语中读出悲哀，他说，你父母死了，你不伤心？

孩子笑笑。

摄影家叹息了一声，这孩子，他想。

他买了孩子两个烧饼，刚要转身回去，就看到另一个孩子走了过来。这孩子和卖烧饼的孩子差不多大小，他就住在摄影家的隔壁。这孩子的家庭是不幸的，父母不和，天天吵架，孩子的心灵受到创伤，孩子从来不笑，他每天拿着母亲给的几角钱，到卖烧饼的孩子这里买几个烧饼，一边啃着一边上学去。大家看着他的背影都会发出叹息声。

摄影家也很同情孩子，他和他的妻子常常照顾孩子，现在他看到孩子过来买烧饼，摄影家说，上学了？

孩子没有表示，他从来不向别人表示什么，摄影家充满怜悯地看着他走向卖烧饼的孩子。

突然间一阵尖叫和吵嚷声传了过来，孩子迅速地转头看着自己家的门，他的父亲和母亲吵出了门。他们都是要赶去上班的，他们一边推着自行车，一边不停嘴地互相骂着，他们的自行车在门口被卡住了。母亲伸手去推父亲的车子，父亲回手给了母亲一下，他们架着车子扭在一起，母亲抓着父亲的脸，父亲抓着母亲的头发，母亲尖叫着，父亲怒吼着。摄影家端着一只受伤的胳膊上前去劝。

母亲说，你走开！

父亲说，你少管！

摄影家说，你们要为孩子想想，你们居然当着孩子的面。

母亲说，我没有孩子！

父亲说，我没有孩子！

摄影家一阵心酸，他向孩子望去，他看到孩子目光暗淡，神色沮丧。摄影家气愤地说，你们这样做父母！

父亲和母亲在大家的指责声中，继续骂着一路而去。

摄影家重新又向孩子走去，他觉得他应该去安慰一下孩子，孩子受伤的心灵需要安抚。可是，当摄影家满怀怜悯之心走向孩子的时候，他突然愣住了。

两个孩子正开怀大笑。

卖烧饼的孩子指着小巷的孩子的脸，小巷的孩子指着卖烧饼孩子的脸，他们正在大笑，那是从心底里发出来的真正的笑，没有一点作假，没有一点矫饰。

摄影家愣了一会，他发现，两个孩子脸上都有一些黑道道，卖烧饼孩子脸上的黑道道是炭，小巷孩子脸上的黑道道是墨。两个孩子各自看着对方的脸笑了，这一幅情景，在摄影家的脑海里定了格，摄影家觉得他在自己的内心深处拍下了这一张照片。

过了些日子，摄影家手臂上的石膏拆了，又过了些日子，摄影家的手恢复了往日的灵活，摄影家舒展着手臂说，好了。

妻子看看他说，已经迫不及待了吧？

摄影家一笑，不置可否。

以后的日子，和摄影家以前的日子完全不一样，从前摄影家总是每天一早就背着相机到处跑，现在摄影家每天早晨到小巷的茶馆喝茶，他和那些退了休的人一起说说聊聊。有时到卖烧饼孩子那儿买两个烧饼，再把菜买回来，中午妻子回来，他已经把饭菜做好，这样过了几天，妻子奇怪了，说，你怎么？

摄影家说，我怎么？

妻子说，你怎么不准备摄影展了？

摄影家说，不急。

妻子不解。

摄影家的朋友们听说摄影家的伤彻底好了，他们都期待着摄影家早日举办摄影展。但是一些日子过去了，没有动静，他们到摄影家家里来探望摄影家，问及此事，摄影家说不急。

一位老年同行说，你我都得抓紧呀，生命短促，来日无几呀。

摄影家说，是吗？

大家说，你的最后一个摄影展到底准备什么时候举办？

摄影家说，我完成了最后一幅摄影作品，只剩下最后一幅了。

但是摄影家始终没能拍下那最后的一张。

村前村后

向贵小时候，家里来了一个城里的亲戚，亲戚带来一个小妹妹，住了几天，跟向贵处熟了，向贵到哪里，小妹妹就跟到哪里，追在后面喊哥哥哥哥。向贵一高兴，就说，妹妹，我带你去玩吧。小妹妹说，玩什么呢？向贵说，玩最好玩的东西。

向贵所说的最好玩的东西，也是村里调皮的男孩子们最喜欢玩的东西。这种玩法，要有特定的地理环境，还要有特定的风俗习惯，那就是关于死人和人死以后大家所做的一些事情。

死人以及人死以后的事情，这是一套程序。从向贵懂事起，他就一直在看着这一套程序。

开始的时候，就是一个人老了，或者一个人病了。接着，他越来越老，或者病得越来越严重，就快要死了，他的家人的脸色越来越难看，有人忍不住就提前哭起来。但只要他一哭，就会有人骂他：

还没到时候，你就号啦，你咒他早死啊。这么一骂，这个人就不敢哭了，如果一时收不住哭，就改成低低的抽泣，然后渐渐地停止。

但无论有没有人哭在前面，那个人总是要死的。后来他果然就死了。这时候大家就一起哭了，声音齐齐的，高低尖粗浑然一气，听不出什么分别了，哭得昏天黑地，哭得惊天动地。然后，慢慢地，慢慢地，哭声有了变化，有人声音低了一点，有人停了下来，有人还在哭。声音不那么整齐了。然而先前已经停止了哭的人，不知为什么，也许回头想想还是伤心，还没哭够，也许是被还在哭的人重新又感染了，所以他们又回头重新哭起来。这样一来，哭声就更不整齐了，七高八低，有的气长，有的气短。但这无所谓，一点也不影响整个程序往前走。

接下来就是擦干净死人的身体，再穿上新衣服。穿了新衣服的死人躺得笔笔整整，看起来很精神。有人会在死人的嘴里放几粒米。那几粒米总是一半在嘴外一半在嘴里，短短的，翘在那里，看起来不像是塞进嘴里的米，倒像是他要从嘴里吐出来。

向贵有一次从死人家回去后问妈妈，他会吃吗？妈妈说，怎么不会，不会吃放在他嘴里干什么？但是向贵不相信。人死了怎么还会吃？向贵的想法是简单而直接的，一点也不迷信。再接下来，就用到棺材了。棺材已经在他们家搁了好多年，上面落满了灰，盖子也一直盖着。因为它一直没有派上用场，平时它显得很孤单，难得有人会关心它一下。现在它终于要派上用场了，它的个头也显得大而粗壮起来。向贵从前来他们家玩的时候，见过它，没觉得它有那么大的个头，现在感觉不一样了，可能因为它也知道自己要派用场了，就神气起来了。棺材上的灰尘被掸干净了，盖子也打开了，有人朝里看看，里边是干净的，就先垫一块新的被单在棺材底下，然后几个人合力，既是用了死劲的，又是轻手轻脚的，把死人从搁在堂屋中央的木门板上抬起来，抬到棺材边上，就放下去了。

盖上棺材盖，再钉洋钉。洋钉很长，平时像向贵这样的小孩，一般看不到这样长的洋钉，只有在造房子和钉棺材的时候才有。但村里造房子的人家很少，死人的事情倒是经常有，所以，向贵对长洋钉的记忆总是和死人连在一起的。

然后会有一支队伍来，吹吹打打，有的人家队伍人多一点，有的人家队伍人少一点，但过程是差不多的，这些人一路吹吹打打，另一些人就抬着棺材跟在后面，这时候又有人哭几声，但多半是几个女的，男的都不再哭了，已经在死人死的那时候哭过了，哭够了。女人的哭总是要比男人多一点，也来得容易一点，所以她们还要再哭一下。她们走在队伍最后面，哭哭啼啼，但是因为前面的队伍吹吹打打，把她们的哭声淹没了。

把棺材抬到地头上，吹打声停止了，棺材就搁在那个地头上。棺材很重，里边还躺着死人，就更重了，抬棺材的人这时候已经很累了，到了地方就赶紧卸下杠棒。因为卸得匆忙，棺材搁得有点歪有点偏，不够端正。死人家的人央求抬棺材的人，再挪一挪，再起一起，把位子放正了，否则，他心里会不安逸的。抬棺材的人已经歇了一会，又有力气了，照着死人家的人的指点，重新抬起棺材，头朝南脚朝北地放正了。

大家都松了一口气。但向贵始终是不明白的。他说，他怎么会知道放得正不正，他怎么会心里不安逸。没有人理睬他的问题，都觉得他问得多余，不必回答。

吹打的队伍和别的人都散走了，向贵还站在这地方。这地方是死人家自己的田地，在自家的地头上放一口棺材，别人是不好说话的。向贵家城里有亲戚，他们来乡下的时候，看到地头上有棺材就这么直白白、赤裸裸地搁在地头上，也不挖个坑埋下去，都觉得奇怪。但是村里的人不觉得奇怪，这就是他们的习惯，许许多多年，许许多多代，传下来的就是这样，如果谁不这样做，那就奇怪了，还会被别人指责。

向贵站在这里不走，是有原因的，他等人散走之后，趴到棺材上听听里边有没有声音，因为他们老是说死人怎么怎么，比如说棺材搁得不正，他会不安逸，比如说，往他嘴里塞米他也会吃下去。既然是这样，可能说明他还没有死，至少是没有死透。向贵趴上去，想听听他还有没有动静。但他从来没有听到过任何动静。向贵说，哼，瞎说，他根本就不知道。

过程还没有结束，事情还要往下发展，还要再过一段时间。这一段到底是多长多短的时间，说不准，这要看棺材的木质，还要看这段时间的天气，雨水多不多，太阳辣不辣，等等。总之，还要有一个等待的过程，到那时候，棺材腐烂掉了，里边的死人的肉也腐烂掉了。死人家的人来到地头上，把腐烂的棺材板扒掉，但还舍不得扔掉，捆捆扎扎带回去烧火，把死人的没有了皮肉的骨头拿出来，装进一个龛。这种龛叫骨龛，是专门放死人骨头的。但龛总是不够深，死人身上有两根最长的骨头放不进去，有一半是交叉着露出骨龛外面的。那时候向贵还不知道这两块最长的骨头叫股骨，他只知道那是人大腿上的骨头。而大人们则直接说腿，不说骨头，好像他们没看到它们已经变成了两块白花花的骨头，他们觉得那仍然是两条活生生的人腿呢。骨甏不仅不够深，还总是不够大，甏口也不够大，死人的骷髅头是放不进去的，就架在那两根支出来的腿骨上。

这套程序，到这里才基本算是完成了。骨甏仍然放在自家的地头上，就在原来放棺材的那地方。这个地方并不特殊，也不隐蔽，就在地头路边。村里人走路或者下田干活的时候，随时都会和骨甏相遇，就像从前他们和棺材相遇一样。大人们是熟视无睹的，看见等于没看见，从来就只当这些骨甏和骨头不存在，或者就只当它们是一块泥巴，一棵秧。

但村里也有不是大人的人，那就是孩子们。孩子和大人是不一样的。尤其像向贵这样的调皮的男孩子，把这些骨甏和骨头，当成了游乐的玩具。

他们把那两根长长的股骨拿出来，这是他们游戏中的武器，是剑，是刀，是棍棒，打来打去，那个骷髅头，就当个皮球踢来踢去。他们甚至胆大到把从来没有人敢尝试的恐怖的传说进行实践，他们往死人骷髅头里放了七颗黄豆，又对着它撒了一泡尿，然后拔腿就跑。结果死人骷髅头根本就没有追上来。撒尿的就是向贵，他用自己的行动，证明了恐怖传说的荒谬。

大人知道了，是要骂死他们的。大人说，小死人胆子也忒大了，你们这样玩死人，死人是知道的，他们要来捉你们去。向贵说，死人怎么会知道，死都死了，烂都烂掉了，才不会知道呢。大人就咒他们，说，你没有死你怎么知道死了以后不知道，你去死吧，你死了就知道死人知道不知道。说这么毒的话，咒向贵去死的，就是向贵的妈妈爸爸或者爷爷奶奶。其实，他们并不要向贵死，他们都很喜欢向贵，向贵是他们心肝宝贝，他们心里，天天在求死去的祖宗保佑向贵身体健康长命百岁呢。但他们说起话来就是这样的。向贵也不会跟他们客气，向贵说，我才不去死呢，要死你去死好了，你死了你就知道死人知道不知道。

好在他们的游戏，并不是每次都会被发现，因为搁棺材或搁骨骸的地，都是在村后的，从来不会放在村前的地上，这也是一个风俗。如果搁在村前，开门见了坟，会坏风水，会给活着的人带来霉运。这是无数的历史事实证明过的东西。即使没有历史的事实，只要有这样的传说，大家都会被传说所控制，没有人敢去冒这个险。所以，有些人家村后没有地，他们也会想方设法在村后弄一块地搁置死人，他们不想因为一个死人，给活着的家人带来霉气。

村后，就是向贵要带城里的小妹妹来玩游戏的地方。村里人一般不习惯回头朝后张望，他们总是顾着眼前的事情，眼前的事情还让他们愁不过来呢，后面的事情就不去管他了。尤其是死人，既然已经按规按矩做了所有该做的程序，一切就都结束了。现在向贵带着小妹妹，走在村里人的屁股后面，走到地头上，一眼就看见了骨骸和那两根长骨头架着一个死人骷髅头。小妹妹吓得捂住了眼睛，但又不甘心地偷偷地从手指缝里往外看，她看到哥哥把死人的骨头拿在手里舞来舞去舞出很好看的动作。小妹妹说，你拿他的骨头，他知道了怎么办？向贵说，他不会知道的。他怕小妹妹不相信，就对着骨头说，喂，你知道吗？你知道吗？骨头不说话。向贵跟小妹妹说，你看，他不知道的吧，问他他都不回答。小妹妹在向贵的鼓动下，胆子慢慢大了，她也捡了一块骨头玩起来。

后来向贵长大了。他当民兵连长的时候，开始破四旧了，移风易俗，他带着村里的民兵，把地头上还没烂的棺材扒掉，把暴露在外面的骨骼埋到地底下去，折腾来折腾去，村里的老人说，你们这样乱弄，他们要生气的。但这一回向贵更生气，说，谁敢说死人会生气？

他是民兵连长，他的问话凶一点，人家就不敢回答了，但是他的妈妈不怕他，他妈妈站出来说，我说的，我说死人要生气的。向贵不能跟自己的妈妈计较，就说大话，让他生气好了，让他生了气来找我好了，我无所谓的。他妈妈说，你等着，你要有报应的。可是向贵一直没有遭到报应，他一直活得好好的，身体也好好的，甚至还有官运财运，当过民兵连长，后来他又当了村长。

向贵当村长的那几年，正是改土葬为火葬的一个过程。向贵也知道这个事情不好办，从古到今，村子里的人都知道，世界上最惨的事情莫过于死了没有棺材睡，他们骂人骂得最凶的也是这句，咒人咒得最毒的也是这句。现在向贵竟要让所有的人都死了没有棺材睡，向贵被村里所有的人咒骂，你做这样的事情，你死了没有棺材睡。向贵说，你们跟我一样，死了都没有棺材睡。那一阵，关于死人，村子里稀奇古怪，什么事都会发生，有的人家偷偷摸摸，有的人家公然抵抗，有的人家移花接木，有的人家转移目标，总之，为了土葬一个死人，村里总是兴师动众，一方面是向贵代表的正确的前进方向，一方面是死者家属代表的落后反动势力，吵吵闹闹，来来回回，拉锯战战了很长一段日子，但到最后，谁也敌不过时间，时间到了一定的阶段，谁也不再提土葬了，谁家里死了人，都自自觉觉地往火葬场送。

虽然土葬改成了火葬，但程序仍然是那一套，先是人老了，或者病了，然后就是死了，然后是哭、穿新衣服、嘴里塞几粒米，不同的是，最后不是放进了早就准备好的棺材，而是推进火炉子，烧了，一眨眼工夫，他就变成一蓬烟冒走了。主要程序没变，但中间也省却了一些细节，比如有很长的一段时间，吹吹打打的队伍不再来了，要想请也不知道到哪里去请，他们好像都消失了。当然，又过了许多年以后，他们又出现了，就像当初他们突然消失一样，后来他们也是突然就冒出来了，规模和阵势，比从前更大更红火，而且许多人家以后还要借着死人互相攀比，会搞得排场越来越大。这是后话。

我们先回到现在。现在，死人都火葬了，留下来的是一把灰，灰装在盒子里。这个盒子也不好得罪，要在家里供三年，放在每个人都能看得见、都要经过的堂屋正中，每天还要给它盛一碗饭吃。三年以后，再把骨灰盒埋到地下，比过去那样骨骼和骨头露在外面的样子确实文明多了。埋仍然是埋在自留地上，虽然不再裸露，但在地面上要拱起一堆土，竖起一块石碑，上面刻上死人的名字。这就是一个坟。村里人叫它坟墩头。

整个程序就这样走完了。以后就不用每天给它吃饭了，到清明的时候，到坟墩头来送点吃的，过鬼节的时候，再烧一点锡箔纸钱给他就行了，也有学得洋气一点的，放一束花。

这个过程的变化，花去了向贵几十年岁月。这时候，向贵也老了，也病了，就像这么多年来，他看着村上一个一个死去的人一样，这一回，他开始看自己了。

向贵确实清清楚楚地看到了自己的这个过程，后来他更老更病，最后，他死了。

忽然间向贵就尖叫起来，他惊喜得晕头转向了，死了以后竟然真的能够看见，能够听见，一切的一切，他什么都知道。向贵激动地对替他的死忙碌着的活人说，果然知道的，果然知道的，你们做的一切，我都知道。可是活人不理睬他，他们不把他当人了。他很生气，想去揍他们一顿，至少要踢几脚。可他们仍然不在乎他，有一个小辈竟然还不恭地说，死尸怎么这么重，活的时候太贪吃了。另一个小辈也同样不恭说，人家死人都会缩小一点，轻一点，怎么我们家的老人死了反而更重更胖。还有一个更不像话了，还嘿嘿地笑，说，他又不是淹死的，淹死的人，吃了一肚皮的水，倒是可能又胖又重的。一个老人听到他们这么说话，在一边皱了皱眉，嘀咕说，在死人面前你们不要乱说话。那几个小辈朝他头颈一横，翻翻白眼，其中一个说，怎么啦，我怕他听见啊？老人说，你以为他听不见？我告诉你，他听得见，他知道的。小辈笑了起来，他的笑充满了轻视和狂妄。小辈说，啊哈哈，他会知道，啊哈哈，他会知道。向贵气得说，你死，你死，你死了就知道知道不知道。

向贵经历了整个过程，很完整。他的老太婆和小辈们一起哭，然后替他擦身子，穿新衣裳，女儿往他嘴里塞米，可是他的嘴很僵硬，怎么也张不开。女儿说，爸爸，带一点去吧，这样你到那边就不会饿了。他不想到那边挨饿，嘴竟然就松开了一点，米粒就塞进来了，一半在嘴外，一半在嘴里。

他的小孙子觉得好玩，嘻嘻笑着过来动一动他嘴里的米，说，爷爷爷爷，米好吃吗？被儿媳妇"啪"地拍了一下头皮。向贵心疼了，说，他又没有犯错，你打他干什么？他又和颜悦色地对小孙子说，米还是生的呢，没有烧熟，不好吃。小孙子没有听见他说什么，手里拿了一根树枝，一下，一下，吧嗒，吧嗒，敲打着他躺着的那块门板。向贵的媳妇又来骂他了，走远点，在这里乱敲，把他敲醒了怎么办？小孙子说，敲醒了，爷爷就醒了哎。继续要敲。被儿媳妇一把拎了开去，又一搡，推了老远。小孙子也不生气，就拖着那根树枝走开了。向贵心里有点遗憾，他看着小孙子小小的离去的背影，暗暗地叹了一口气。

家里的事情忙过了，就上火葬场了，车子是火葬场派来的，派一趟车要花几百块钱，不过向贵家在村里算是有钱的，他自己当过村长，他的小辈里，也有当干部的。钱是肯定要出的，即使拿不出来，借也要借来，这是一个过程，也是面子。

如同向贵亲眼看见过的其他死人一样，向贵最后被推进了火化炉，然后他又变成了一堆灰回来了。又和村里的其他人家一样，他被供在堂屋中央的供桌上，每天老太婆给他盛一碗饭放在那儿，说，你吃吧，没有什么菜，不要嫌弃啊。老太婆每天都说同样的话，一重复就重复了快三年，向贵终于嫌烦了，说，你不能说点新鲜的？老太婆仍朝他笑笑，点点头，好像是听到了他说的话。但是她每天仍然说那句老话。

三年很快就过去了，然后就是安葬，也一样的按规矩立了碑。向贵拿自己的碑和别人的比了比，觉得自己的碑稍大些，这是应该的，他本来是村长，村长在村里是最大的嘛。碑立在自己家的地头上，这块地他太熟悉了，他的去处安在这里，心里很踏实，觉得自己根本没有走。碑上请石匠刻了他的名字，向贵也认真地看了看，他觉得字不大好看，笔画都不讲究。但向贵也没多说什么，他从前也不是个计较的人，就马马虎虎吧，反正死都已经死了，还讲究什么呢。

一下子安静空荡了，平时也没人来看他，他原以为老太婆在家里没什么事的时候，会到地头上来看看他的。谁知老太婆也不来，她宁可坐在家门口看着外面发呆，也不来看看他。他也没有怪她。大家都这样，死人有什么好看的，只要该来的时候来一下就行了。

该来的时候，他们倒都是来的，没有一次漏掉过。不过向贵也知道，他们来看他，是为了让他保佑他们自己活着的日子过得好好的，而不是惦记他过得好不好。这也不能怪他们，他从前也是以这样的心情去看望去世的人的。再说了，他们怎么知道他死了还可以探讨过得好不好呢。

小辈们来的时候，总是先说一说自己怎么怎么忙，平时没空来看，一年只能来一次，请他原谅，等等，然后就说，请他保佑他们一家老小平平安安，身体健康，招财进宝，等等。只有老太婆来的时候，不说自己怎样怎样，也不求他保佑她怎样怎样，她跟他嘀咕的是小辈们的事情和村里的事情，比如县里的公路修到村口了，要进城办事，方便多了，走到村口就能搭上车。但是老太婆又说，她现在也没有什么事情要到县城去，所以也不要到村口去乘车，她现在就是天天数着日子，但不知道还有多长的日子到他那里去。向贵说，你是想晚一点来呢，还是想早一点来？老太婆不回答他，只是笑眯眯地看着石碑上他的名字。向贵觉得她的笑不怀好意，他以为她在嘲笑他的名字刻得不好，但后来才想到，她根本就不认得字，字好字坏，她怎么会知道。他想，人死了就比活着的时候糊涂一点了，差一点冤枉了老太婆。

当活人嘀嘀咕咕跟死人说话，告诉他一点新鲜事情的时候，向贵总是觉得很好笑。他天天在看着他们呢，他们的任何事情他都能知道，他们却以为他什么都不知道呢。这是一种很好玩的感觉，有点像猫捉老鼠的游戏，猫掌控着一切，冷眼看着老鼠，老鼠却不知道，还忙得欢呢。向贵想到这儿，就笑了起来，就像回到了小时候，玩死人骨头时那样开心。

　　这样的日子过了很久，向贵已经记不清到底过了多久。有一天他从梦里醒来，听到老鸦叫了几声，忽然就有一种不好的预感，心神不宁起来，好像觉得要出什么大事了。他先慌慌张张到自己家去看了看，听了听他们说话，没听出什么来。又赶紧到村长家去，他在村长家看到了王守财的孙子，他好像是叫王中旺。这个名字好，叫得快一点，或者咬字差一点，听起来就是王中王。王中旺现在是个远近闻名的大商人了，财大气粗，颈子里链子粗得像牵牛的绳子。向贵想听听他和村长在说什么，忽然就看到村长仰天抬头，翻着白眼，愣在那里。向贵还以为村长看到他了，有点兴奋，正考虑要不要和村长打个招呼。哪知村长并不是因为看到他，村长是要打喷嚏，这个喷嚏很大很深，村长年老力衰，一时竟打不动它。喷嚏出不来，就僵在那里了。向贵知道打不出喷嚏来有多难受，知道村长被喷嚏憋住了，脸都憋青了，朝上仰了半天，又吸鼻子，又扭嘴巴，还是打不出来。向贵很同情村长，愿意帮他一把，就在他的脸上吹了一口气，帮助村长把喷嚏打了出来。

　　好大的一个喷嚏，连口水带鼻涕，一大摊，喷到了王中旺的脸上。王中旺急得跳了起来，掏出餐巾纸拼命擦，嘴里不停地说，脏死了，脏死了！村长打出了喷嚏，浑身轻松，感觉好极了，笑说，脏什么呀，是嘴里出来的，又不是屁眼里出来的。王中旺说，什么话，什么话，嘴里出来的就不脏吗？村长又笑笑，说，那倒也是，有些人嘴里出来的东西也很脏。王中旺愣了愣，他听出了村长的言外之意，是在骂他呢。王中旺恼了，说，不管你怎么说，不管你怎么看，也不管你反对还是赞同，这事情已经定局了。他拿了一张纸头，朝村长晃了晃，说，上面的批文都下来了，这是我的一份，给村里的那一份，很快你就会拿到的。

村长又要打喷嚏了，他的头又仰了起来，王中旺赶紧避开一点，说，我不跟你谈了，不相信你就自己看吧。把手里那张纸拍到村长面前。村长的脸扭开了，不要看，向贵却乘机凑过去看了看，原来王中旺要把他们村的一大片土地做成公墓，卖给城里人。王中旺见村长不看，就小心地收起了纸条，说，我们这地方青山绿水，是埋死人最理想的地方，能够卖出最好的价钱。向贵一直以为自己虽然死了却什么都知道，但这一回他的消息没灵通，他还没听说过这样的事情呢。他只是看得出村长不乐意，而王中旺在做村长的工作。王中旺说，多好的事情，你坐在家里就能赚大钱。村长说，我要钱干什么，生不带来死不带去的。王中旺说，你自己不要钱，村里要不要钱？你是为村里挣钱，村里需要用钱的地方太多啦，不说别的，村里这么多老人，养老保险医疗保险都还没办呢，别的村都办了，你不丢脸？你当村长这么多年，做过什么事，对得起谁？还不如向贵村长那时候呢。向贵听王中旺提到他，心里"怦"地一跳。可他并不高兴，王中旺说"还不如他"，口气里，对他的评价也不高。向贵心里有点不乐，说，哼，还有脸说我呢，你那老地主爷爷，要不是我，早被弄死了。说完后又发现自己说错了。人死了以后许多事情确实容易犯糊涂，比如生和死的事情就常常搞混，王中旺的爷爷王守财早已经死了。向贵想到的是多年前的事情，那是红卫兵来打王守财的事情。

王中旺当然不会理睬一个死人的话，他继续和村长说，现成的升官发财的机会，送到你面前你都不要，你脑子不会转弯了？村长说，我都这把年纪了，还升什么官啊，要升你升吧。王中旺说，我不当官的，我是经商的。你年纪大，升不了官，但你把村子搞富裕了，有了政绩，你儿子孙子都能升官嘛。村长不吭声了。王中旺穷追猛打说，你想通了没有？你想通了没有？村长说，你催命啊，我问你，这么大片的田，从我们的祖宗到我们自己，种了多少年？几百年？还是几千年？忽然就不种了，要拿去做坟墩头，你叫我怎么想得通？王中旺说，我知道你会说这样的话，但是你想想，现在到处发生的事情，都是巨大的变化，比如前湾村一夜之间把田都挖成了水塘养鱼养虾，你想得通吗？但是人家赚到钱了。还有许许多多的新事物，都是等大家想通了再做的吗？等大家想通了，钱都给别人赚去了。

村长还是没有表态，沉吟着，王中旺继续做村长的思想工作，村长，你到底怎么说，你表个态呀——大概他没想到思想工作这么难做，有点不耐烦了，话又不太好听了，说，其实，你点不点头都无所谓，我有上头的批文，完全可以不征求你的意见，我是对你客气，才跟你商量的。村长说，那你就不用对我客气，也不用跟我商量。王中旺忍了忍脾气，语气又重新和善一点，继续说，唉，毕竟是一个村的，抬头不见低头见，何况今后，我的公墓——说到这儿，他做了一个很大的手势，意思是说，他的公墓，很大——我的公墓还在你的地盘上，所以我是好言好语跟你商量的。王中旺的语气和善了，村长的心思也就活动了，口气也活动了，说，我又没有反对，我只是在思考嘛——对了，你的坟墩头，哦，你不叫它坟墩头，是叫公墓吧，你的公墓叫什么名字呢？王中旺说，王中王公墓。村长听岔了，奇怪道，怎么拿你自己的名字做坟墩头的名字，不晦气吗？王中旺说，不是我的名字，不是王中旺，是王中王，多有气派，多威风啊！村长说，气派是气派，威风是威风，只不过是个埋死人的地方。王中旺百无禁忌说，埋死人有什么不好，只要能挣钱，埋什么都好。向贵觉得他说得不好听，忍不住责问他，难道埋活人也好吗？但是王中旺耳朵聋了，听不见。

村长也不要听死人说话，他要和王中旺说话，他的心思一直在王中旺身上，只不过他采取的是欲擒故纵的方法，现在村长开始要擒了，话多起来，口气也有了变化，不再是铁板钉钉，绵软多了。他说，王老板，照你这么说，这还真是件好事情喽。他说得模棱两可，像是肯定，又像是讽刺挖苦，一般的人是判断不出他的真心态度的。可向贵知道村长已经基本同意了，因为他看到村长的脑门心子里冒出一股青气，就知道村长的心思活了。这股青气王中旺是看不见的，因为他还活着呢。但王中旺很聪明，他虽然看不见村长脑门心子里的青气，却从村长的口气中一下子听到了明确的答案，顿时喜形于色说，就是的，就是的，这是双赢，是功德无量的好事啊。村长微微一笑。向贵以为这事情就算谈成了，但他很快就发现，村长其实还没有被搞定呢，微微一笑，只是个开始。向贵接着听下去，也才知道，现在的村长跟他那时候当村长比，眼光和水平都不一样了，他是不得不服的。村长微笑着跟王中旺说，王老板，你是我们村的人，你知道我们村的风俗，坟地怎么能建在村前呢，你这个方案，用的地，可都是南边的地。向贵以为王中旺被难倒了，但是王中旺和村长一样都大大地超出了他的估计。王中旺说，说出来，什么风俗，只是个迷信而已，但这一点，我早考虑在其中了，经济补偿，一次性的，只要涉及开门见坟地的人家，我一次性支付——他声音忽然低了，而且凑到了村长耳边，说了个什么，大概就是那个数字。向贵是猝不及防，没来得及及时凑过去，没听清。但向贵觉得奇怪，周边也没有别人，就村长和王中旺，他为什么要凑到村长耳朵边上说，难道他知道向贵在偷听他们谈话吗？

村长听了王中旺咬的耳朵，身上一颤，脸上绯红起来，眼睛里也有疑问。向贵就猜这个数字是非同一般的，要不就是很小，要不就是很大。接着，王中旺得意地跷了跷拇指，说，怎么样，够意思吧？向贵就知道，这个数字小不了。果然村长是被这个数字打倒了，他愣了愣说，你说话算数？王中旺说，说话算数不算数，口说无凭的，我给你们立字据，签合同。王中旺说完，双手一交叉，抱在胸前，等着村长表态。村长开始是点了点头，后来又摇了摇头，说，不对呀，还是有问题，你把我们村南边的好田都弄去了，我们没地方种粮，交公粮怎么办，口粮怎么办？王中旺说，你村后还有那么多田呢。村长说，那都是自留地，宅基地，何况那里都有各家的私坟，年长日久的，多少代传下来了，私坟已经很多了，怎么办？不能扒掉它们种粮食吧？王中旺再一次把嘴巴凑到村长耳边，这次向贵有了准备，迅速地凑了上去，就听到王中旺对村长说，我一次性，给村里一笔补偿金，下面的工作，请他们迁坟，都迁到我的公墓去，这个事情，就交给村长你做，换这么多钱，你不合算吗？你太合算了！他做了个手势，表示给村里的补偿金是多少，向贵看不懂，但村长看懂了，他的脸再一次绯红起来，比刚才还红，身体也不由自主地扭动起来。最后，村长张了张嘴，什么也没说，又闭上了，他把王中旺的话和所有的意思一起吃了进去。

一直到这时候，向贵才突然惊醒过来，他顿时惊出一身冷汗。起先他只不过在听他们讲事情，看他们斗智斗勇，他完全是个局外人，与己无关的，但在感情上，他是略偏向村长这一边的，他希望村长坚持住，不要让王中旺的生意做成，为什么呢？他也没多想为什么，也许只是有点小心眼而已。过去许多年，王中旺的爷爷王守财跟向贵关系不好，一直不对头，他其实帮过他很多，但王守财从来不领情，一直对他小心眼，何况王守财的孙子要靠死人发财，向贵的心眼再大也不可能大过他。可是向贵的反应比较慢，何况他已经死了，他自己也知道，死人总是会犯一点糊涂的，一直等到村长和王中旺达成协议了，向贵才意识到出了什么问题，就是说，刻着他的名字的墓碑，就要迁移了，要迁到王中旺的公墓里去了。

向贵跳了起来，他现在的能力比活着时候大多了，轻轻一跳就能弹到半空中，何况这一回他是急了，用了力的，一跳就跳到了很高很高的空中，朝下一望，村子里早已经在动工了，大片绿油油的庄稼，已经被活生生地垦掉了，有几条他熟悉的小道，也已经改了向。向贵虽然只看了一眼，但他已经看出来了，一切都在为王中旺的公墓做准备了。向贵急得大声叫喊，你们要搬你们搬，我不搬，我死也不搬！喊了几声，发现自己又喊错了，我已经死了，怎么说死也不搬呢，那么该怎么说呢，真是的，人死了，真是犯糊涂，应该倒过来说，我不搬，我活也不搬！他就又把话倒过来喊了一遍。当然他也知道，他们是不会理睬他的，不会受他的影响的。这么多年了，从他活着到他死了，他从来没有见过活人受死人影响的事情。

但即便如此，他还是要喊出自己的心声。

就在向贵不服气大喊大叫的时候，他又看到王中旺拿出了第二张纸。向贵赶紧凑过去又看，发现这是一张私墓迁移的协议，向贵也看不懂，只是听王中旺对村长说，每个私墓给 0.5 平方米的地皮。向贵对这个 0.5 平方米有点疑惑，他不知道 0.5 是个什么概念，到底有多大。他当村长的时候，说地皮从来都是用亩来说的，小一点就用分，从来不说平方米。但向贵至少有一个印象，平方米要比亩小得多，但到底小多少，向贵没有折算过，他算不来。其实，也不用他算了，因为村长已经跳了起来，说，0.5 平方米，你开玩笑，你以为是一只老鼠还是一只小猴狲？村长急，王中旺不急，他还笑眯眯的，说，那你以为是什么呢，你以为还是一个人啊？那只是一把灰。他做了个手势，抓了一下，意思是说，他用手都能抓住的一小堆灰。向贵生气地说，王中旺，你睁大眼睛看看，我是一把灰吗？告诉你，我是一个人，一个死人！王中旺根本不把他的话听在耳朵里，更不放在心上，他只是对村长说，够了够了，足够了，立一块石碑而已，要占多大地方啊？村长说，什么叫而已，万一村上有人嫌小呢——我告诉你，不是万一有人嫌小，肯定个个都嫌小，你这 0.5 是凭什么规定出来的？王中旺说，我没说只有 0.5，要想大一点，睡得舒服一点，完全可以，再增加面积就是了。村长的眼色一亮，但他瞧了王中旺一眼，立刻就明白了，眼色也随之黯淡下去。果然，王中旺说，要增长面积很容易，我的公墓有的就是面积，要多大有多大——村长打断了他，说，那是要钱买的吧。王中旺说，那当然，不要钱的事情这世界哪里去找，你又不是不知道，弄这个公墓，我的成本，可以说出来的成本和不可以说出来的成本，加起来有多高，我不说，说出来怕吓坏你。村长说，所以，你要在死人头上抠回来。王中旺说，什么死人头上，说得多难听啊，我可不是发死人财的，你见过哪个死人会给别人掏钱？还不都是活人掏的，所以我的生意，跟别人的生意是一样的，活人生意，不缺德。村长哼了哼，可能是对他说的不缺德不能同意，又不好意思拉下脸皮直接反对，只能哼哼了。王中旺又说，村长你放心，对村里的私墓，如果要增加面积，我有特别的优惠。村长说，怎么个优惠？王中旺说，村长你知道的，公墓的地，寸土寸金，比城里的别墅还卖得贵，何况我的公墓，山清水秀。村长不高兴了，说，山清水秀是我们的村子。王中旺说，一样的，一样的，现在我们的村子就是我的公墓，都是一家人，所以，一律打七折。村长说，七折是多少？王中旺说，三万五千块一平方米。稍一停顿又说，对外是五万二，这样算起来，七折还不到一点。村长吓了一跳，他瞪大了眼睛，但是他的大眼睛很无力。向贵不由想起从前自己家养的一头老黄牛，劳累了一辈子，最后老死了。老黄牛临死的眼神，就是这种眼神，是想活却活不下去的感受，很让人心酸。村长无力的大眼睛并没有打动王中旺，他给村长递了一根烟，站起来，拍了拍屁股，其实他是坐在凳子上，屁股上并没有灰，但他还是习惯地拍了拍屁股，走了。

村长拿着王中旺给他的那根烟，呆呆地看着王中旺远去的背影，自言自语说，就这么走了，就这么样了？停了停，又说，不这么样，还能怎么样？说着就掏了火柴，点了烟，吸了一口，吐出长长的烟雾，再说，唉，真是好烟啊。

王中王公墓就这么被搞定了，向贵的叫喊抗议都没有用，他不搬也得搬，当然也不是他一个人，村子多年来死去的人，都和他的遭遇一样。所不同的是，他们的墓大小不一。小辈有钱的，会给老死人再增加一点面积，家里穷的，或者小辈小气的，就不增加了，让老死人就住 0.5 了。向贵的小辈，发展得没有向贵好，他们家是气数往下走的，掏不出钱来，就让向贵住了 0.5。向贵倒也不计较，他活着的时候，就不是个计较的人，死了还计较什么呢？王中旺说得不错，0.5 也足够了，要那么大干什么呢。

公墓迅速而顺利地建起来了，村里也热闹起来，来安葬死人的，来看墓地买墓地的，还有来买了墓地再倒卖的，总之是人来人往，还带动了村里的商业，村里人纷纷在家里开了小店，随便卖点给死人用的纸钱供品和给活人用的饮料食品，挣的钱都比种田多得多，谁还愿意种田呢。

向贵搬家后不几天，王守财也搬进来了，他就在向贵的紧隔壁。也算有缘，他和王守财，从活人到死人，都做邻居。他活着时候，是帮过王守财的忙，可是王守财不领他的情，看到他总是低低头，避避开，一个笑脸也没给过他。一直到不再斗地主的时候，他仍然夹着尾巴，看见向贵还是鬼鬼祟祟心术不正的样子，好在向贵心胸比较豁达，不怎么跟他计较。

他们都已经去世好多年了，这多年来，他们各自住在自家的地头上，离得远，也不来往。没想到许多年过去，他们又搬到一起了。王守财来后，向贵主动上前跟他打了照面，发现王守财和活着的时候不大一样了，也不躲避他，也不鬼鬼祟祟了，还大大方方和向贵打招呼。向贵奇怪地说，王守财，你变了。王守财说，你废话呀，我死了，当然变了。向贵也笑了，说，你是人的时候，总是鬼鬼祟祟，你当了鬼，反倒人模人样了。王守财看了看向贵的墓地，摇了摇头，哀其不幸地说，怎么你的房子这么小，我的房子这么大？向贵说，这就叫六十年风水轮流转。王守财说，是呀，想当年，你是民兵连长，我是地富反坏，你们家的房子多大，我们家的房子多小，而且，你们家的大房子本来还是我们家的。向贵说，不过那也不是我抢你的，是乡政府分配的。王守财说，我不跟你说过去了，人老了才喜欢说过去呢，我们已经死了，就不说过去了，看看现在吧。向贵说，现在又倒过来了，我是0.5，你是豪宅呀。王守财又是摇头，又是哀叹，说，怎么说呢，这话叫人怎么说呢？向贵说，从前老是听老人说，生死无常，生死无常。

他们一起停顿下来，不说话了，朝远远近近的墓碑看看。住在这里的人，有认得的，也有不认得的。不认得的、陌生的人比熟人多，他们的墓也是有大有小，墓碑的石材质地也不一样，坟前供给他们吃的和用的东西，更是五花八门，应有尽有。他们看了看，就笑起来，笑着笑着，又说话了。王守财说，其实，住这么大的地方，我不舒服，空荡荡的，太浪费了。向贵说，人家都喜欢大房子。王守财说，我就不喜欢，王中旺非要这样。向贵说，你孙子孝顺你呢。王守财说，才不是呢，别以为我不知道他，我听见他跟他老婆说，都是为了他自己，是为了他的面子，为了他的生意，为了他们活人的事情，跟我们没关系的。我活着的时候，早已经习惯住小地方，我死了，他们就不把我当人了，也不问问我的意见，自作主张就把我搬过来。向贵说，多少人羡慕你的坟墩头呢。王守财说，虽然你当民兵连长和当村长的时候对我还算客气，但我一直不喜欢你。我死的时候，好开心，因为从此以后可以不和你做邻居了，可现在又不得不和你做邻居了。向贵说，我知道你不喜欢我，但是有什么办法呢。

他们和和气气地说话，相处，习惯了重新做邻居的生活。

有一天向贵醒来听到喜鹊叫，向贵不知道今天会有什么好事，他和王守财一起坐在自己的坟前，看着来来往往的死人和活人，后来向贵就被一个身影吸引了，这是一个妇女，向贵觉得有点熟悉，但一时又想不起来哪里见过的，把他村子里的妇女挨个想了一遍，又把远亲们也想了一遍，都不对。向贵正费思量呢，妇女转过身来了，她面对了向贵，向贵仔细一看，认出来了，竟然是小妹妹！

真的就是小妹妹，她点着头说，哥哥你早。向贵惊讶地说，真的是你呀，小妹妹？小妹妹说，我刚来的时候，也不知道这是在哪里，后来时间长了，就慢慢地发现了，这地方原来就是你家的村子呀。这么漂亮，青山绿水，真是葬死人的好地方。向贵说，那你怎么会到这里的呢？我好像听说，你后来到外地去工作了。小妹妹说，是呀，后来我就死在外地、葬在外地了。可是我死了以后我家的小辈生活老是不安逸，老是有问题，不是老大离婚，就是老二遭贼，三病两灾也不断。后来他们就请人算了算，结果算出来，说是我的原因，说我在他乡不安心，又说我要是不安，他们就永远不得安逸，完全是胡说八道。我自己的小辈，我疼他们、保佑他们还来不及，怎么会折腾他们，这完全是迷信。但他们就相信，于是就把我迁回来了，也不跟我商量。不过，他们给我找的这个公墓倒是不差，他们帮我搬家的时候，告诉我这是最贵的了，是希望我住得好一点，好让他们的日子太平安逸一点，嘻，没想到让我遇见了故人，哦，不对，是故死人。

小妹妹说着笑了起来，王守财也笑了，向贵却没有笑，他还是有点疑惑，有点奇怪，忍不住说，怎么会呢，怎么会呢，你那时候比我小不了多少呀，最多小一两岁吧，怎么现在我这么老了，你还这么年轻，还不到四十吧？小妹妹笑了，说，这有什么奇怪，你连这个都想不到？向贵的脑筋一直是直的，转不过弯去。小妹妹说，我早死罢了。向贵说，你怎么会早死？是生病，还是出了什么事故？小妹妹说，你别管我怎么会早死，那时候我跟着你，拿死人骨头玩的时候，你妈妈咒我要早死，我就早死了，是你妈妈咒的嘛。向贵急了，说，不是的，不是的，不可能，不可能，我妈妈总共只骂过你一次，她骂过我许多许多次，骂了十几年，我也没早死呀，再说了，我们村上的小孩，都被骂了十几年，也没有早死呀。不信你问王守财，他小时候也玩死人骨头的。小妹妹说，你急什么呀，我跟你开开玩笑的，人都死了，还追究怎么死的有什么意思，不说了。

王守财在一边半天没搭上话，吃醋了，说，当年我也跟你一起玩的，你现在只跟他说话，眼睛里就没有我，你还嫌弃我是地主成分？我虽然是地主成分，可我自己不是地主，再说了，现在早就不讲究成分了嘛。小妹妹就抿着嘴笑。王守财说，幸亏在这里遇见了你，心里舒服些，否则我烦也要烦死了。这么多人挤在一起，我不喜欢。我喜欢安静，本来一个人在自家地头上，多自在，多逍遥。向贵本来是比较好说话的，但是受了王守财的影响，就赞同他的说法说，我也不喜欢太吵闹，活着的时候没办法，死了还不让人清静。王守财说，王中旺，我认得你，你只顾自己挣黑心钱，连规矩都不要了，连人情都得罪了，连死人都不顾了。向贵说，是呀，给我们搬家，也不征求我们的意见，说搬就搬，对我们死人太不尊重了。

小妹妹劝他们说，哎呀，算了吧，什么对死人不尊重，总比我们小时候拿人家的骨头当玩具好一点吧。向贵和王守财两个互相看看，想了想，觉得小妹妹说得也对，就不吭声了。小妹妹又朝村子的方向指了指，说，再说了，现在村里最好的地盘都给我们死人占了，现在已经不是活人对死人尊重不尊重了，现在是死人挤走活人了。

　　他们听了小妹妹的话，就到高处朝村里看了看，果然发现，整个村子北移了。尽管现在村子离公墓远了许多，但还是有许多人家将房子改了向，不再朝南，而是朝东或者朝西，甚至有的人家宁可将房子朝北，也不愿意开门见坟。向贵说，他们动作蛮快的。王守财说，这是必然的。向贵说，当初你孙子决定建公墓的时候，大家都已经想到了，我看到村长跟他讨价还价了好半天。王守财说，你别说他是我的孙子，我没有这样的孙子，从古到今，哪有坟墩头建在村子前面的，这么大的坟墩头，不仅埋了自己村上的死人，还埋了更多的外人，生人，不知道从哪里来的人，也不知道是怎么死的人，这么多乱七八糟的死人待在一起，村里人还能有好日子过吗？听王守财这么说了，他们都沉默了一会，后来小妹妹又说，我听说，本来有一条高速公路要通这里的，就因为有这个公墓，结果高速公路就避开改道了。王守财说，是呀，谁不怕被鬼索命呢，公路从坟墩头穿过去，开车的和坐车的心里肯定寒丝丝的，就容易出车祸。向贵说，其实这是迷信。小妹妹和王守财同声说，虽然是迷信，但他们就是这样想的。向贵说，你们两个说话，怎么口气和句子都一样，好像商量好了的。轮到他口气里有点醋意了。

　　本来应该住在村后背阴里的死人们，现在仗了王中王公墓的势，堂而皇之地住到村前来了，他们在村前灿烂的阳光下、在最美丽的山清水秀的地方，过着亮堂堂的舒适的美好日子，而村里活着的人却越住越远，住到北边的背阴里去了，太阳只能照到他们的屁股。

过　客（短篇三题）

焦　婉

五一节前晚上，有个女孩打电话来，是河南郑州一个文史刊物的编辑，来苏州了，想让作家秋水给他们的刊物上《故乡情》一类的栏目写稿。秋水问她还有没有别的什么事情要办，她说没有，就是想来看看秋水，因为一直是知道秋水的，读大学的时候就读过秋水的小说，后来也仍然断断续续看过一些秋水的文章，既然千里迢迢来到这个陌生的城市，是很想见一见的。

秋水犹豫了一下，觉得有些怕麻烦，秋水想说我给你们写稿就是，人就不一定来了，但是听电话那头的声音像个小女孩，秋水心里一软，有一种柔情的东西渗出来，就没好意思把回绝的话出口，秋水便与她约好第二天再联系。秋水说，明天我过去看你。河南来的女孩子则说，应该我过来看您。秋水说，我家很不好找，怕你找不着。女孩想了想，就没有再坚持。秋水问清了她是住在一家叫山水饭店的旅馆，留下电话号码和房间号码。在这谈话的过程中，女孩始终没有说出自己的名字，一直到挂电话前，秋水见她仍然不说自己叫什么，才问了。她慌慌张张地说，我叫焦婉。秋水想，真是一个小女孩的名字。

　　本来秋水打算第二天上午过去看看她，请她在外面的小饭店简单吃个饭，聊几句，再答应写稿，也就罢了，哪知因为犯颈椎病，第二天早晨起来头昏目眩，眼睛肿胀，便给焦婉电话，饭店的人接电话，秋水以为是总机，叫转某某房间，那边说，我不是总机，我们饭店只有这么一个电话，你稍等，我去叫她。秋水才想到，这个有着很好听的名字的饭店大概是个比较小的旅社。一会儿焦婉来接电话，秋水把情况说了一说，让她在房间等着，由秋水的家人过去接她回来，秋水家人去到那里时，焦婉却不在，饭店的人说她出去买东西了，一会就回来。秋水家人稍等一会，果然见焦婉急急地奔回来，手里捧了一只小花篮。

　　焦婉到秋水家的时候，秋水家里有很多人，有老保姆的儿媳妇和孙女从乡下来，有秋水儿子的两个朋友，还有秋水自己的朋友等，乱成一堆。焦婉进来，就有些慌张，秋水宽宽地笑了一下，说，没事，我家常有人来，都像自家人似的，今天又是五一，秋水让焦婉别在意。焦婉说，我听说你身体不好，特意去买了花。秋水心里一动，谢谢她的漂亮的花篮，便与她聊天。

　　焦婉是到苏州太仓采访吴健雄的一些情况，从太仓来苏州。秋水问她住的旅社情况怎么样。焦婉说，我从汽车站下来，就沿着大路找过去，但是没有五十块以下的标准房间，焦婉出差的标准只有五十块，多了就得自己掏钱。焦婉说，住通铺我有点害怕，我想住双人间，但是所有的饭店旅社都不肯给一张铺，一定要包了间才让住。焦婉无奈，便包了一间，房价是八十，焦婉和他们讨价还价，还到七十五。焦婉说，我咬一咬牙，就住下，哪知开票的人听错了焦婉与老板讨价还价的结果，写了七十，就收了七十。焦婉说着的时候，开心地笑了，露出虎牙。旅社老板说，我还从来没有见过你这样的房客，秋水能够从焦婉的复述中听得出旅社老板其实也有一点儿喜欢焦婉。

焦婉说，他们对我还不错，其实我找的是另外一家饭店，也挺好，是他们介绍我到山水饭店的，说这里便宜，我就来了，只是昨天晚上我出去吃晚饭，到底还是给宰了一下，我找了一家最小的饭店，看菜价只有几块钱，我要了一个菜，因为口渴，喝了他一罐可乐，他收我六块钱。焦婉很为这六块钱心疼，焦婉的饭和菜加起来也不到六块。

秋水看看焦婉送的花篮。心里有点难过。焦婉告诉秋水，她两年半前毕业于陕西师大中文系，毕业后回家乡河南郑州工作。焦婉戴着眼镜，也有的时候，把眼镜摘了，无论她戴眼镜还是不戴眼镜，她都显得很小。秋水说，焦婉，你是不是第一次单独出门采访组稿。焦婉说，是的，停顿一下，又说，我这一路，尽遇见好人，在上海，不认得路，一个人将我带到车站，问我是不是做生意的，我说不是，他摆了摆手，说，那就不收你的钱了，我们专收做生意人的钱。

在秋水家吃饭时，焦婉喝了些红葡萄酒，脸红红的，开始有些不好意思，后来见秋水家的客人，也都像家里人似的随便，渐渐也大方起来，说说笑笑，又加了两次酒。秋水看看这一桌上吃饭的人，心里突然有些触动，没头没脑地说，这些人，今天坐在一个桌子吃饭，也是缘分呀。

饭后，又和焦婉说了说话，她现在已经比较自在了，甚至说到了自己的家，家里的猫，等等。秋水问她有没有对象，她说有了，秋水说，你们喜欢旅行结婚吗？如果旅行结婚，欢迎你再来苏州。焦婉说，来看看你。

大概这只是一个瞬间的美好的愿望罢了。

秋水送焦婉下楼，给她指了方向，说，家里有客人，不再送你了，秋水和焦婉握了手，又挥手互道再见，没等焦婉走出秋水的视线，秋水就返身回家了。

这条小巷特别长而且直。

洪　光

下午三点钟秋水正在写作，电话响了，秋水接电话，电话那头乱哄哄的，好像在车上，或者好像有许多人在旁边七嘴八舌，幸好说话的人声音比较大，听得出是比较爽朗的那一种，是秋水吗？秋水说是，那边的人很激动，声音更响了些，太好了，我是洪光，他说。

洪光秋水是记得的，虽然有很多年没见面，秋水不太清楚洪光的动向，许多年间也有的时候偶尔听说一次，洪光调到哪里了，或者说，洪光又调离哪里了。毕竟秋水和洪光只是在多年前一般地交往过几次，并非很要好的朋友，也不是很铁的关系。在许多年后，如果秋水始终没有听到洪光的名字，也不会在半夜醒来时突然想念他，这时候洪光打电话来了。

洪光的口音仍然是夹着乡音的，这使秋水想起从前的一些小事情，想起洪光的家乡那么一个地方。

我从南京来，我现在在离苏州不远的高速公路上，马上就到苏州，洪光爽朗地说，很多年没见你了秋水。秋水说，是的，很多年了，比起洪光的热情，秋水平静多了，甚至是有一丝冷淡的意思。洪光依然热情洋溢，我来看你，洪光说，我们杂志社来了五个人，自己的车子。秋水则依然平静，说，洪光，你在哪个杂志社？

《人口》杂志，洪光说。

《人口》？秋水想了想，是计生委办的？

是的，洪光说，我现在在省计生委《人口》杂志，去年调进来的，请你给我们写稿。

秋水无声地笑了一下。

洪光能够感觉到秋水的意思。洪光说，我们有名家随笔栏目，写什么都行，不一定是计划生育的，但是如果能够搭得上人口的边，那是最好，我们稿费从优，尤其是名家的稿子，我们计生委，经费还是可以的。

秋水笑了笑，说，计生工作是国家重点，用钱不愁，只是，唉，我现在文债也多。

洪光理解地说，那是当然，像你这样的名家，肯定盯住你的人很多。只不过，我和别人不一样，我们多年老关系，你给别人写，就更得给我写，秋水你这点面子总会给我的。

秋水说，好吧，你到时寄份刊物给我看看，我参考参考。

洪光说，我今天特意来看你，我们主编也来了，到你家怎么走？

秋水说，我家很难找的。

电话那头始终一片嘈杂，过了片刻，洪光说，我们先到文联，文联燕主席也是我的老朋友，昨天我和燕主席通过电话，已经约定了，秋水你一起来吧，我们好多年不见，想看看你现在什么样子。

秋水想说算了吧，我正忙写稿，但是洪光从电话线里传递过来的热情，使秋水不好说不。秋水说，我稍微晚一点过来行吗，到哪里你告诉我。

洪光像是犹豫一下，说，过一会我再给你打电话。

秋水觉得稍有些问题，但也不便说什么，搁了电话，耳边的一片嘈杂终于消失了，秋水试图再写一点东西，但是有些分心了，过了大概半小时，电话果然来了，洪光说，秋水，我们在文联。

秋水心里稍一轻松，找到燕主席了？秋水问。

洪光说，没有，燕主席到医院看病去了，不知道在哪个医院，文联办公室的人说燕主席牙疼。

秋水愣怔了一下，说，那你们认得文联其他人吗？

洪光说，没事的，没事的，我们现在在文联的会议室，我们主编副主编都在。

秋水又想了想，说，你们是不是要找苏州的其他熟人？

洪光说，其他人，见不见也无所谓，我们主要是来看你的。

秋水说，其实，其实也不用的，我到时候给你们写稿。

那怎么行，洪光说，你是大作家，我们主编说，一定要拜见秋作家的。

秋水又说，那你们是不是要到市计生委去看看？你们一个系统的。

洪光说，用不着去市计生委，我们和他们没有业务上的往来，我们是杂志社，主要是来看你的。

好吧，秋水说，你们在文联等我，我过来。

洪光说，我也不知道方向，不知道文联离你家远不远，你怎么来？要不要我的车子来接你？

秋水说，你找不到的，我自己打的来。

秋水打了的，来到文联，到会议室门口刚一出现，里边的洪光已经迎了出来，紧紧握住秋水的手。秋水记起洪光还是老样子，热情爽朗，个子高高的，皮肤略黑，稍有些乡土气息，和他的带乡音的口音是协调的。秋水被洪光一一介绍给他的主编、副主编和另外的同事，包括他们的司机，秋水一一和他们握手，他们尊敬并有些陌生地看着秋水，叫秋老师，秋水倒有些不好意思，因为记不太清洪光的介绍，无法一一明白地称呼对方，便有些尴尬。洪光笑起来，我和秋水，多年的老朋友了，他哈哈地说，气氛就好了一些，大家坐下来，秋水说，燕主席不在？

洪光说，下午在的，后来去医院了。

秋水说，先喝点水，先喝点水，从南京过来，走高速公路，也要三个小时。

洪光说，很方便的，路上有好几个服务区，可以下来方便、喝水。回头看着主编，又说，秋水和我，关系很好的。

主编向秋水点头笑，说，请秋作家给我们杂志写稿。

　　副主编和其他几人说，秋作家的文章，我们都拜读过，写得很精彩。

　　秋水说，哪里哪里，嘴上说着应酬的话，心里有些不安，向门口看着，问洪光，燕主席什么时候回来？

　　洪光说，他们说燕主席没有说。洪光拿手机扬了扬，可惜燕主席没有手机，也没有传呼机，不然我一找就能找到。

　　秋水说，你们先坐，喝水，我看看文联其他领导在不在。秋水走出会议室，看文联办公室都空无一人，只有一个勤杂工老张在。老张说，秋作家，会议室是你的客人吧，我替他们泡了茶。

　　秋水说，谢谢，谢谢，燕主席不在？

　　老张说，燕主席看病去了。

　　秋水说，什么时候回来？

　　老张看看墙上的钟，说，这时间了，今天恐怕不会过来了。

　　秋水又道，今天文联怎么没有人？

　　老张说，今天是美术家协会改选大会，人都在大会堂。

　　秋水重新回到会议室，天色已经渐渐暗了，会议室光线不太好了。洪光说，秋水，我们主编和你合个影，秋水点点头，和主编坐到一起，洪光替他们拍照。主编说，要用闪光灯了。说话间光已经一闪，照好了。主编站起来走开，副主编也坐过来照一张，其他人也一一坐来照一张。最后大家叫司机来，司机起先觉得有点不好意思，后来经大家一劝，也过来了，洪光边照边笑，说，秋水，你现在真是大作家了。

　　照过相，都又坐定了。秋水说，我们再等等燕主席，等不到的话，我们就去吃饭。

　　终于是没有等到燕主席，秋水带了洪光和他的同事们来到一家饭店。点了菜，问酒水饮料的时候，洪光说，我们主编、副主编，都是海量。秋水说，那是要喝白酒的。就叫上了白酒，酒一上来，洪光就干了一杯，又干了一杯，他非常高兴，和主编、副主编斗酒，说了很多话。因为说的是他们自己单位里的人，张三李四，秋水也听不出个所以然，只是在洪光要求他喝酒的时候，稍微喝一小口意思意思。很快洪光和他的同事们脸一个跟着一个地红了，洪光拿出手机来，打燕主席家的电话，一打，通了，正是燕主席接的。洪光说，燕主席，秋水请我吃饭，你过来吧。燕主席说，我已经吃过了。洪光说，吃过了你也得过来一下，我们是专门来看你的。燕主席说，我明天一早要出差。洪光说，没事的，没事的，你来吧，我们在某某饭店，我们等你，这酒，才喝了个开头呢。燕主席说，我不会喝酒的。洪光说，喝酒不喝酒是另外一回事，你来吧你来吧。燕主席有半天没有吭声，洪光打电话的时候，大家没有说话，因此电话那头燕主席的声音大家都能听出大概的意思来。洪光挂断手机，向大家说，燕主席马上到。

　　燕主席到了，和洪光的领导同事握过手，在加座上坐下，燕主席面有病色，说笑有些勉强，又因为已经吃过晚饭，所以坐下来也只是呆呆地看着洪光他们喝酒笑闹。

　　秋水去结了账，燕主席跟出来，问秋水，你跟洪光很熟？秋水笑了一下，问燕主席，你跟他熟悉？

　　燕主席说，没有见过面，几年前有过一次信件往来，好像是有关一次散文奖的，具体的，也记不清了。

　　秋水和燕主席送洪光他们上车，洪光满是醉意，走路摇摇晃晃，紧紧抓住秋水的手不肯松开。秋水说，洪光，今天就回去了？

洪光说，今天不回去，我们到昆山去，昆山我有好几个老朋友，去看看他们。

上了车，洪光从车窗探出半截身子，秋水，燕主席，别忘了给我写稿，我等着。他一直向他们挥着手。

秋水站在夜色中看着洪光的车子远去，很快就看不见了。

凤　阳

秋水在家里写作，接到文联的通知，要开一个座谈会，省里来了一些人，欲了解现在各地文人的情况，到一处，就开一个座谈会，一路开过来，就开到苏州。

秋水去了，会议开得蛮好，大家都说了心里话，写作的人有什么具体困难也向领导说了说，心里有些意见的，也都直言不讳地提了，后来话题就转移到没有到会的一些人身上，说了说大批的在基层坚持业余写作的人的情况，都一一作了记录。再后来夏主席突然就说，有一个人，是你们苏州的呀。因为夏主席的声音是突然间提高了些，所以大家便集中注意力听夏主席说，凤阳，我说的这个人叫凤阳，夏主席说。

凤阳大家都知道。

夏主席说，1956 年开全国第一次青年创作会议，我和凤阳住一个屋的。

大家说，哦。

夏主席说，好多好多年了，那时候凤阳就写了很好的小说《梨花雨》，全国都有影响。

大家说，是的。

现在他在哪里？夏主席说，我那时候，还说拜他为师呢，后来就一直没有怎么见过，一晃四十几年了。

大家说，凤阳在，是在我们苏州的，老会员了。

他一向怎么样？夏主席想起往事，有点动感情，真的有点想念他，夏主席说，我能不能去看看他？

一时就没有什么回声。

夏主席是比较了解文坛上的情况的，他说，是不是凤阳不怎么出来活动？和大家联系不多。

大家说，是的。好多年没有见他，也没有听说他什么。

那他还写不写东西？

大家不清楚。

那他住在哪里？

大家也不清楚。市文联的秘书长说，我有会员登记簿，去查一查。他出去了，又进来了，拿着厚厚的登记簿，果然找到了凤阳，果然有地址，有电话。秘书长说，我去打电话试试。出去，又进来，说，电话改号了，查114查不到。秘书长又看凤阳的地址，便皱起眉头，说，百花洲？这条街早就拆掉了，早就没有百花洲了。

大家笑了笑，说，唉，苏州城里拆掉好多老街了。

夏主席叹息了一声，有些失望和难受。

一直没怎么说话的秋水，心里忽悠了一下，说，凤阳我前几年见过一次，在医院里。

大家没有作声，好像有一种不大好的气息弥漫开来，夏主席又叹息了一次。

秋水说，我问过，他说搬在吉庆街住，但是不知道几号，也不知道后来又搬了没有。

夏主席脸上有了希望的意思，说，可以到这个街的居委会打听的。

因为要继续开会，凤阳的话题就没有再说下去，只是在秋水心里，隐隐地埋下一点事情。

散会以后，秋水在回家的路上，绕到吉庆街走，吉庆街是苏州现存的已经不多的古老小巷，窄窄的，细长的。因为是下班的时候，所以也不太安静，有摩托车风驰电掣地经过，路上的人让到一边，摩托车过后，他们再走到小街中间。小街的两边，有余萝卜丝饼的小摊，一位老太太，提着一个小竹篮，篮里有一个搪瓷杯。她说，师傅，我买两个萝卜丝饼。师傅说，稍微等一等噢，我的煤炉里放了九个蜂煤。老太太说，放九个煤球火也不旺。师傅说，火旺了皮焦心不烂的。

背后有一位老先生在墙上的黑板报上抄写"文明公约"，他的字写得规规矩矩，横平竖直。另一位老太太捧着粉笔盒站在一边看，他们在说话。

天要晚了，明天再来吧，一个说。

没多少了，另一个说。

秋水在吉庆街走过，看到居委会的牌子，秋水心里有一种欲望和冲动，但是他没有停下，也没有进去，而是继续向前走了。

晚上秋水给秘书长打个电话，秘书长告诉秋水，夏主席已经回省里了，本来是要住一天的，因为临时有事，就走了。

早点回家

　　单位检查身体，老吴误将另一同事怀疑有肝病的 B 超单当成了自己的，于是他的精神就时时处在自己快要"死"了的恍惚中，干出了许多莫名其妙的事……

　　老吴这半辈子的人生，说不上有多洒脱，却也不窝囊的，至少身体不错，平时没病没灾。没病是福，老吴这么想着，心是平的，气也顺的。老吴的性格比较平和内向，老吴不会突发奇想，也不会浪漫了就无边无际收不回来，说老吴是一个现实主义的人，大概不会有人反对的。

　　像老吴这样的人，因为比较沉稳，别人会觉得老吴是能够经得起风浪的，遇到突如其来的事情，大概也不至于惊慌失措。其实这种想法可能是错误的，说不定一些平时病病歪歪、惊惊乍乍的人，反倒经得起突变，因为他们每天都是在提心吊胆中的，以至于突发的事情来了，他们也会觉得这是每一天都可能发生的，因此反而不惊不乍了。这种推测后来在老吴那里得到了印证。

事情是从单位组织体检开始的。老吴因为身体一直很好，过去每年单位例行的体检，老吴都是一笑，他从来不去的。老吴倒也不是那种愚昧的迷信，觉得所有的病都是体检检出来的，张三本来好好的，体检出什么了，大家还没回过神接受这个事实，人都已经走了，李四本来也好好的，也是体检出什么了，还没怎么折腾，人已经怎么怎么了。都是体检惹的祸，确实有人抱着这种不崇尚科学的想法，坚持不去体检。但是老吴不是的，老吴确实是因为身体好，没有哪里疼哪里没有痛。同事们也说，像老吴这样，不抽烟的，酒是适量的，休息也恰到好处，娱乐也恰到好处，工作也恰到好处，他去体检是脱裤子放屁——多此一举。老吴也这样想的，他是沉稳的人，但不是谨小慎微、草木皆兵的，老吴也有潇洒的一面，就比如他对自己的身体十分有信心。也是福呀。

但是这一次不知怎么鬼使神差了，他们科长说，老吴你好几年没体检了，一起去凑凑数也好的。其实科长也是顺便说说，当时他正好看见老吴走过，就这么说了。没想到老吴居然经不起这么简单而且明显有点敷衍了事的动员。在一瞬间老吴好像连想都没想，真的是不假思索，老吴说，好的呀。老吴的口气之轻松随便，好像许多年来，他年年都是参加体检的，好像体检这种事情，根本说也不用说的，他是必定要去的。后来回想起来，老吴自己也疑惑不解，只能说是鬼使神差了。

老吴是可有可无的心情，没有任何负担地参加体检。这是一个平平常常的早晨，老吴甚至没有告诉老婆他要去参加体检，因为老婆唠唠叨叨的脾气，老吴是有些头疼的，但是他又拿她没办法，所以平时老吴尽量做到多一事不如少一事，能不告诉的就不告诉。老吴出门的时候，老婆照例地关照：下了班别在外面混，早点回家。老吴说，知道了。

老吴迎着初升的太阳走出来了，空腹，因为要检查肝功能，不能吃早饭，办公室负责福利的同志在医院门口等着大家，看到自己单位来参加体检的，就叫住了，每人发一袋牛奶和一包饼干。叫到老吴的时候，老吴还有些发愣，手里被塞了东西，捧着，却是过了一会儿才明白过来，这是单位提供的早饭，老吴心里有点感动的，感觉到温暖。但是有一个同事却不满意，她说，王小二过年，一年不如一年，去年还发蛋糕呢，今年变成饼干了，明年发个大饼算了，五毛钱，办公室发福利的同志也只是笑笑而已。

进了医院以后大家是用不着跟在一起的，一个科室一哄一大堆人，进度反而慢，反正人手一张体检单，你看着哪个科室空一点就先检什么，检过了，科室会给一个结论，再盖一个章，这个部分就完成了，再到下一个科室。可以先从头开始，眼睛啦，耳朵鼻子啦，也可以先从脚开始，到皮肤科看看有没有脚湿气，或者先拣重要的要害的部位，容易出问题的，要出问题就是大问题的部位，比如肝、心脏等等。因此这个医院的这个上午，几乎到处可以看到这个单位的员工，到处可以碰到熟人，他们甚至有一点欢天喜地过节的气氛，因为毕竟每天上班下班是很单调的，现在从气闷的办公室来到医院这么个大环境里，大家的心情比较放松，互相打着招呼，哎，检过啦？哎，检过了。也互相议论着在一起体检的别的同事，哎，刚才看到老李的脸色不大好，会不会检出什么了。哎，听说小王和医生吵起来了，等等。总之他们在医院里自由自在的，从这个科室窜到那个科室，甚至撞到了护士。护士说，瞎起劲什么，查病呀，又不是加工资。医院里其他的病人，今天也好像没有了市场，光是看着听着这个单位的人在热闹，有一个自费看病的人想，还是公家单位好哇。

老吴在心血管科碰见几个刚刚做完 B 超的女同事，她们叽叽喳喳，又笑又骂，原来是做妇科的 B 超要喝一肚子水，要憋住小便，要等实在憋不住了，差不多要尿在身上，上去做 B 超才能做出来，若还差一点点火候，就算你急得双脚跳，就算你觉得肚子要爆裂了，医生也会把你赶下来。再去喝，再去喝，医生说。哎呀呀，妇女急得小腿都弯起来，整个人也呈弯的形状，我不行了，我不行了，她说，我要尿出来了。医生理也不理她的，下一个，下一个上来，医生说。妇女就是这样一个个地在 B 超室里跳来跳去，扭来扭去，叫唤着我不行了呀，我不行了呀！

最后她们从 B 超室里冲出来，冲到厕所，放出那一泡尿，简直像牛尿那么长那么猛烈，她们为自己狼狈的模样，笑痛了肚子。老吴听她们你一句我一句地把整个过程完善和弥补了，至少老吴是听懂了。老吴起先以为做 B 超都要这样的，后来才知道仅仅只是妇科检查要这样，男同志做 B 超用不着的，老吴就放心地往 B 超室去了。

问题就出在 B 超室，和老吴一起进来的男同事还有好几个，他们进来的时候都说说笑笑，等到老吴也躺到那个床上的时候，大部男同事已经拿到了"未见异常"的体检单。

现在轮到老吴了，老吴躺下去，因为从来没有做过 B 超，老吴对这种检查方法，是没有思想准备的，他听医生的吩咐，把肚皮露了出来，忽然的就有一个冰凉的东西贴在他的肚子上了，老吴猝不及防，"哎呀"一声叫了起来，医生倒被他吓了一跳，说，怎么的，叫什么叫，没做过B超？老吴正要向医生解释自己确实是没有做过B超，却听得医生也"哎呀"了一声。B超室里并排有两张床，两个医生同时替病人检查。老吴因为躺着的，对方向感不太敏感，不清楚这个"啊呀"一声是哪个医生嘴里出来的，他微微地抬起身体，想看看究竟，但是医生随手把他一按，不要动。现在老吴听到是他的医生在对那一个医生说话。他说，现在的人也弄不明白他们，怎么非要拖成这样才来？

　　老吴心里猛地一慌，立刻觉得浑身软软的，想说什么，却感觉力气一点也没有，甚至虚弱得说不动一句话。医生拿了一团纸，扔在他肚子上，说，擦擦起来吧。老吴拿纸擦肚皮的时候，手抖得索落索落的。

　　现在两个医生都伏在桌子上写，那边的那个医生一边写一边对躺在他床上的人说，起来吧。那边床上的人坐起来，老吴看清是总务上的张六麻。张六麻的医生很快就写了张六麻的体检单，交到张六麻手里。张六麻接过单子，说，好了？医生说，好了。

　　几乎就在差不多的时候，老吴的医生也把体检单子交给老吴，老吴也像张六麻一样，说，好了？医生说，好了。

　　老吴接过单子，他眼睛像箭一样一下子射到B超的栏目里，上面写着：怀疑肝CA（二期）。老吴其实已经是有了预感的，应该是有一点思想准备的，但是当这种预感被证实时的那种猛烈的打击，老吴还是没有扛得住，如果说在刚才的一瞬间，老吴虽然有预感，但这种感觉是朦朦胧胧，迷迷糊糊的。现在老吴的心一下子就点亮了，老吴在最最短的时间里，脑子闪过一个念头：我要死了?！老吴一下子就想到了死，没有转弯，没有过渡，他不是先想到病，再想到治疗，再想到治疗不愈，再想到死的。老吴的念头是直接的。这个念头一旦出来了，老吴就再也控制不住自己了，他的身体抖动起来，他感觉自己的心已经不在胸腔里了，心已经丢掉了，胸腔里空空荡荡，这种感觉，老吴从前只是在书上看到过这样的形容，现在他真切地体会到了，但是现在不允许老吴有更多的想法和体会。医生在跟另一个医生说话了，医生说，你说彩票有没有规律的？

老吴正好看到张六麻走出去，老吴只看到他一个背影，门就在他背后关上了，老吴心里酸酸的，他想，张六麻可能没有听到医生说什么，也不知道老吴碰到了什么，但是就算这样你也可以等一等我的呀，我们不是一个单位的同事吗，我们不是一起来体检的吗，我们不是一起做了 B 超吗？

老吴呆呆地站在 B 超室，竖在医生面前。医生说，今天大血抽了吧？老吴赶紧说，抽了，早上空腹来抽的。医生点了点头，眼睛并不看着老吴，说，等大血报告出来再说吧。说完这句话，医生又回过头和那个医生说，你说彩票有没有规律的？那个医生说，有什么规律，碰运气的。这个医生又说，为什么有的人运气就那么好？后面说话的医生没有回答这个运气好的问题。他却说，你要是中了五百万，怎么花呢？前面说话的医生说，不要来气我了。他们你一句我一句地议论彩票，老吴明明还站在一边，他们好像没有看见他。老吴手里捏着体检单，又等了一会，看看医生仍然没有什么要向他说的，老吴慢慢地向门口走去，他想医生会不会叫住他关照些什么，但是医生也始终没有叫住他。

　　医院走廊里的长椅上坐满了病人，还有站着的，老吴从 B 超室出来，他们的嗡嗡的声音就包围了他，他顿时感觉到自己的虚弱无力，好像要被他们的杂乱冲倒了。老吴眼前有些黑，两条腿很软，走了几步竟然就有点喘气了，老吴心慌得不行，他想找个位子坐一坐，可是位子都是满的，老吴和其中一个年轻的看起来不像有病的人商量，他说，能不能让我歇一歇？那个人看看老吴，说，这是我的位子。老吴可怜巴巴地说，我有病，我，我刚刚查出来的，有病啊。那个人仍然是看看老吴而无动于衷，有病？他好像还微微笑了一下，说，到这里来的人谁没有病。老吴快要哭出来了，他说，可是，可是，我的病是很重的。那个人打断他的话说，到这里来的人都不是什么小毛小病，这年头，小毛小病谁上医院？他说过以后就不打算再和老吴啰唆了，而且为了表示他是不肯让位子的，他索性架起了二郎腿，一晃一晃起来。

　　我是真的有病啊，医生刚才说了，老吴说，老吴手里拿着体检单，他甚至还向他们扬了一扬，以证明他没有瞎说。有一个人可能是听到老吴说话了，他看到老吴眼巴巴地盯着自己，他就说，有病你找医生呀。这话说得也没有错，但是在老吴听起来，是那么地冷冰冰，那么地事不关己，老吴实在是心有不甘，他再看看其他人，因为他就站在他们中间，他和他们面对面的那么近，可是他们谁也没有听到他说话，他们只顾自己的事，有的是愁眉苦脸，有的是眉飞色舞，他们的目光根本就不往老吴的脸上过来，就算偶尔有一道目光与老吴的相遇了，也是淡漠的，一晃而过，根本就没有留下什么，同情，关注，哪怕是可怜可怜他，也没有，都没有，好像他们的面前根本就没有站着老吴这么个人，这么一个因为得了病而变得有点失态的人。老吴在自己最最需要交流的时候，竟然找不到一个交流者，老吴心里犯孤，凄凉得不得了，这里没有一个人注意他，关心他，他的同事也走得一个都不见了，老吴呆呆地站了一会，他很悲哀地想，我要死了啊。

这个可怕的念头再一次刺激了老吴，但是也使得老吴几近麻木的思想有了一些松动。我要死了啊，我不想死的啊，老吴想，任何人都是不想死的。老吴经过一阵迷乱，一阵茫然，现在清醒一些了，是求生的愿望使他清醒了一些。老吴重新又去推开 B 超室的门。

医生听到门响，回头看看他，他们没有认出他来，看他在门口探着头，想进不进的样子。一个医生说，干什么啊？老吴赶紧过去，把体检表递过去。医生也没有看体检表，就说，啊，体检啊，上去躺下来。另一个医生看了看他的体检表，说，已经做过了。这个医生说，做过了又进来干什么？那个医生递了体检表给他看，这个医生看了看，噢，他说，是你啊，怎么啦？老吴可怜巴巴地说，医生，医生，我，我怎么办？医生是有些不耐烦，他说，告诉你等大血出来再来，告诉你等大血出来再来，你怎么听不懂的啦？我听得懂的，老吴说，我听得懂的，可是，可是，大血要到星期一。医生说，星期一就只好星期一。老吴说，那，那我这几天，怎么办呢，医生皱了皱眉头说，哎呀，你这个人真的啰唆，都像你这样麻烦，我们医生也要早早进火葬场了。医生话虽然是这么说，但是后来他看着老吴可怜的吓破了胆的样子，他的不耐烦里也透出一点同情来了，唉唉，想吃什么吃点什么吧，医生说，哪里没去玩过的去玩玩吧。

老吴听了这话，精神负担更重，简直要哭出来了，但是老吴毕竟是一个堂堂男子汉，打碎牙齿也只能往肚里咽，有泪也只能流肚里流心里。这样老吴在心里流着泪，就往外走。在医院的走廊里，老吴看到磁卡电话，他站住了，我要打电话，老吴想，我要告诉他们，我要死了，我打给谁呢，老婆？当然是老婆，老吴想到要掏磁卡的时候，才现自己手里还捧着单位的牛奶和饼干呢。我不要了，我不要了，老吴想，我还要饼干做什么啊，我还要牛奶做什么啊。他看到一个小孩，就要把手里的牛奶和饼干送给他吃，小孩伸手想接了，他的妈妈把他往后一拉，你干什么，她怒目对着老吴，你想干什么？

一边已经放手了，一边又没有接住，牛奶和饼干"啪"地掉在地上，别人听到声音，倒是都回头看了看。有一个看起来比较穷的人，朝老吴笑笑，就弯下腰把牛奶和饼干捡走了。那个带小孩的妇女，有些回不过神来，说了一句：神经病。不知道她是说谁的。

老吴悲哀地想，我不跟你计较的，我没有时间跟你计较了。老吴掏出磁卡，插进去，拨了号码，电话接通了，听到老婆"喂"的一声，老吴的眼泪就忍不住地要淌下来了，他觉得喉头哽咽了，嗓子胀痛，接着听得老婆又"喂"了一声，老吴一时竟什么话也说不出来了，他张着嘴，对着话筒，热气把话筒都蒸湿了，老吴的老婆声音粗糙起来，又连续"喂"了几声，没有听到回音，她以为是捣乱电话，骂了一句，"咔嗒"一声，电话挂断了。

老吴听着电话里嘟嘟嘟的忙音，手仍然紧紧抓着话筒，一直到有一个人等打电话，对他说：喂，你好了没有。老吴才清醒过来。

老吴一点也不知道自己要往哪里去，他也曾努力地想镇定自己的情绪，梳理清楚自己的思想，但是他做不到，他只能随着人流击穿过医院的大厅，大厅里人很多，他们目光直直的，窜来窜去，有人撞着了老吴，说了一声对不起，但是他根本也没有看看老吴的脸说对不起，他的眼睛是盯着别的什么地方，是挂号的窗口或者配药的窗口。大厅有些乱七八糟的感觉，是塞得满满的感觉，但是老吴的心里，却是空的，只有一个黑色的影子盘守在那里。

老吴已经走出医院的大门了，但是老吴仍然不知道自己要到什么地方去，他看到距离医院大门不远的公共汽车的站台，有许多人在等车，老吴不由自主地往那边过去，他也站到那里了。

老吴心里仍然是糊里糊涂的。他来到了车站，但是他又不知道自己想不想上车，也不知道上了车要往哪里去，他甚至希望车子晚一点来，后来车子还是来了。老吴随人流上了车，因为想着心事，也没有注意先后，就抢了一个人的先，这个人本来是满脸横肉的样子，被老吴抢了先，心里的气就更是跑到脸上来了，他横眉竖眼地说，抢什么抢？抢着到哪里去？到火葬场去啊？老吴哀伤地说，我是要到火葬场去了，我要死了，我就要死了。这个人本来是准备了要和老吴大干一架的，他甚至已经在准备台词，准备老吴回嘴骂他时他再怎么回骂，哪知老吴一脸倒霉样子地承认自己要死了，要到火葬场去了。这个人倒拿老吴没有办法了，他看看老吴，甚至看出些惧怕来，他想一个连死都不怕的人，什么事都能干得出来的呀，还不如躲着点吧。这个人这么想着，就往车厢深处挤进去，挤进去以后，还一直回头从人头的隙缝里张望老吴，好像老吴随时可能冲过去捅他一刀咬他一口似的。最后他只乘了一站，就匆匆地下车了。

但是老吴一点也没有在意这个人的心理活动，老吴上车后，扔了一元钱的硬币，听到硬币"当"的一声掉了下去，他想起有一次也是乘车，一个农民扔了一个一角的硬币，也是"当"的一声，但是声音和一元的有明显的差别，司机回头看了看农民，你扔的什么？农民说，一块钱。司机说，到底是什么？司机的口气只是稍稍重了一点点，农民就已经坦白了：嘿嘿，是一角。司机说，你不知道乘车投多少？农民有点难为情：嘿嘿，不知道。司机脸一拉，下去。那个农民就下去了，他白白地损失了一角钱。农民下车后仍然站在站台上，东张西望着。现在老吴回想起这个事，心里悠悠的，怎么像是几个世纪以前的事了。

车子过了两站后，老吴占了一个位子，但是很快有一个抱小孩的妇女站到了他的身边，她和那个小孩都直勾勾地盯着他看，老吴的心里有点渥渥涩涩的，有点懊糟，不应该我让给你的，他想，我生病了，我刚刚从医院出来，而且，而且，我生的是很大的病，是……老吴这么想着，心又猛烈地疼痛起来，他不能再往下想。老吴没有站起来让座，但是他又觉得有点不安，他只好将自己的脸侧向窗外，看着窗外的景色，幸好后来他后边座位上的那个人站起来给妇女让了座，老吴的心才安定下来。

囡囡乖，妇女亲着小孩的脸，她忍不住地将喜欢孩子的心表现在脸上。一个乘客朝她们看看，说，人家让了座，小孩要谢谢人家的。其实那个让座的人已经站到前边去了。咦呀呀，小孩嘴里出些声音，咦咦呀呀。她的妈妈说，她还不大会说话呢，她一边说一边又去亲小孩的脸，乖囡囡。然后有人问：几个月了？她答：十一个月了。

在妇女和孩子温馨的气息中，老吴的心暂时地稍稍地安下来一点。车子往前开着，沿途经过大街，大街两边的商店往后倒退着，花花绿绿的世界，是美好的世界呀。可惜我，可惜我，老吴感觉到自己的脑子和心都在哭泣了。

汽车上的录音响了，告诉乘客，下一站是花市街。这条街老吴是听说过的，是一条专门卖鲜花的街，街上有许多小店，都是花店。老吴没有来过，因为他在平时的日子里不需要鲜花，就算是需要，其他街头也有鲜花店，他可以就近地买一点，不用跑很远的路到这里来的。老吴这么想着的时候，鲜花已经映入了老吴的眼帘了，是扑面而来的，沿街的店铺，布满了鲜花。老吴比较现实主义的思想，今天有一点例外了。既然前面他已经身不由己地上了公共汽车，身不由己地到了花市街，他就再一次身不由己了，老吴站了起来，跟着下车的人流下车了，就到一家花店的门口了。

但是站到了花店门口，老吴立刻后悔了，我来看花干什么啊，我要死了，我就要死了，我不要花，我什么也不要了啊。在老吴想转身离开花店的时候，他又停下来了，因为这时候花店的店主向他笑了一下。

店主是个年轻的女孩子，她坐在门口的小凳上修剪花枝，很专心的，熟练而又小心地将修剪过的花枝放进水桶。看起来她的目光低垂，但其实她是眼光四射的，因为老吴还没有走近，她已经抬起脸来，向老吴一笑。她的这个笑，是很有水平的，是恰到好处的，既不是无所谓的笑，也不是打算强买强卖的笑，她是把做生意的欲望放在发自内心的友好的笑里边了，任何的人，接受了这样的笑，都是会感觉温暖的。老吴也是。这一瞬间，老吴甚至忘记了医院和病和死亡，老吴也向女孩回报了个灿烂的笑容。

看看花啊，女孩说。她没有说买花啊，或者问想买什么花啊，她真是蛮懂得顾客心理的。老吴点点头，既是应答她的招呼，也是表示对她的赞许。鲜艳的花朵，开在老吴的眼前，老吴感觉有点耀眼的，心里也有点激动。唉唉，老吴忍不住说，看到鲜花，总是喜气洋洋的。是的呀，女孩说，现在大家有什么喜事开心事，都会来买鲜花的。她顺应着老吴的口气，仍然没有露出希望老吴买花的意思。

老吴因为看到喜人的鲜花而带来的暂时的麻木已经过去了。唉，他说，我没有喜事，只有悲哀的事。

女孩同情的目光停留在老吴沮丧的脸上，带着一丝的疑问，但是并没有一点要探听老吴秘密的意思。

悲哀的事，是不适合用鲜花的，老吴说出这个话的时候，已经知道自己错了。他又挽回地说，噢，也有的，比如有人生了病，有人家办丧事，也用鲜花的。

女孩微微地点了一下头，感觉上她好像示意了一下，又好像没有什么动作，但是老吴敏感的心却指点着他去看店的深处。他看到有几只素色的大花篮，站在店的角落里，老吴的心脏猛地又疼痛了，也会有人给我送这样的花篮，老吴想，我要死了，我也要死了。

女孩注意到老吴的关注点了，她声音有点低沉地说，是预订的。

有人死了，老吴是兔死狐悲的心情，在这个世界上，每天都有人死的，我也要死了。

女孩像是听到了老吴的话，又像是没有听到，她面前的水桶已经放满了花，她将放满花的水桶推开去一点，又拉过一只空的桶，继续着手里的活儿。她仍然是既关注又不关注的样子，但是只要一旦感觉到老吴要问问题了，她的眼睛就对着老吴了。

是死前预订还是死后预订呢？老吴说。

那是要死后的，女孩说的时候，甚至微微地笑了。老吴知道她的意思，老吴说，那是的，因为有的人说要死了要死了，却拖了很长时间的。鲜花却不能拖的，拖了鲜花就不鲜了。

我也要预订办丧事的花篮了，这次老吴不等女孩的眼光低垂下去，就快快地说出来。

哦，家里有老人过世了？女孩有些忧伤地说，不过这种忧伤并不过分，一点也不过分。

哦，不是老人，不是的，老吴说，不是别人，是我自己。

女孩这回是听清楚了的，但是她立刻就笑了笑，笑过之后，她又继续做自己的工作了，她继续修剪花枝，然后将它们放进水桶，她的脸上，仍然是有一丝微笑浮现着。

老吴伤心地想，她不相信我，她一点也不相信我。她以为我是个骗子，或者是对她心存不良的，或者是来捣乱的，或者是一个有毛病的人，一个精神病人，一个白痴。

我体检的，我查出……老吴很勉强的，想往下说，却终究是说不下去，他甚至有点心虚了，好像自己真的是来捣乱的人。好在女孩始终如一的态度，并不因为怀疑老吴捣乱而有了不好的脸色，这使老吴慌乱的心，稍稍得到一些安慰。

这时候有一个中老年妇女急急地过来了，她是从公共汽车上下来的，几乎是跳下来，又几乎是奔着过来，一路上就在嚷着：唉呀呀，唉呀呀。女孩迎着她站起来，这使得老吴无法再观察到女孩对他的态度和反应。再见，老吴在心里对女孩道别，他甚至有些依依不舍的感觉，这是美好的女孩，美好的花，美好的世界啊，但是这些美好，都不属于他了。

　　老吴可能以为这个中老年妇女是买花的顾客，但是他听到女孩叫了一声妈，才知道这是她的妈妈。这个妇女跟她的女儿性格是不一样的，她的女儿年纪轻，却是沉稳的，而她呢，却是风风火火的，她人还没有走到，声音就已经过来了，我迟了吧，我迟了吧，她一迭连声地说，唉呀呀，唉呀呀，路上挤得要命，我是紧赶慢赶，我是急得气也透不过来了，我是什么什么。她的女儿只是微微地笑了笑。

　　老吴想，这个女儿倒像是母亲，这个母亲像是女儿。女儿只是和母亲交流了一下目光，甚至好像都没有多说什么话，女儿就背着一个包走了，可能她们每天都是这样交接的，老吴想，用不着更多的语言。

　　女儿走了以后，她的母亲看到老吴站在边上，就对老吴说，她要上班的，你不要看她矮小，她一个人干三份事情呢，人家都说我的女儿好的，我的女儿真是好的，她什么什么的。这个妇女说了说自己的女儿，后来话题就转到老吴身上了，哎，先生是买花吧？她说，你看看我这里的花，价廉物美的啊。

　　老吴本来已经决定离开这里了，但是现在他又停留下来，他指指店里边的素色花篮，我看看这个。他说了这句话后，感觉到妇女会说和她女儿差不多的话，比如问是不是老人过世啦之类。所以老吴不等她说，又补充道，我是给自己预订的，给我自己。

　　妇女看了看老吴，啊哈哈地笑起来，给你自己？哈哈，给你自己？没见过你这样的人，现在外面什么样的人都有，却没有见过你这样的，啊哈哈，她笑着笑着，忽然想到了什么，就不笑了，脸上充满要替老吴抱不平的意思，说，我知道了，我知道了，你一定是受了谁的气，你一定是心情不好，你一定是有什么想不开的事，是不是？是不是？我看人的眼光很准的啊，你可不能闷在心里，闷在心里要得病的。老吴说，我是得了病了，我要死了。妇女急急地说，没有这么快的，不会这么快就得病的，虽说是气出病来，那也不可能一气马上就生病的。只要你吐出闷气来，就好了。她感觉到老吴不太相信她的话，更认真也更加重了语气，真的，她说，真的，我也有过这样的事情，那一次他们也是把我气得要死，我就想了一个办法对付他们，你猜我想的什么办法？你猜不到的，她说，我装死，我吓唬他们，我试探他们，我说我得了绝症，其实是我骗他们的，我说就要死了，我看他们什么态度，结果啊，唉唉，结果就不提了，不想提了。不过呢，也有好的啊，也有人有良心的，反正什么样的都有，我算是看见了。

妇女一直在热情地喋喋不休地说话，出奇的，老吴的心逐渐地平静下来了。老吴受到了启发，老吴想，我是要告诉他们，我要死了。但是我不是要试探他们，我只是要告诉他们，我要死了。

妇女好像看出老吴受到了她的启发，她很兴奋的，主动地说，你要是想打电话，我这里有公用电话。在她的柜台上，是有一门电话，是投币的，妇女又说，要是没有硬币，我这里可以兑换。那里有张凳子，你可以坐下来慢慢打，我告诉你一个经验啊，你不是心里憋气吗，你打完电话，保你没气了。

老吴真的听了妇女的话，到边坐了下去，他投了一个硬币，但是他能够记得住的、不用查本子的电话号码不多，他想起一个，是同事小李的，是小李的手机号码，因为这个号码很特别的，所以老吴当时一下子就记住了。老吴拨了小李的手机以后，才想起小李其实出差在外地，今天没有来参加体检，老吴正犹豫要不要告诉他的时候，手机已经通了，传来小李的声音：哪位？老吴鼻子一酸，差点又要掉泪了，但是他强忍着，强作镇定地说，小李，是我，我是老吴。小李说，我已经听出来了。老吴鼻子更酸了，他的声音里已经有点哭腔了，小李啊，老吴说，我，我要死了，我，我……小李不等老吴说下去，就打断了他，你要死了，你干什么要死呢？老吴说，小李你听我说，我，我真的要死了，我是，我是，老吴实在是说不出口来，今天，今天，单位体检，你知不知道？小李说，体检，体检怎么啦，体检跟你有什么关系，你的身体，谁个不知道呀，你拿我开什么玩笑，浪费我的手机费啊，我要挂了。老吴急说，小李小李，你先别挂，你听我说。小李说，你死吧，你死吧，你死了我也不会来参加你的追悼会的。老吴说，为什么？小李说，咦，你人都死了，你我也不会再见面了，你也管不着我了，你对我也永远没有用处了，我还来参加你的追悼会干什么，多此一举嘛。"咔嗒"一声，那边手机已经断了。老吴愣了半天，又去投了硬币，去打第二个电话，这是他的一个老同学，女的。她听到老吴说要死了，立刻哭了起来，哭了半天，伤心得控制不住，后来变成号啕大哭了。弄得老吴手足无措，只好反过来劝她，说，你不要太难过，医生说，还要等大血出来再看呢。女同学"咦"了一声，没有确诊啊？老吴支支吾吾，是，是没有。女同学立刻生气了，你干什么捉弄我啊？我知道你跟你老婆这一阵不大对头，你去捉弄她呀。老吴说，我没有，我没有捉弄你，我是真的……女同学说，八字还没有一撇，你就不要自己吓自己啦，多少人生癌症，不是病死的，是吓死的，你这里倒好，还没有确诊呢，就已经吓死了。电话又挂了。老吴打第三个电话，是一个远亲的，这回他吸取了教训，不是一开始就说自己要死了，那样太突然，人家不能接受，也不能相信。这回老吴先说自己得了病，是什么病，是怎么查出来的，医生又是怎么说的，他自己又是怎么想的，但是老吴说着说着，听那边没有声音，老吴"喂"了一声，说，你在听吗？那边说，我在听啊，老吴啊，我太感动了，我从前没有想到你是这么好的人。老吴说，怎么呢？那边说，我知道你这个电话的意思，你知道我得了病，怕我有心理负担，就假装以自己的病来劝我，我真的没有想到，你为人这么好，这么善良，而且，而且还这么有水平，别人来劝，都是说，想开点啊，怎么的啊，那一套，我听也听不进去，唯独你，老吴，你用这样的方法来劝我……老吴抓着电话，再次愣住了，后来钱币用完了，电话断了，电话里嘟嘟的忙音一直在叫着。

妇女坐在她女儿坐的凳子上，也做着她女儿做的事，修剪花枝，但是她一直关注着老吴的神情。每当老吴断了一个电话，她就会对老吴做手势，让老吴继续打。老吴继续打了，她的脸上就露出满意的笑容。现在她看到老吴又抓着断了线的电话愣，她做手势，他也不理会，妇女就大声地说，打呀，打呀，再打呀。

忽然间，从哪里飘来一阵饭菜香，这香味钻进了老吴的鼻子，竟使得老吴一阵晕眩，肚子里咕噜咕噜乱叫起来，老吴不由自主地挂断电话，向妇女摇了摇头，我肚子饿了，老吴说，我肚子饿得很。老吴被自己的话吓了一跳。

那妇女却已经开心地大笑起来，啊哈哈，啊哈哈，好了吧，好了吧，我说的吧，一打电话就好了吧。

一旦感觉到肚子饿，这饿就像醉了的馒头，疯长起来了，迅速地占据和控制了老吴整个的身心。老吴的心里又模模糊糊了，我都要死了，我还会饿？我都要死了，我还想着要吃东西？我怎么啦，我是不是已经神志不清了，我是不是已经病入膏肓了，老吴反反复复、模模糊糊地想。

肚子饿了，回去吃吧，妇女向老吴挥挥手，有空来买花啊。

老吴也不由自主地抬起手臂向她挥了一挥，这一抬手，更是牵动了空空的胃腹，老吴再一次强烈地感受了平时很难感觉的饿。

感觉到饿，老吴才去感觉时间，这才发现已经是下午四点多了，已经到了平时下班的时间了。老吴想起了老婆的关照，下了班别在外面混，早点回家。老吴要回家了。

老婆来开门的时候，一脸的怒气，劈头问道，什么时候了？老吴说，是平时差不多的时候呀。老婆说，可是今天和平时一样吗？她见老吴还要分辩什么，就用手挡了挡他，说，你不要再开口，你开口的每一句话都是谎言。我知道，你是存心跟我作对的，我越是叫你早点回家，你越是要玩出点花样经来。她一迭连声地往下说，容不得老吴有半点机会。老婆说，你今天单位体检，上半天就结束了，你想好了没有，怎么解释？我先告诉你，你可千不要说你是去上班的，你单位的人打电话来找过你，你没有上班，你得另外编一个段子。老吴真的慌了，我，我……他连说了几个我，也没有我出什么来。本来在路上，老吴是想好了是要编一个段子的，至少在星期一大血检查出来之前，他要一个人独自扛起来，他甚至想，等大血出来了，也要坚持住，要挺下去，不到万不得已，他决不告诉老婆，老吴在一瞬间，甚至觉得自己是很崇高的。

但是现在老婆气势汹汹地逼着他，老吴应该是委屈得要哭的。

但是他实在是哭不出来，因为他肚子太饿了，饿得太厉害太厉害，从早到晚，他还滴水未沾呢，老吴有点支持不住了，他有点晕。他想对老婆说，我肚子饿了，但没等他说出来，又听得老婆说，单位里的人到处找你，你把张六麻的体检表揣在自己口袋里干什么？老吴的脑袋"轰"地一下，他用最后的力气从口袋里摸出体检表，只模模糊糊看到"张六麻"三个字。

老吴老婆听到"扑通"一声，老吴晕倒了。

塔　云

很久以前，有高僧在塔里敲木鱼，敲了一年又一年，从来不见下塔来，只闻其声，不见其人。一天，塔下的百姓突然发现，随着塔顶传出的阵阵木鱼声，大片大片的白云从塔里飘出来，飘向蓝天，声音变成了云。后来，高僧走了，再没有白云。

从前的塔的顶上，有一颗汲云珠，能够将天上的云汲到塔的四周来，即使万里无云，在塔尖周边，永远会有大片大片的白云，久久地绕着塔尖不散。后来汲云珠被人偷了，所以，现在没有白云。

　　　　　　　　　　　　　　　　——关于塔云的传说

塔云旅社这名字挺好听。一朵萦绕着塔尖的云，一座掩藏在云雾里的塔，挺浪漫，挺美好，让人有一些飘然的感觉。其实塔云旅社的条件并不怎样，只是街道上几个下岗的女工办起来的小旅社，要想怎样，也不可能怎样。像这样的旅社，一般不指望它能够做出什么大的名利来，也算下岗女工做件事情，挣几个钱补贴家里菜金而已。倒是借了塔的光，有个好名字，明明在塔脚下，却叫作塔云，爬得高高的，让人向往。只不过来住塔云旅社的人，多半不是冲着这好名字来，也不一定为着古老的塔来。他们没有什么好的条件可以让他们去住宾馆或者挑选条件更好些的旅馆，只是随随便便找个能住下的地方，找到塔云旅社，就住下来。也没有什么复杂的手续，也没有什么严格的盘问，挺方便。乡下小厂的采购员，自费旅游的穷学生，四外游荡的老码头，卖狗皮膏的，要猴的，收旧衣裳的，也有从很远的外乡来到这城市寻活干的人，这些人多半也住不长。再有些人，身份不很明白，有些可疑的，来住，塔云旅社也让住，只看身份证。现在有许多假的身份证，但是塔云旅社不可能都分辨出来。若是联防队来查，塔云旅社会提供可疑的人给他们。塔云旅社虽然条件不怎么好，但名声是清清白白、干干净净的。塔云旅社住过人贩子，住过卖假药的，住过逃犯，但是那不能怪塔云旅社，他们并不知道谁是坏人。逃犯被抓住后在电视上放出来，塔云旅社大吃一惊。呀，这个人，在我们这里住过。看不出是个逃犯呀。真险。这种事情很多，鱼目混珠，鱼龙混杂，塔云旅社虽有一个清雅高洁的名字，其实三教九流都有，只一种人，塔云旅社是严格控制的，那就是卖身的鸡。办塔云旅社的下岗女工最恨鸡，若给她们看出假夫妻什么，她们毫不客气，痛骂一顿，赶走。看着男女猖狂狼狈逃走的背影，下岗女工仍不解恨，她们朝地下吐唾沫。邢美兰说，呸，碰见杀人犯，也不愿见这种货。谢素芬说，是，最恨。也有的男女很潇洒，并不狼狈，临走的时候，男的说，你们抽头，不就发了，女的笑道，就是，现成的货不换钱，活该穷。下岗女工没有碰到过这么不要脸的人，张着嘴居然说不出话来，等男女扬长而去后，才想起种种骂人的话来，已经迟了。

塔云旅社在一条小巷子里，一座旧式的院子，二层楼，另有些厢房之类。街道上的一个湖笔工场在这里，后来湖笔厂赚了钱，造了新房子，搬走了，下岗女工就想在这地方办一个小旅社。这想法挺好，大家支持，很快就办起来。现在外来的人多，旅社也多，下岗女工不怎么会竞争。生意马马虎虎。冬天大家怕冷也不出来，旅客少。到夏天了，又都想往有空调的地方去。塔云旅社没有空调，只有电扇，洗澡是一个大通间，男的和女的，用时间隔开洗澡，不怎么方便。而且房子旧了，房间里很闷，有人走到这里又回头。旅社没什么生意，邢美兰和谢素芬在门前乘凉，嗑瓜子，说些可说可不说的话。她们说，现在的人，吃不起苦了，有电扇还不够，要空调。有钱的，够条件的也就算了，住空调也是应该，没钱的，不够条件的，也要住空调，哪来那么多空调，电也不够用，到夏天老是拉电。下岗女工感叹，旅社的生意不如其他季节。正说着话，她们远远看到小巷那头走来一对男女，像犹豫着什么，又像在散步，随身带着行李。他们的行李包和一般旅客的行李不大一样，更大一些，又多，显得有些可疑。邢美兰说，那两人，是来住宿的。谢素芬点点头，像是。说话间男女已经走近了，下岗女工看清了他们的样子，都瘦瘦的，男人五十多岁，女人四十多岁，都挺显老，长得一般，穿着什么也一般，灰头土脑，毫无光彩，一点也不招人惹眼。他们的行动很细腻很轻慢，很像电视里的慢镜头，悠悠的，缓缓的，轻轻的，无声无息，好像怕惊动了什么。邢美兰说，他们做什么？谢素芬看了她一眼，说，做什么，你不是说他们来住宿么？邢美兰说，是，他们是来住宿的。可是……男人和女人慢慢地向塔云旅社走过来，在离旅社还有一段路的地方，女人停下来，好像不愿意再往前走，男人也跟着一起停下了，他们一起看着塔云旅社的招牌。招牌是请中学生写的，中学生参加省里书法比赛，得了名次，写得挺不错，没要钱。男人和女人看了看招牌，男人便侧过脸近切地看着女人，看了一会，他牵起女人的手，继续往这边过来。邢美兰和谢素芬都看到女人脸上浮起一股红晕，显得有些惊慌，走得更近些的时候，女人将自己的手抽开了。邢美兰说，是夫妻吗？谢素芬想了想，说，像是。邢美兰也说，像是。她们站了起来，迎上前，邢美兰说，你们二位住旅社吗？

　　是的，住旅社，男人说，又侧脸看着女人，看不够似的，女人脸上再次浮起红晕。邢美兰做了一个请进的手势，说，进来登记吧。男人和女人跟着邢美兰走进院子，谢素芬跟在后面。邢美兰叫了一声，胖子，来客人了。胖子林娟应声出来，朝男人和女人看一看，说，来吧，登记。男人牵女人的手，女人有些羞涩似的不肯往前。男人牵着女人的手走到胖子的柜台前，胖子说，要一间？男人说，是，要一间。女人红着脸，眼睛看着别处。胖子说，是夫妻？男人说，是夫妻。胖子说，身份证。男人掏出两张身份证，胖子看了一下，再看看男人和女人的脸，对上了。胖子说，怎么住址不在一处？男人说，我们是再婚的。胖子"噢"了一声，抬眼看女人，女人低着头，脸一直红到耳根。胖子有些疑心，说，这不行，住址不在一处，不行。男人说，我有证明；拿出一张皱巴巴的纸，是一个离得很远的边远省份的一个小镇上的学校里开出来的，大红的公章十分清晰，证明男人和女人是夫妻。胖子看了一会，指指证明上男人的名字，是你？胖子看着男人的脸。男人点点头，是我。胖子又指指女人的名字，是你？她注视着女人的脸，女人有些惊慌，是你吗？胖子又问。女人更加惊恐，张着嘴不说话。男人代说是，是。胖子怀疑地盯着男人，又盯着女人，女人像是要哭了。邢美兰走过来，说，胖子，做什么？人家有证明。胖子说，我又没说什么，这么惊慌干什么，又看女人的脸。邢美兰从胖子手里拿过证明，看了看，说，你们是老师？男人说，是。女人仍然红着脸，低着头，不说话。邢美兰从胖子身前的抽屉里拿出一把房门钥匙，交给男人，说，行了，拿着，交五块钱押金。男人拿出五块钱交了押金。邢美兰指指楼上，说，东头第一间。男人谢过邢美兰和胖子，提着行李，牵着女人的手穿过院子上楼去。他们踩着旧木楼梯，一步一步上去，旧木楼梯发出"吱嘎吱嘎"的声响，接着是走上楼面的声响，再接着开门声，关门声，一串，然后，静默。

邢美兰拍了胖子一下，胖子，你疑心什么？胖子说，她慌什么？邢美兰说，好了，好了，人家好好的，又不招你，又不惹你，老老实实的人，你跟人家过不去做什么？胖子说，我没有跟他们过不去呀，我不是让他们登记了么。邢美兰说，你那眼睛，像盯贼。胖子说，做贼心虚，不做贼虚什么？邢美兰说，你不知道，有人天生这样，我们中学时一个女生就这样，同学掉了一支钢笔，问谁拿的，她就哭起来，说，不是我偷的，不是我偷的。确实不是她偷的，钢笔后来找到了。可是她却停不下来了，不断地说，不是我偷的，

不是我偷的，疯了，到现在还住在精神病院，就有这样的人。胖子说，两回事，我又没说他们是假夫妻，她慌什么。邢美兰说，看上去苦巴巴的两个人，也没什么钱的样子，老也老了，花也花不起来。谢素芬也说，就是，不像坏人。胖子笑起来，就你们善良，我恶。邢美兰说，叫你恶你也恶不起来。她们一起笑了。胖子说，这大年纪，还牵着手呢，挺要好的。邢美兰说，你眼热呀，你让你们老混子牵你的手就是。胖子说，去，你才要你们老官牵手呢，那天晚上我看见你们老官搭着你的肩呢。邢美兰说，瞎说，哪天晚上？胖子说，哪天晚上，你自己心里有数。谢素芬在一边抿着嘴笑。邢美兰说，你笑什么？谢素芬说，我不笑什么。胖子想了想，说，老师，像老师吗？邢美兰说，有什么像不像的，老师脸上又不写字。胖子说，老师总有点老师的派头，他们哪有。邢美兰说，那不一定，有地方的老师，很土的。谢素芬说，我也看过，在山区里，老师真的很苦，穿得很破。邢美兰，就算我们这地的老师，也不见得好到哪里，不过顾个脸面吧，总比别人差。胖子承认，那倒是，现在做老师是不行，说着仍不甘心地朝楼上东头紧闭的房门看，说，也不怕热，关紧了门做什么？邢美兰说，要你管什么事？胖子笑，说，我怕他们热坏，停顿一下，又说，下面院子里有风。邢美兰说，人家怕你的眼睛盯。胖子想了想，说，会不会是什么人，我看那女的总是不对头，她慌什么？邢美兰说，我看不会是什么人，人家大红的红章又不是假的。胖子说，你以为没有假的，现在假的东西多呢。邢美兰说，那是，人也有假的。谢素芬眼睛朝楼上看看，说，这两个人，不像坏人吧。胖子说，谁知道，人不可貌相。邢美兰说，他们住几天？胖子说，没说，停顿一下，又说，他们的包，什么东西，这么大，这么多，很重的样子。邢美兰说，谁知道，说不定。她突然一笑，一个死人，分了尸，一个包里装手，一个包里装脚，一个包里装骷髅头。说得谢素芬一抖，急急地说，不会的，不会的，瞎说。胖子又神秘起来，说，反正，有些可疑。邢美兰说，那你乘他们出去时，去看看他们的包。胖子呸了一声，说，道德，规矩，我能做那样的事，把我看做什么人。邢美兰说，那是，胖子是道德，是规矩。

　　楼上的门吱呀一声开了，男人端着脸盆出来。邢美兰大声说，打水吗？男人朝楼下看，看到她们。他说，是打水。邢美兰说，在楼下，院子里，有自来水，有井水，井水凉，热水在锅炉房。男人说，谢谢。一边下楼来，到院子里，走到井边看看。井里吊着一只篮子，篮子里像有一只瓜。男人说，下面有东西。邢美兰说，是西瓜，搁井里等会吃起来凉，比冰箱好。男人说，那是，自然凉。没有吊井水，走到自来水龙头放水。邢美兰过去，朝男人看看，用方言很浓重的普通话说，他们那地方，叫什么？胖子跟过来，说，邢美兰你的普通话夹生，人家不一定能听懂，证明上写的，流花县，是不是流花县？男人听懂了，点点头，眼睛里流露出一些东西。邢美兰和胖子不知道那是什么。男人说，是流花县。邢美兰说，很远吗？男人说，很远。邢美兰说，坐火车？男人说，是坐火车。邢美兰说，几天？男人说，四天。邢美兰"呀"了一声，说，乖，四天！男人说，坐得脚也浮肿了。邢美兰说，那是，上回我坐了半天火车，下车就不会走路了。四天，乖！胖子说，出来旅游？男人点头，是。邢美兰说，玩玩？男人说，是。邢美兰再说，第一次到我们这地？男人说，是。邢美兰说，我们这地，有名的风景旅游地，男人说，是，早听说了。胖子说，你爱人……她有意无意地看着楼上，男人出来时留心把门带上，门仍然紧闭着。胖子看着男人，你爱人是不是不舒服，会不会太热，中暑？男人稍稍一愣，说，没有。邢美兰说，她是不是不怎么出门，出门有些怕生？男人又愣了一下，说，大概。胖子说，你们是做老师的？男人看了胖子一眼，说，是。邢美兰说，是了，老师可以放暑假，正好出来玩玩，是吧？男人点点头，有些勉强。邢美兰说，你们要出去玩风景，我们有旅游图卖，要不要？男人说，谢谢，不要了。端着水上楼去，踩着旧木楼梯吱嘎吱嘎响。开门，关门，又是一片寂静。停了片刻，胖子说，你们那地方，说话很难懂的，他的话倒不难懂。邢美兰说，他说的是普通话。谢素芬说，做老师的，总会说普通话。胖子说，那也不一定，施先生也是做老师的，他那普通话，什么名堂，被学生笑死了。邢美兰说，施先生特别的，他是老先生，改不了口。她们都想起有关施先生的一些笑话，又笑了一阵。

男人和女人一下午都没有再出房门一步，邢美兰她们一直在院子里说话。住宿的旅客很少，而且一般的人住下来，白天是要出去办事的，晚上才回过来睡。在大白天，旅社里没有什么人，天气热，巷子里街坊也不过来聊天说话。下岗女工有些无聊，她们无法使自己的注意力从男人和女人身上移开。胖子反反复复地说，他们关门在里面做什么？邢美兰说，你进去看看就是。胖子说，我才不，有什么好看的。邢美兰说，不看一看，你心里放不下。胖子说，你心里就放得下。又说，既是夫妻，羞羞答答做什么，关在里面做什么，要关不能关在自己家里，不是更方便。邢美兰和谢素芬都笑。邢美兰说，你和你们老混子一直关在家里的吧？胖子说，我去看看他们有没有拖鞋。邢美兰和谢素芬笑。邢美兰说，胖子你不作兴这么做。胖子说，我会敲门的。便上楼去，将旧木楼梯踩得很响很响。到了楼上最东间的门口，胖子忽然犹豫了，她站了一会，终于没有敲门，又返身下来。邢美兰和谢素芬都笑她，怎么不进去了？胖子说，有什么好笑，我不想进去了。邢美兰说，本来么，去做什么，多事。胖子说，一点声音也没有，静得吓人。胖子说了没声音，邢美兰和谢素芬都有些认真。邢美兰说，会不会有什么事情，你应该进去看看。胖子说，刚才又说我不该去，现在又说要我去，算什么？大家都沉默了，一时没有人再说话，只是这男人和女人都印在她们的心里，放不开。

　　一直到这一天的下晚，楼上的门才开了。男人走下来，问附近有没有小店。告诉他出了门就有一家小店，男人就走出去，过一会回来了，手里捧一瓶啤酒，一碗方便面，还有两根红肠。邢美兰说，怎么，晚上就吃这？男人说，是。邢美兰说，这哪够，两个人呢，男人不置可否地笑笑。邢美兰说，其实，路口就有一家小饭店，不贵，住我们这儿的人，大都到那儿去，很实惠。男人说，天热，也吃不下去，够了。邢美兰说，也是的，天热，人没有胃口。看着男人一路过了院子，又上了楼。邢美兰说，喂，洗澡间在楼下。她指指院子角落里的一个坡，就那。男人从楼梯上回头朝她看看，点点头。邢美兰又说，电视也在楼下，在那，她指指楼下的大客厅。男人仍然点头，继续上楼去。胖子说，要你拍马屁？人家不理你。邢美兰说，我拍什么马屁，这男人挺面善的。胖子说，可惜老了点。邢美兰说，去。她们又笑了一回，各自回去吃晚饭，留谢素芬看着旅社。

邢美兰回家。吃晚饭时，邢美兰和家里人说，今天旅社来一男一女，很奇怪，关了门不出来。老官自顾吃饭，没有吭声。邢美兰又说，今天旅社一男一女，古怪。老官仍不作声。小官说，现在古怪事情多的是。邢美兰说，一男一女。小官说，那有什么。邢美兰说，一来就关紧了门，不出来。老官嗯了一声，道，是夫妻不啦？邢美兰说，是。老官说，那有什么，人家夫妻关了门，要你起什么劲。邢美兰说，既是夫妻，那女的虚什么？小官说，那就是假夫妻。邢美兰说，不是假夫妻，人家有证明，再说，看也不像，很正经的，老实样子。小官说，你算会看人的，上回不是说逃犯是个好人么。邢美兰说，那是，那人确实不像坏人。小官说，当然，逃犯也不一定就是坏人呀！老官说，说得远去了，与你们有什么关系？邢美兰说，不就是没话说，找些话来解解闷么，哪像你，一天到晚闷在肚里，什么话也没有，算你肚量大。小官说，那是，三日不开口，神仙难下手。邢美兰笑起来，说，我想来想去，男的倒没什么，那女的很奇怪，慌什么，怕什么？老官突然盯着邢美兰，说，你说女的怕？邢美兰说，不是我说的，就是那样子，胖子谢素芬他们都知道。老官说，别是拐卖来的，现在拐卖妇女多。小官笑，说，越说越像回事了。邢美兰认真地想了一想，说，不像，也不像，要是被拐卖的，男的怎么还牵着女人的手，很亲热的样子。小官说，那还不容易，做出来的。邢美兰说，怎么做得出来？小官说，那就是吃了迷魂药，现在迷魂药多呢。邢美兰朝老官看看，老官冒了那一句以后，又不吭声了。邢美兰说，迷魂药，不至于吧。小官说，那你说是什么？邢美兰说，我也不知道。

吃过晚饭，邢美兰收拾了一下就去旅社，临走时，对老官说，我今天值夜班。老官没有吱声，邢美兰就走了。到了塔云旅社，旅客都回来了，有些乱，洗澡的洗澡，用井水的用井水，也有占着自来水龙头的。有几个在院里乘凉，谢素芬正在听他们天南海北地吹。邢美兰走进去，大家说，哟，邢阿姨来了，今天值夜班呀？邢美兰说，是，今天我夜班。回头朝谢素芬说，饿了吧，你回吧。谢素芬说，饿倒不饿，热，也没有胃口。邢美兰注意到所有的门都开着，唯楼上东头一间的门仍然关着。邢美兰朝那里努努嘴，问，一直没下来？谢素芬朝洗澡间努努嘴。邢美兰说，男的？谢素芬说，女的，进去有一会了。邢美兰说，到底下来了。回头对谢素芬说，你回吧。谢素芬就起身要回家去，邢美兰说，哎，谢素芬停一下，回头看着她，怎么？邢美兰张了张嘴，好像想说什么，却不大好出口，停一会，说，怎么样？谢素芬说，什么怎么样？想了一想，知道了，噢，你是说那女的，还那样，慌慌张张的，好像很心虚，好像怕什么。邢美兰说，和你说话了？谢素芬说，没有。我告诉她洗澡间在哪里，她也没有说话，只是点了一下头。邢美兰说，会不会是个哑巴？谢素芬说，我说不准，反正没有听到她说话，说不定是哑巴，哑巴可是很聪明的。反正，谢素芬说，反正，管他们呢。便回家去了。过一会胖子来了，胖子说，我在路上碰到谢素芬，说那女的总算下来了。邢美兰说，是，在里边洗澡。胖子说，谢素芬说已经进去有时间了，怎么不出来？邢美兰说，四天四夜的火车，又是夏天，不臭呀，是要好好洗洗。胖子看着洗澡间的门，说，出来了。邢美兰也回头看，果然那女的端着脸盆走出来，洗了澡，也洗了头，换了干净衣服，显得有了些精神，不像刚来时那样灰头土脑。她知道邢美兰和胖子注意她，勉强对她们一笑，笑得惊慌，不安，还有点儿羞涩。胖子说，吃过了？女人点点头，仍然不说话。邢美兰说，下面客厅里有电视，你们可以下来看，楼上热。女人仍然点头，不说话，穿过院子，在经过水井的时候，女人低头朝井里看了一下，呆了一呆，然后上楼去，开门，关门。过一会，男人出来了，手里拿着一只空的啤酒瓶和一只方便面的碗，脸红红的，眼睛也有些红，大概是喝啤酒的缘故。他到楼下把啤酒瓶扔进垃圾堆。邢美兰说，搁着我们会来打扫的。男人说，也是顺便，扔了。他扔了垃圾，就到井边吊了水，朝身上冲，再用毛巾擦干。邢美兰说，你不洗澡？男人说，我习惯冲凉，冲凉舒服。他在大家的注意下，冲了凉，拖着拖鞋上楼去。门开了，又关上，再无声息。院子乘凉的旅客问，是下午来的？邢美兰说，是，一对夫妻。大家也没更多的话，只顾说着自己的话题，到夜深天凉些了，都进屋睡觉。

　　第二天上午，住店的旅客先后都外出办事，那一对男女仍然关着门在自己房里。邢美兰和胖子进去打扫卫生，怕撞到什么，上楼时将步子踏得很重，将旧木楼梯踩得吱嘎直响，到了门口，两个人又大声说话，然后敲门。里边说，请进，门没锁死。胖子推门，两人进去一看，男人和女人分别坐在两张离得较远的凳子上。女人脸红红的，低着头，不敢看邢美兰她们，也看不出有什么衣衫不整，形迹可疑的事情，规规矩矩坐着。胖子和邢美兰都松了一口气，胖子说，打扫卫生。男的说，谢谢。身子让开一点，让邢美兰和胖子有个伸展手脚的地方。屋子不大，一张大床，一张桌子，两张凳子，还有些别的用具。一台电扇也没开，屋里很闷热。邢美兰说，可以开电扇呀，说着去将电扇打开。男人和女人都不说话，看着邢美兰和胖子做事。邢美兰扫地，胖子抹灰。胖子说，今天出去玩？到哪里？男人朝女人看看，说，今天……不一定出去。胖子奇怪地看他们，说，到他们这城里来的，都是要玩的，风景地呀，你们怎么？男人说，要玩的，再说，过两天。邢美兰说，你们打算多住些日子？男人又看看女人，女人虽然一直低着头，但是男人一看她，她就有数，脸愈发地红。男人看了女人一眼后就回答，说，是，可能多住几天。胖子说，有别的事情是吧？男人说，是。胖子又说，是做生意的？男人再看女人一眼，没有直接回答，说，我们是做老师的。邢美兰说，这地方有亲戚吗？男人说，没有。有熟人？也没有。邢美兰说，那只有自己出去玩。男人说，是。胖子看他们堆放在地上的包，说，你们的东西不少呀。说着便注意男人的脸。男人不动声色，说，是。她们一边做事一边说说话，很快将事情做完，下楼来。胖子说，少有。邢美兰说，是不大见这样的。胖子说，我说他们的包。他也不怎么样，邢美兰说，女的为什么老是虚虚的，弄得连我也有点虚起来。胖子说，男的也是，话真少，怎么问，都一个字。邢美兰和胖子一起学着男人的口气说，是，两人相对笑起来。

　　男人和女人一直在房间里关了三天没有出门。每天两次，男人下楼到小店买一瓶啤酒，买很少一些吃的东西，或者是一碗方便面，也或者一只面包，两根红肠，吃过了，由男的将空酒瓶和别的什么东西扔出去，打扫卫生或有别的事情进他们的房间时，男人和女人总是规规矩矩地坐着。男的虽然沉着，但少言寡语，不多说一句话。女的神色慌张，从不开口。胖子终于忍不住好奇心，有一次突然敲敲门就进去了，出来时一脸的迷茫。邢美兰说，看到什么？胖子说，两个人坐着，手拉着手，说话。邢美兰说，不是哑巴？胖子说，才不，会说得很，说得眼泪汪汪的。邢美兰说，听见说什么没有？胖子说，隔壁房里说不定就能听到。邢美兰说，我不去，不道德。胖子说，让我去，听了再来告诉你，你道德。邢美兰说，反正我不去听，关我什么事。胖子说，我也不去，关我什么事。她们都不再提这话。

又过一天，男人下楼来，看到邢美兰，男人像是有些犹豫，站了一会，道，请问，医院在什么地方？邢美兰愣了一会，说，怎么，病了？男人也愣了一下，说，是……不是，没有。邢美兰想说没有病打听医院做什么，但她没有说出来，只是告诉他医院在什么地方。男人听了，又说，附近还有没有别的医院？邢美兰一一介绍了，最后忍不住说，你们怎么，不玩风景，到医院去做什么？男人没有回答，淡淡地笑了一下，回楼上去。过一会，男人和女人一起下楼来。胖子说，出去呀？男人说，是，出去。男人和女人出门去了。男人想牵住女人的手，女人红着脸，神色慌张地瞥了一下旅社的女人们，没有让他牵手。他们走出一段，男人还是拉起了女人的手，一起走远去。邢美兰从她的背影都能看出她被牵住手以后的慌乱神情。邢美兰心里叹息了一声，老官和我，她想，几十年没有牵着手了。她又想，我想这些做什么。突然又想，若是老官牵着我的手在街上走，我也会不好意思的，怪难为情。邢美兰想着，笑起来。胖子说，你笑什么？邢美兰说，这么大年纪的，还拉着手走路，看着有些什么。胖子说，什么？邢美兰想了一会也想不出是什么感觉，不说了。胖子说，你说他们到医院做什么？邢美兰说，我怎么知道，你可以去问他们呀。胖子说，我问他们做什么，我不过和你说说罢，关我什么事。邢美兰说，那是。胖子说，会不会是那个？邢美兰知道胖子说的"那个"是什么，摇头，道，不可能的，这大年纪了，再说也不像。谢素芬说，我看也不像。胖子说，就你们能看出像不像，搞什么鬼，弄不懂他们。邢美兰说，你不是说不关你什么事么。胖子说，是不关我什么事。她们都又不再提。

　　连续几天，男人和女人每天外出。每次出来，男人总牵着女人的手，女人总是红着脸，不让男人牵。男人侧着头痴痴地看着女人，永远也看不够的样子，把下岗女工都弄得有些不好意思了。她们不敢直视男人和女人。在男人和女人外出以后再去打扫房间，她们看着那些上了锁的包，很想把锁打开。她们认定包里肯定隐藏着男人和女人的秘密，但是她们不会那样做，她们也不可能那样做。胖子用手在一只包上摁了一下，说，你们摸摸，像什么。邢美兰和谢素芬都摁了一下，心里虚虚的，摸不出是什么，说硬不硬，说软不软。谢素芬说，反正不像衣服什么的，不软。胖子说，也不算很硬，是什么呢，邢美兰说，像书什么的，纸，或者，别的什么。胖子说，等于没说。谢素芬突然说，会不会，是钱？邢美兰和胖子都吓了一跳，脸都有点儿变色，愣了一会，胖子说，钱，这么多钱，得了。邢美兰又用手去摸，不像，她有些失落，不像钱，钱不是这样的。胖子说，你钱多，你知道钱是怎样的。邢美兰说，反正我知道不是钱。胖子和谢素芬不说话了，她们也都知道那不是钱，她们打开抽屉看看，抽屉有一些医院发药的纸袋，袋子是空的，里边没有药，也不是同一个医院开出来的，上面印着外文字母，邢美兰她们都不识。药呢，胖子说，这么多的药袋，怎么没有药，都吃下去了？邢美兰说，不会吧，抽屉里还有几张病历，都是一次性的病历，医生的字写得龙飞凤舞，谁也认不得，只谢素芬看出两个字来，她指指那两个字，说，失眠。胖子说，失眠，怎么，夜里睡不着觉呀。谢素芬说，是，失眠就是睡不着觉。胖子说，倒好的，睡不着觉，也不怕热，躲在房里做什么。邢美兰说，就是，既然睡不着，怎么不下来乘凉，一点声息也没有。胖子说，我算服了，有一次我也失眠的，难受死了，作来作去，弄得一家都睡不着觉了。邢美兰说，那是，你是家里的女皇呀。胖子呸一口，还女皇呢，女皇还来做侍候人的事情？邢美兰说，那是你自己要做的，不做你难过，又不是你们老混子养不起你。胖子说，你们老官养不起你？邢美兰说，哪有你的条件。谢素芬叹了口气，道，反正你们都比我好。胖子说，谢素芬不是我说你，你也太好欺，你们老虎这样的人，叫我早一脚踢了他。谢素芬眼眶有点儿红。邢美兰说，胖子你乱说。胖子说，本来么，老虎算什么，怎么配得上我们谢素芬，还不识好歹，赌得昏天黑地，拿谢素芬做的钱去赌，叫什么男人。谢素芬说，你别说了。胖子仍然要说，什么老虎，狼也不如。看谢素芬掉泪，才住了嘴。停了一下，又说，不过，说话回来，我们老混子对我也不怎么样，真的，说出来你们也不相信，钱是有我用的，不过，真的不怎么样。邢美兰和谢素芬都不接口。胖子说，算了算了，不说也罢，男人，哼，有几个好东西。说着眼睛下意识地朝地上的行李看看，说，不过，像这个男人，倒也少见的。邢美兰和谢素芬都点头，胖子也叹了一口气，说，失眠，失什么眠？邢美兰说，那你失什么眠？胖子说，我们老混子的股票全部套牢，我急死了。邢美兰说，你们老混子大概一点不急。胖子说，一点不错，他个东西，倒坦然得很。胖子眼睛仍然看地上的包，邢美兰说，你看什么？胖子说，她失什么眠，她担什么心？邢美兰脱口道，我们老官说，会不会是拐卖妇女。胖子说，说得出，女人没有嘴呀，又不哑巴，要是拐来的，她不会说？邢美兰说，说不定被吓着了，看她那么怕。想想又说，对了，我们小官说，现在有迷魂药，一用迷魂药，就迷了，不知道好人坏人。谢素芬有些紧张，真的迷魂药。谢素芬抖抖地说，报纸也登过的，有人把自己手上的金戒指金手链什么都乖乖地摘下来送给人家，都是迷魂药。胖子大笑，说，那我们就去报案。她们又一起笑。

后来有几天男人和女人也下来乘凉，他们和其他旅客一样，将自己屋里的凳子端下来，搁院子里，坐下，两个人靠得很近。下岗女工这时候可以更接近地看一看她们很不明白的这一对夫妻，不过她们也看不出什么特别来。男人和大家打个简单的招呼，笑一笑，就不再说话，默默地看着女人，永远也看不够。女人仍然低着头，静静地听大家说话。男人拿一把扇子，给女人赶蚊子，扇凉。女人的脸红红的，头垂得更低。下岗女工永远也弄不明白男人和女人到底在做什么，到底要做什么。

一天回家，老官正在看电视，面前搁张椅子，上面放一只酒杯，一只小菜碗，嘴里说，现在的人，什么事都做得出。邢美兰说，什么？老官眼睛看着电视，没有说话。邢美兰看电视，电视正放《请全市人民一起来破案》节目。邢美兰说，放的什么？老官说，你不会自己看？邢美兰说，我没有你福气，喝酒看电视，自己顾自己，我还得做事情。边说着，眼睛也朝电视溜了一下。放的是几起利用麻醉药抢劫的大案。据分析，作案有两人，一男一女，在本市作案时间不长，但次数频繁。男女二人，分头作案，手法相似，在歌厅、舞厅或其他一些娱乐场所，男的勾搭女性，女的勾搭男性，然后带至夜公园之类场所，骗受害人喝下放有麻醉药物的饮料，再施行抢劫。几天内，在全市已经发生近十起，罪犯如此猖狂，希望广大市民全力协助公安干警一起来破案。邢美兰被吸引住了，看下去。最后是根据受害人的描述，用电脑画出来的两个嫌疑犯的画像，男的五十岁左右，女的四十多岁。邢美兰和老官正看着，小官进来了，朝电视一看，道，嘿，又来这一套，都是编好的。邢美兰突然"呀"了一声，老官朝她看看，怎么啦？邢美兰脸色紧张起来，盯着两张电脑绘出的画像看。小官嘲笑说，是了，一定住在塔云旅社。邢美兰愣了一会。小官说，快去找老派。邢美兰说，不和你们开玩笑，真的像。小官说，真的像你们塔云旅社的旅客？邢美兰说，是，像。说着站起来，要往外走。小官说，好了好了，一本正经，寻寻开心的。当真去找老派呀，害人呀，罪过，罪过。邢美兰朝小官看看，好像没有听明白小官说的什么。老官对小官说，你听她的，你以为她真去找老派，她才不呢。小官说，那是，还是你了解。邢美兰犹豫了一会，坐下来匆匆吃了饭，将碗洗了，心神不宁。老官说，想走，走就是。邢美兰想了一会，还是走了出来，听小官和老官在背后笑。

　　天黑黢黢的，邢美兰在小巷里走，一路尽是乘凉的人。邢美兰听到有人在谈《请市民一起来破案》的事情。邢美兰心里一抽一抽的，好像马上要发生什么重大事情，紧张得有些喘不过气来。进了塔云旅社那条巷子，高高的古塔就在巷口上。塔脚下围着一大堆乘凉的人。这巷子里的人乘凉多半集中在塔脚下，这时有回堂风。风从塔尖上转下来，吹到塔脚下格外地凉，格外地爽。人都到了巷口，巷口里就显得冷清，也更黑些。邢美兰走着，回头看看塔高高耸立的黑影，心里突然有些害怕，再走一段，邢美兰看到前面一男一女手牵着手。她看出来就是住旅社的那一男一女，怪怪的。邢美兰又回想电视上两张电脑绘出来的画像，像他们吗？似有些像，又似不像。两人走得很慢，从背后邢美兰看出他们依恋的样子，邢美兰不敢赶上他们，只能放慢步子，跟着。突然，男女两人转过身，面向邢美兰走过来。邢美兰吓了一大跳，心跳得厉害，腿也软了，愣愣地站住了。男人和女人走到邢美兰跟前，才看清是她，女人将自己的手从男人的手里抽开。男人说，咦，是你，怎么站在这里？邢美兰张着嘴说不出话来。男人又说，今天值夜班？邢美兰说，是，值夜班。男人说，我们到塔那边看看，这塔白天开不开放？邢美兰有些茫然地看着男人和女人，她没有听清男人的话，她只是能够感觉到女人仍然很惊慌。邢美兰说，什么？男人奇怪地看看她，又问一遍，这塔，白天开不开放？邢美兰平静下来，说，不开，说要修的，说了几年，也没见来修，说修了才能开放，也不知到哪一天。男人侧脸看着女人，看不够，在黑暗中，邢美兰也能感觉出女人的脸又红了。男人说，我们听了关于塔云的传说，想去看看塔，走近些看。邢美兰说，你们现在去看，也只能在外面看看，黑咕隆咚的，那里有许多人在乘凉。男人说，我们看看就行，牵着女人的手走去。邢美兰心里忽悠忽悠的，也不知是一种什么样的感受。

到塔云旅社胖子一见到她，就奔过来，一脸神秘。邢美兰，看了电视没有，看了电视没有？邢美兰说，看了，是不是《请市民一起来破案》？胖子说，什么呀，什么请市民一起来破案，那样的节目你也看呀，明明是做好的把戏。邢美兰有些意外，说，那你说什么？胖子说，点歌呀。邢美兰说，什么点歌，点歌呀，点歌有什么好激动的，不是天天有么。胖子说，不是，跟你说，不是一般的点歌。你知道谁，点什么歌，点给谁？邢美兰看着胖子激动。胖子说，是点给我们塔云旅社的。邢美兰问，谁？她心里似有一种预感，但没有说出来。胖子说，自称一对夫妻，远方来的，住在塔云旅社的。胖子很有把握地说，就是那一对。她朝楼上东头房间看看，我敢肯定，就是他们。邢美兰点点头。胖子又说，歌名叫作《告别》，还有一行字，说感谢在住店期间，我们给他们的帮助和关心，妖怪吧，少有。邢美兰听了，半天没吱声。胖子说，你想什么？邢美兰问，结账了？胖子说，没有呀。邢美兰说，怪。胖子说，是奇怪。邢美兰说，我告诉你……邢美兰便说了电视里的画像和事情。胖子紧张了，说，是有些不对，上午我打扫房间，看到两个小瓶里装满了药。邢美兰问，什么药？胖子说，不知道，瓶子上没有标签。胖子又说，今天一早出去，到现在还不见回来，会不会溜了，不过，东西都在呀。邢美兰说，我刚才来的时候，见到他们，已经快到旅社了，又返回去。胖子警惕地问，做什么？邢美兰说，说是去看塔。胖子说，晚上，黑乎乎的，能看得见什么。邢美兰说，反正他们说去看塔，我不知道。胖子严肃，越想越紧张，胖子说，万一……胖子被自己的想象弄得害怕起来，会不会在我们吃的东西里也下药？邢美兰说，那也不至于，他图我们什么，我们又没有钱财露给他们看见。胖子看看自己手上的戒指，说，你说怎么办？邢美兰也不知道该怎么办，正愁着，发现男人和女人回来了。女人一如既往低着头，脸微红。男人向邢美兰和胖子打招呼，好像根本没有在意邢美兰和胖子慌慌张张的神情。邢美兰和胖子也看不出他们有什么不正常的神态，他们进房间后，仍然关上门，再没一点动静。邢美兰和胖子坐在院子里，闷了半天，胖子说，怎么说？邢美兰说，什么怎么说？胖子说，就这样？邢美兰想了半天，说，我们自己查一查。胖子说，怎

么查？邢美兰说，他们的证明上不是写的流花县吗，我们往那里打
电话，问有没有这两人。胖子说，电话号码你知道？邢美兰说，不
知道，查呀，胖子说，好，查。去叫了谢素芬来值班，把事情告诉
了谢素芬。谢素芬害怕。胖子说，那你跟邢美兰去查电话，我值班。
谢素芬想了想，说，我还是值班吧。

　　邢美兰和胖子一起到邮局查了半天，总算查到了那个流花县的
电话总机，便挂过去，问那一个小镇学校的电话。流花县的总机答
应查，一会却断了线。再挂，又答应查，又断了线。如此三番五
次，才将那小镇学校的电话查到，报过来，邢美兰记下了，急忙再
往那边挂。半天，才听到有人来接电话，听得一声"喂"，邢美兰连
忙问，是不是某学校，有没有某某人和某某人。那说了一连串的话，
邢美兰却一句也听不懂，只是"啊"。胖子急，说，我来。抢了电话
去听，也听不懂，一头汗冒出来。邢美兰又把电话拿过去，那边还
在说话，但是一片嘈杂。不一会，电话又断了，胖子要再打，邢美
兰说，打也没用，反正也听不懂。胖子说，怎么搞的，外国话。邢
美兰说，可能是值夜班的什么传达员，说不来普通话吧，反正我们
有了电话号码，明天等他们那边上了班再打就是。胖子似不甘心，
想了一会，说，万一明天仍然是这样的人，仍然听不懂呢，能不能
发一份电报？邢美兰说，对呀。她们一起拟了电文，没敢在电报上
多说什么，只问有没有这一对夫妻，并留下塔云旅社的详细地址，
发了过去。两人往回走时，胖子说，不报告了？邢美兰说，等等回
电看，若老没回电，就报告，好不好？胖子说，好。说得勉强。她
们心里忐忑不安。

　　这天夜里邢美兰做了一个噩梦，她梦见自己踩着塔云旅社的旧

木楼梯上楼去，她听到自己踩楼梯的声响，吱嘎吱嘎，她敲敲楼上东头的房间，门虚掩着，邢美兰推门进去，看到男人和女人背对着门，邢美兰说了一句，打扫卫生，男人和女人同时回过脸来，邢美兰看到两张极其可怕的脸，两条鲜红的舌头拖到胸前，邢美兰大叫一声。惊醒过来。老官说，见什么鬼。

　　早晨邢美兰到塔云旅社上班，胖子告诉她，楼上的男人和女人一直没有出现。邢美兰不断回想着夜里的梦，道，还早呢，再等等。等了又等，还是不见他们出来。胖子说，你不去，我去敲了，说着上楼去。邢美兰心乱跳，好像等待着胖子的一声大叫。胖子上楼，敲门，推门，接着，胖子一声大叫。邢美兰双腿软软地往楼上奔。胖子冲出来，语无伦次，胖子说，果，果，果然……邢美兰跨到房门口，朝里看，男人和女人，并排躺在床上，穿戴得整整齐齐，面容平平静静，死了。桌子上有两只放药的小瓶子，都已空了。

　　男人和女人留下两封信。一封信没头没脑，不知是写给谁的：我们只是做了一件很平常的事情，这事情我们二十年前就想做，一直拖到今天，已经很迟很迟。唯一使我们不能很安心的是我们对不起活着的亲人。

　　另一封是写给塔云旅社的，因为死在塔云旅社，会给旅社添麻烦，故除交房费外，另留下二千元作为给旅社的补偿。最后写了一句话，之所以选择塔云旅社作他们的归宿，是因为他们喜欢塔云这个名字。

　　后来下岗女工听说那些包里装的是男人和女人几十年里写下的情书。下岗女工叹息着，在以后的日子里。为了塔云旅社的声誉和生意，她们尽量少讲男人和女人的故事。

留给自己

　　自行车停在烧饼店门前，小纪下车过来，摸摸匾里的烧饼，说："凉的。"烧饼师傅看他一眼，说："这时候还有热的？"小纪一笑，"倒也是，又迟了。"摸出一把零钱扔在桌上，拿了一块烧饼，又拿一根油条，卷着往嘴里一夹，没有再上车，一只脚踮着，蹬出一段路去，就到了自己的店。架好自行车，拿住烧饼先咬了一口，走进小小的店堂去，看吴师傅在弄一些刚到的旧书，店里一片灰尘。吴师傅看到小纪，笑一笑，说："来啦。"小纪说："来啦。"小纪拿自己的茶杯，到门口把隔夜的茶往街路上一倒，一个行人走过，朝他看看，再看看自己的裤腿，没有说什么话，走了。小纪回进去泡茶，开水吴师傅早已经烧好，很开，水冲下去，茶叶一下子就泛了绿。小纪端一张凳子，到门口吃烧饼，喝茶。隔壁小烟纸店的临时工小安徽操一口安徽腔，说："你惬意。"小纪也说："我惬意。"

他吃过烧饼，喝饱了茶，看吴师傅还在忙着，对吴师傅说："歇歇。"吴师傅抬头朝他一笑，继续弄他的旧书。小纪又说："你要做煞。"吴师傅说："我是做坏，歇下来身上难过。"小纪说："那是。"吴师傅把旧书按类分开，用抹布抹去些灰尘，再把书一一堆好，放齐。小纪看着他说："吴师傅你真是的，弄了一辈子的旧书，还没有弄够呀？"吴师傅说："也惯了。"小纪说："我坐着看看也为你吃力。"吴师傅说："我惯了。"小纪叹了一口气，说："没有办法。"烟纸店的小安徽走过来看看小纪，说："什么没有办法？"小纪说："我说吴师傅。"小安徽给小纪一根烟抽，小纪说："小安徽也发起来了。"小安徽笑。

吴师傅终于弄好了那一堆书，走出来拍拍身上的灰。小纪站起来，说："你坐坐。"吴师傅说："我不坐。"小安徽也给吴师傅派了一根烟，要给吴师傅点烟，吴师傅接了，不忙抽，先夹在耳朵上，又进店堂再看一遍，觉得满意了，再出来点上烟。这时候教物理的王老师来了，吴师傅迎上前，说："王老师，你来啦。"王老师笑笑，说："进书了吧？"吴师傅掐掉烟头，说："进了进了，我陪你进去看看。"他们一起进去，小安徽说："这个人常来，是做什么的？"小纪说："说是教物理的王老师，也不知哪有那么空，常常来，教物理怎么教？"小安徽听到店老板在叫，说："我过去。"就过去了。

小纪坐在门口听到王老师和吴师傅在里面说话，小纪也听不清说的什么，过了一会，就看到王老师拿着两本旧书出来，吴师傅送他走出好一段路，才回过来。小纪看吴师傅的脸色不很好，说："你怎么？"吴师傅说："没有什么。"小纪说："教物理的老师怎么喜欢这些古旧书？都是文言文的，有什么看头？"吴师傅说："你不知道，迷古书的人就是迷得不得了呢，我跟你说过没有？从前我在旧书店学生意的时候，就碰到过一个胡——"小纪说："你说过。"吴师傅说："是说过了，我因为实在记得太深，常常要想起来。"小纪说："那是。"吴师傅说："其实像胡先生那样的人也是不少见的。"小纪说："王老师就是吧？"小纪说到王老师，吴师傅的脸就有点变色，他慢慢地点点头，说："王老师想要北宋本的《古吴志》，我要给他想办法。"小纪说："你是有办法。"吴师傅摇了摇头，说："很不好弄的，这本书我知道，很难很难的，不过我总要想办法帮他弄到。"小纪说："你热心。"吴师傅一时没有再和小纪说话，到了快中午时，吴师傅说："小纪，下午你看着点店，我有事情，可能迟一点过来。"小纪说："行，你不来也不碍事。"吴师傅说："来是肯定要来，不来看看我也不放心。"小纪说："怕我拆烂污？"吴师傅说："那倒不是，我惯了，几十年都是在旧书店做的，哪天也离不开似的。"小纪笑，说："那是。"吴师傅就走了。

　　小纪的中午饭也懒得回去吃，就到对面小店吃一碗面条，一边吃一边看着自己的店，看有人进去转了转，又空手出来，四处张望着，小纪端着面条大声喊："喂，要买书？"那人吓了一跳，循声看到小纪站在路对面，端着碗，嘴上还挂着面条，不由笑了一下，说："有你这样做生意？"小纪也笑，说："什么生意呀，这也叫做生意？"那人说："怎么不是生意？"小纪说："你看中什么书？"那人说："有好几本。"小纪急急把面条倒进嘴里，放下碗就走，店师傅说："钱没给。"小纪说："你好意思说？我哪一次欠你的？马上来给。"小纪过来，买书的人挑了几本旧杂志，又拿了一本旧书，付了钱，临走时说："其实你们这小店，还是有做头的。"小纪说："刚开的时候，报纸上宣传了一下，倒是不错，后来就喇叭腔，一天来三几个人，买三几本书，赚三几毛小钱，冷清得出鬼。"那人看看店堂的布置，说："你们是集体还是个体？"小纪说："我们是国营，是新华书店的分店。"那人"噢"了一声，再没说什么，就走了。

小纪走出来，就听到小店的师傅喊他去付钱，小纪过去付了钱，说："怕我赖账？"店师傅说："不是怕你赖，是怕你忘，你是贵人多忘事。"小纪"哈"一声，说："我是贵人呀？"正说着，听到有个女人的声音喊："周小纪！"小纪知道是多梅来了，走过来，说："你怎么来了？"多梅说："你又忘了，今天星期三，我厂休。"小纪朝多梅手里看看，说："哎呀，我已经先吃了一碗面条。"多梅笑，说："今天没有时间弄给你吃，我家里今天有客人，我溜出来看看你，给你带一点客人吃的酱鸭。"小纪一边拿出酱鸭来吃，一边问："谁客人？"多梅说："外地的亲戚。"小纪"噢"一声，就专心地吃鸭子，多梅看他馋样，说："慢点吃，不消化。"小纪说："不要紧，有多酶片。"多梅笑，说："去，我走了，家里等我做事情。"

多梅走后，小纪把鸭子全吃了，果然觉得肚子有些不舒服，要上厕所，叫小安徽来看一下店，小安徽的老板说："小纪你老是叫小安徽帮你看店，他算是你的伙计还是我的伙计？"小纪说："那当然是你的伙计。"店老板拿小纪也没有办法，只好由他去。

小纪上过厕所回来，觉得好一些，重又泡一杯浓茶，喝了几口，有人进来，看看旧书，半天也没有一句话出来，小纪说："你要什么书？"只说："我看看。"又看着天，最后问，"你们那一位老师傅呢？"小纪说："他出去了。"那人说："上次我来找旧书，想配齐一些旧杂志，一时配不齐，老师傅叫我开了目录交给他，我现在开了来，是不是就交给你？"小纪说："你放下就是。"那人放下了目录，买了几本新进的旧书，走了。到下午吴师傅回来了，小纪把目录交给他，吴师傅看了一下，说："噢，是刘记者。"小纪说："那人是记者呀？"吴师傅又看看目录，肯定地说："是他。"小纪说："也看不出是记者嘛！"吴师傅说："现在的人穿也都穿得差不多，是看不大出来。"小纪看吴师傅很累的样子，说："你坐坐，歇歇。"吴师傅坐下来，说："是有点累，不过很值得。"吴师傅换了口气，又说，"我跟你说，我跑了好多路。"小纪说："噢。"吴师傅说："最后找到乡下小镇上一位老先生那里，你想想是不是要跑大半天？"小纪说："噢。"吴师傅说。"老先生很古怪的，嗜书如命，可是我一说王老师的事情，他竟然愿意把那书拿出来，小纪你知道王老师的事情？"小纪说："知道。"吴师傅说："可惜的是书我没有拿到，他借给别人去看了，说好过一日就去要回来。老先生真好，我真是感动。"小纪说："那是。"吴师傅说："能不能你后天去走一趟，到老先生家里去把书取来？本来我也不要你去的，我后天要进一批书，都是好书，说好了的，我不去，人家不给，所以我要去的。老先生的《古吴志》烦你跑一趟了，好不好？"小纪看着吴师傅，说："什么？你说什么好不好？"吴师傅说："我说了半天，你原来没有听啊。"小纪说："我肚子不大舒服。"吴师傅看看他的脸色，说："脸色不大好，要不要去看看医生？"小纪说："看什么医生？一会就好，你刚才说什么？叫我拿什么？"吴师傅说："烦你后天到小镇上跑一趟，拿一本书，就是那个教物理的王老师要的。"小纪说："我去就是，自行车来回快得很。你今天怎么去的？"吴师傅说："等汽车等三刻钟也不来，后来坐三轮车去的。"小纪说："早知道我帮你去一趟。"吴师傅说："你去不一定行，老先生不一定肯的。"小纪说："那是，你来事。"吴师傅笑笑，说："你张嘴。"

小纪到小镇上找到了老先生，拿到了书，代表吴师傅和王老师谢过老先生，把书夹在自行车后座上回来，经过多梅家，被多梅的姐姐看见，叫他，说："小纪你现在搭架子，经过我们家，也不想进来看看。"小纪说："多梅不是上班去了？"多梅姐姐说："多梅上班，家里也有别人，你只看多梅不看别人怎么行？"小纪笑着下车，到多梅家坐一会，多梅姐姐问他到哪里去，小纪说了，才想起书还在自行车后座上，怕被人拿走，出去拿了进来。多梅姐姐看看书说："破纸落索。"小纪说："是破纸落索。"多梅姐姐说："你一天到晚就做这些？"小纪说："旧书店还能做些什么？"多梅姐姐说："倒也是。"他们随便说了几句话，小纪喝了些水，就走了，走出一段小纪才想起那本书忘记拿了，回头再去拿书，多梅姐姐说："你倒蛮认真的，这种破书，又怎么样？"小纪一笑，说："你以为它破，有的人以为是宝呢。"多梅姐姐也笑了一下。

小纪拿了书又上路，路上碰到个朋友，下车又说了几句，再走，经过表兄建平开的理发店，进去坐了一会，这样两磨三磨，回旧书店时已经快到下班时间。吴师傅看到小纪来了，很开心地迎出来，说："辛苦了，走这么久才回。"小纪说："不辛苦，路上碰到朋友，说几句话。"吴师傅看小纪手里空的，问："书呢？拿到没有？"小纪说："拿到了。"回头看后座上，却是空空如也，什么也没有，小纪吓了一跳，说："哎呀，书呢？"吴师傅有些急，说："你把书弄哪里去了？"小纪想了想，说："可能，路上掉了。"吴师傅说："那怎么办？那怎么办？"小纪说："我再回头找找。"说着骑上车回头去找，找了圈，找不见，只好再回来。吴师傅说："你想想，回来的路上有没有在哪里待过？"小纪说："待是待过的，可是没有动书呀，只在多梅家把书拿下来，给多梅姐姐看了一下，后来走的时候明明带走的。"吴师傅说："还有没有别的地方？"小纪说："没有了。"吴师傅长叹一口气，说："小纪你怎么这样？我也是难得托你一件事情，你做成这样的结果，你说说。"小纪说："一本破书。"吴师傅说："书虽是破书，可是王老师一心想要这本书，你是知道的。"小纪说："王老师也是多事，他教物理的，弄这些书做什么？"吴师傅的脸色凝重起来，看了小纪一眼，说："你知道王老师的情况？"小纪说："什么情况？"吴师傅说："王老师只有两三个月的时间了。"小纪一愣："生了癌？"吴师傅点点头，说："医生已经不肯给他看了，王老师跟我说，别的他也没有什么遗憾的，只是弄到那本《古吴志》看一看，他就安心，就能瞑目。"小纪想不到会是这样的事情，听了吴师傅的话，半天没有作声。吴师傅说："我明天再帮他去跑，要是王老师来，你不要告诉他书丢了，只说我去给他拿书了。"小纪点点头。

　　第二天上午吴师傅没有来上班，到十来点钟，王老师果然来了，小纪请他坐，王老师看了小纪一眼，说："你怎么客气起来？"小纪尴尬地一笑。王老师说："吴师傅不在？"小纪点头。王老师又说："我来问问那本《古吴志》找到了没有。"小纪说："吴师傅今天就是给你拿书去了，让你过一两天来。"王老师说："其实吴师傅自己也是很喜欢古书的，不过他总是先尽足别人的要求。"小纪说："是的。"王老师说："你来的时间不长，不一定很了解他，我是很了解他的，我以前还给他写过文章，登在报纸上的。"小纪说："那文章就是你写的呀？我还以为是记者写的呢，我看报纸上写着本报记者的字。"王老师说:"那是人家玩的噱头。"小纪说:"噢。"王老师说了一会话,又看看书,后来他站到店堂中空一点的地方,说:"我做香功。"小纪看着他做起香功来。一会儿王老师眼睛看着小纪,问:"香不香?"小纪闻了一下,不觉得香。王老师又做,过一会再问:"香不香?"小纪仍然闻不到香味。王老师说:"你心不诚,所以闻不到香味。我跟你说,现在我满鼻子的香味,柠檬香气。"他一边说一边吸气,完全是一副入痴入迷的样子。小纪看王老师的样子,心里不由有些感慨。王老师做好了香功,又和小纪说了一些关于书的话题,后来就走了。王老师走后不久,吴师傅回来,脸上的神色不大好,告诉小纪,跑了一上午还没有线索,小纪说:"怪我。"吴师傅说:"怪也不要怪了,再找就是。"小纪看吴师傅有些气喘,说:"下午你还去?"吴师傅说:"不出去怎怎么办?坐在店里书是不会来的。"小纪说:"要不要我去走走?"吴师傅说:"你走恐怕不行,一个你不太懂行,再说要找的都是些老先生,看到你,不一定能相信你。"小纪说:"那是。"

　　下午吴师傅又出发去找《古吴志》,小纪看着店,到下晚时,还不见吴师傅回来。小纪想这回可是把吴师傅弄苦了,想想自己把书怎么就弄丢了,到底丢在哪里了呢?正胡思乱想,看到建平理发店的小学徒来了,拿了一本书交给他,说:"老板叫我给你的。"小纪接过来一看,正是那本《古吴志》,小纪心里一喜,说:"怎么在你们那里?"小学徒说:"我也不知道,今天早上起来扫地,看到一本书,问老板,老板起先也说不知道是谁的,我就扔在一边,后来老板想起来说可能是你的书,你是弄旧书的,才有那样破的书。"小纪想了半天,说:"奇怪了,我夹在自行车后座上的,怎么跑到你们店里地上去了？"小学徒说："我不知道。"小纪说："是不是谁拿了看的？"小学徒笑，说："这书，谁要看？要看也看不懂。"小纪说："那倒是。"都觉得奇怪，想不明白，但是不管怎么奇怪，书找到了，这是大好事情。小学徒走的时候，小纪给他派了一根烟，这时候天已将黑，小纪又等了吴师傅一会，还不见来，估计不会再到店里来。小纪回去吃过饭，就往吴师傅家去。到了吴师傅家，吴师母说："你来了，我正要叫小三去看你，老头子怎么到现在还不回？"小纪说："下午出去找书的。"吴师母说："我就知道。"小纪说："我等他一会。"等了一会，吴师傅回来了，一进门看到小纪在，连忙说："小纪，我弄到书了。"把包打开来，拿出一本书给小纪看，小纪看果然也是一本《古吴志》，小纪说："我拿的那一本也找到了。"吴师傅说："在哪里？"小纪拿出来，吴师傅接过去看，笑起来，说："哈哈，两本。"小纪说："怎么办？"吴师傅说："什么怎么办？"小纪说："不是多了一本吗？"吴师傅又笑了，说："我要。"小纪说："你也喜欢这本书？"吴师傅说："我跟你说，我想这本书想了好多年了，不是这一次帮王老师跑，我自己还弄不到呢。"小纪说："好心有好报。"吴师母插上来说："好报什么呀？把胃病也饿出来了，吃吧。"小纪看吴师傅吃饭，他就告辞了。

　　吴师傅和小纪他们等了两天也没见王老师再来，吴师傅觉得奇怪，小纪说："也可能有别的事情，说不定明天就来了。"吴师傅说："他会来的。"于是又等下去，又过了几天，还是没有来，吴师傅竟是有些坐立不安的样子，影响到小纪也有点不定心，说："要不你到他家看看去？"吴师傅说："我还不知道他家在哪里呢，只知道一个大概的方向。"小纪说："你跟他不是好多年的朋友了吗？"吴师傅说:"哪有好多年?也是最近才认识的,主要他和我有些共同的爱好,就很谈得来,至于家里情况,以及别的一些事情,我不怎么清楚他,他也不会清楚我的。"小纪说:"上次他过来跟我说,他很了解你的。"吴师傅说:"那是他客气。"小纪说:"他说他还给你写过文章发在报纸上的。"吴师傅:"哪里?我怎么不知道?"小纪说:"也可能你没有注意。"吴师傅说:"这个人也是的,写我的文章也不给我看看,连告诉也不告诉我。"小纪说:"可能他的性格就是这样,觉得告诉你像是报功似的,所以也就不说了。"吴师傅想了想,说:"也可能的,不过,不过,反正有点奇怪就是。"他们又等了些时候,吴师傅到底等不及了,就根据王老师说过的那个大概的方向去找王老师,找了两天,最后通过居委会打听到是有一个教物理的王老师。

这一天吴师傅和小纪一起到王老师家去,敲了半天的门,才有一个五十来岁的男人来开门,问他们找谁,吴师傅说:"找王老师。"那男人看了他们一眼,说:"哪个王老师?"吴师傅说:"教物理的王老师,就是常常到我们旧书店来买书的,大概四十多岁,是不是?小纪。"小纪说:"是,也可能有五十来岁了。"那男人警惕地看着他们,说:"他是不是又惹什么事情了?"吴师傅和小纪对看看,不明白他说的什么,吴师傅说:"他现在人在不在家?"那男人说:"住医院了。"吴师傅和小纪都一愣,吴师傅:"又发了?"男人说:"发了。"吴师傅想了想,说:"又住进去了,不是说医生已经推出来了吗?"那男人说:"这怎么能推出来?有病就得看。"吴师傅:"那是,怎么能推出来不看不治?"小纪看那男人有些不耐烦,就问:"他住哪个医院?"男人奇怪地看了小纪下,反问道:"哪个医院?除了精神病院,你说还有哪个医院收他这样的人?"吴师傅说:"怎么到精神病院？王老师到底是什么病？"那男人说："你说他是什么病？住精神病院还能有别的病？"吴师傅连连摇头，说："怎么会？怎么会？王老师怎么会是精神病？不可能的。"那男人说："你以为他是什么病？"吴师傅说："什么时候得的？"男人说："好多年了，得了病就从学校退出来。"吴师傅一时说不出话来，那男人说："没有什么事情，对不起了。"说着走进屋去，把门关了。

吴师傅和小纪面对那扇关死的门，你看看我，我看看你，后来他们都笑了起来。小纪说："书，白吃辛苦，怎么办？"吴师傅说："我要。"小纪说："你已经有一本了。"吴师傅说："这样的好书，嫌少不嫌多，你明白吧？"小纪说："我不明白。"

他们一起回旧书店，还没走到，就看到街那边乱成一团，围了好多人，好像还有警察在里面。走近一问，才知道这一带的小店都失窃，烟纸店的小安徽失踪，估计是小安徽做的事情。查了一下，附近一带几乎所有的店多多少少都被弄去一些。大家看到吴师傅和小纪，都说："书店的人来了，看看书店。"警察跟了过来，吴师傅开了门进去查看，查了半天，什么也没有丢失，抽屉里放着些现金，一分也没有少。吴师傅说："还好，没有丢。"警察好像不能相信，又认真地查了一遍，才相信确实没有丢钱丢物。看热闹的人都笑，说："小安徽偷遍所有的店家，就是不偷旧书店，看起来小安徽对旧书店还是很有感情的呢。"警察听了这话，又回头问了一些话，小纪说："总不会怀疑我们和小安徽串通手脚吧？小安徽不偷我们，大概他也知道我们这里实在也没有什么好偷的。"小纪的话引得大家笑，警察也笑了。

大家走了以后，吴师傅说："幸亏小安徽不懂，我这里有些书可是价值连城的呢。"小纪说："价值连城,你说的。"吴师傅说："你不信?"小纪说："我信。"小纪看吴师傅小心翼翼地把那本《古吴志》包起来,他想了想,说:"这本书上写的什么?"吴师傅说："是记述历史上我们这地方的地理、风物、习俗等等的东西。"小纪说："好看吗?"吴师傅说："好看,你要看?"小纪接过去翻了下,说:"繁体。"吴师傅说："当然是繁体,还有古体呢,这是北宋本呀。"小纪又翻了一下,把书还给吴师傅,说:"我不看,你拿去吧。"吴师傅叹息一声,复又把书小心地包好,他们一起走出来,锁了店门,互道一声"再见",然后一个往东一个往西回家去。

听　客

　　单孔石级的百花桥，是一座老桥，很有些年数，恐怕在明朝的时候就有了，现在当然是支离破碎、百孔千疮的样子，石桥栏脱落的脱落，断裂的断裂，像老太太嘴里的牙齿，残缺不齐。小孩在桥上玩，大人不放心，反映上去，一直说要来修，拖了很长的时间，现在终于来修了，把旧的石栏杆拆掉，重新修成砖砌水泥墙式桥栏，这样大家就放心了。

　　市政公司的泥水匠都是农民工，做生活很搭浆的，把砖头石灰水泥拖来倒在桥堍边，堆作一摊世界，妨碍百花巷的居民过桥。居民跟泥水匠提意见，泥水匠说，我们是做公家活的，有意见你们跟公家说。居民没有时间去跟公家说长道短，有人走过丁长生门前，就说："丁主任，你到那边去看看，断路了，你去管一管。"

　　丁主任是居委会主任，他当然是要管的。丁主任从前在厂里做过几年工会工作，退休下来就做了居委会主任。丁主任做这个工作是很适合他的，因为他很耐心、很认真，婆婆妈妈的事情，从来不嫌烦的。比如街道城管科的同志动员某一家拆除违章建筑，人家不理睬，城管科的同志没有办法，就叫丁主任去做工作，丁主任一趟一趟上门晓之以理，人家生气他不生气，人家发火他不发火，人家挖苦他他只当听不懂，只是絮絮叨叨跟他们讲道理。他们说丁主任你怎么像个女人家，这么啰唆？丁主任就跟他们笑，弄得人家烦不过，拆了作罢。

丁主任到百花桥去，他给泥水匠派了烟，请他们把建筑材料堆拢一点，让一条路给大家走。泥水匠抽着丁主任的烟，说，老伯伯，总共这一点点地方，堆拢过去，我们做活手脚摊不开了，我们抓紧一点做，反正时间不长的，大家克服一下。

丁主任听他们说的也有道理，他就过去看看有没有地方可腾出来，这时候丁主任一脚踩在一块翘边的砖头上，摔倒了。

丁主任人很瘦，个子也不高，一跤摔下去，没有什么声响，起先泥水匠看他摔倒，大家笑了几声，后来看他躺在砖头堆里不动，几个人过去把他拖起来，丁主任不能站，背到医院拍了片子说是股骨骨折，至少两个月不能走路。

丁主任摔伤了，领导来看他，叫他安心养病。

丁主任说："我心里急呀，那边一大摊事情。"

领导说："我们都商量过了，你的伤不是一日两日的事情，正好7号里的徐阿姨退休下来了，就叫徐阿姨做那边的事情，你不用担心了，徐阿姨在厂里是做书记的，有能力的。"

丁主任听了待了半天，说："我，我是工伤呀。"

领导说:"正因为你是工伤,所以更要关心你的,你安安心心休息,我们隔日会来看你的。"

丁主任在床上躺了几天,他躺不住,叫儿子去买了一根拐杖,撑了拐杖出去。他走到百花桥边,桥已经修好了,地上也收拾干净了,丁主任很高兴,他又到居委会去看看。大家看到了都叫他当心,叫他回去休息,丁主任说:"我这是硬伤,医生说活动活动有好处的。"

大家就介绍丁主任见过徐阿姨,其实同住一条街,本来都是认识的,现在见了,丁主任跟徐阿姨说:"你辛苦了,做这个工作,很烦的。"

徐阿姨说:"我在厂里也是很忙的,忙惯了,不怕。"

丁主任说:"你要注意身体。"

徐阿姨说:"我身体好。"

丁主任又向徐阿姨交代了一些事情,徐阿姨说:"他们几个都跟我讲过了。"

丁主任还想说说什么,一时却找不到话题了。

徐阿姨的办公桌就是原来丁主任用的。徐阿姨说:"丁主任,你抽屉里的东西帮你归拢了放在阁楼上,什么时候你可以拿回去。"

丁主任愣了一下。

徐阿姨说:"不急不急,等你脚好了再说。"

丁主任原以为徐阿姨现在做主任工作是临时代替他做几天的,但是听徐阿姨的口气好像是长做了,上次领导的意思,丁主任没有听明白,但他也不好去问明白,他想领导说过隔几日还要来看他的,到时候再问问清楚。

可是一直没有人来看他，后来丁主任的脚伤完全好了，他到居委会去，徐阿姨见了他，只是一般地笑笑，没有说什么。

丁主任就到居委会去了一趟，街道领导告诉丁主任，徐阿姨因为在厂里是有职务的，退休下来她跟区里讲过希望安排一点工作，区里叫街道安排，可是街道的位置已经全满了，只有安排在居委会了。本来居委会也是不大好安排的，正好丁主任摔了，就叫徐阿姨顶上去了，既然顶了上去，现在不好叫她下来。

丁主任听他们这样说，点了点头。

街道领导又说："其实丁主任你的工作我们都知道的，是没有话说的，现在真是很为难的。"

丁主任连忙说："我不要紧的。"

街道领导最后叫丁主任先回去再歇歇，他们会放在心上的，一有机会还要叫丁主任出来工作的。

这样丁主任就不再做居委会主任，不过大家仍然叫他丁主任。叫惯了的，改不了口，就是改过来，叫老丁或者叫别的什么，都觉得不顺口。

丁主任在外面走惯了，家里待不住，他常常要出去走走，走过周老爹门前，周老爹就喊住他，跟他说："丁主任，还是你呢，现在徐阿姨，不来管我们的事情。"

丁主任说："一样的，一样的。"

周老爹说："不一样的，我隔壁的小赵，天天拿水倒在我门前，我跟他说我老了，滑倒了怎么办，我又没有劳保的，医药费要你出的，他听不进去，我跟徐阿姨说了几回，她也不来管。"

丁主任说："这样的事情，我跟小赵说说。"

丁主任就找了小赵，跟小赵说："小青年这么偷懒，几步路也不肯走，多走几步，倒在阴沟里，就没有事情了。"

小赵说："你不做主任了还来烦。"

丁主任说："这是社会公德，人人可以管的，你不改正，我要天天来烦你的。"

小赵说："我烦不过你的，我改。"

小赵就改了。

过了几天，丁师母跟丁主任说："人家外面在讲你。"

丁主任说："讲我什么？"

丁师母说："讲你要跟徐阿姨抢主任做，讲你要做官，难听死了。"

丁主任听了有点气，他说："不要听人家瞎说。"

丁主任的子女都是很关心老人的，他们跟父亲说，既然不做什么主任了，就不要去自找苦吃，乐得在家里享享福，实在闷，相帮做做家务也是好的。

丁主任想想子女的话也是对的，就不再出去走，在家里帮丁师母做家务，可是丁主任平时很少做家务，现在帮忙，十分笨拙，丁师母说他是六指头帮忙，越帮越忙。这样丁主任的信心也没有了。丁师母看丁主任在家里长吁短叹，她晓得他心里难过，就跟他说："你出去走走吧，不要去管人家的闲事，茶馆里坐坐，听听书，搓搓麻将也好的。怎么会没去处呢？为什么非要往居委会去呢？"

丁主任说："好的。"

丁主任就到外面转转，看见什么事情尽量不开口。一日他在百花桥上看到一位老太太，白发苍苍，望着桥下的河水发呆，丁主任走过去，老太太回头朝丁主任看，说："我认识你，你是丁主任。"

丁主任说："你是不是百花巷的，我怎么不认识你？"

老太太说："我是前面小粉街的。"

丁主任说："怪不得我不认识你，百花巷的人头，我全叫得出的。"

老太太又朝河里看。

丁主任说："你一个人站在桥上做什么，年纪大了，要当心的。"

老太太不作声。

丁主任又说："是不是有什么不顺心的事情？"

老太太突然哭起来，说要去法院，又不知道法院的门朝东朝西。

老太太在桥上哭，走过的人都朝他们看，丁主任连忙把老太太搀下桥，到路边角落里。老太太告诉丁主任，她是小粉街18号张家的，老头子去世后，留下的三间房被三个子女一人一间抢了，叫她住在过道里，一个人开伙仓，还不肯给赡养费，她要去告他们，告不赢她就要投河寻死路。

丁主任说："你找你们居委会主任呀，叫居委会主任去管呀，你们小粉街是刘主任吧？"

张老太说："她管了没用，他们不听她的。"

丁主任说："还没有把工作做到家么。"

张老太说："我不能指望她的，她跟我一样老了，人家不拿她当什么了。"

丁主任说："这样不对的，怎么可以不理睬居委会主任？"

张老太说："刘主任不凶的，所以我要去告了，不告日子不好过了。"

丁主任说："我陪你去。"

张老太说："不过意的，不过意的。"

丁主任说："反正我也没有什么事情。"

丁主任搀了张老太找到区法院的接待室。

接待室里人很多，一张长椅上坐满了，还有人站着，张老太已经走得气吼吼的，丁主任对长椅上坐着的人打招呼，说老太太吃不消了，请谁让她坐一坐。就有人站起来让了座，旁边也有人说，走也走不动了，还来凑什么热闹。

丁主任听了，就说："话不能这么说，到这里来，总是没有办法才来的，好好的人，是不会来打官司的。"

别人都说是。

丁主任对张老太说："法院是讲理的地方，到这里来，你就有希望了。"

张老太喘着气，不说话。

过了一会，终于轮到张老太了，接待人是一个年轻的女同志，看上去不过三十来岁，很面善的，等丁主任搀张老太坐好，丁主任先问了她的姓，她说姓江。

丁主任说："好的，江同志。"

江同志说："你们什么事情？"

丁主任说："告子女不孝。"

江同志说："告谁？"

丁主任说："她，她的子女，她是张老太。"

江同志说："你呢，你是她的丈夫？"

丁主任一愣。

张老太说："他是丁主任。"

江同志说："什么丁主任？"

丁主任说："我是居委会的。"

江同志"哦"了一声，说："你们居委会不错的，还有人陪来，张老太，你要告子女什么？"

张老太就把事情说了。

江同志说："是不是跟他们说不通？"

丁主任说："是呀。"

江同志拿出两份状纸交给张老太。

张老太说："我不会写的，我不识字的。"

江同志说："你叫你们居委会主任帮你写。"

张老太和丁主任还想说什么，江同志说："好了，就这样吧，写好了就送过来。"

后面的人就把张老太和丁主任挤了开去，丁主任叫张老太把状纸放好，总觉得有好多话还没有说出来，但是法院同志太忙了，没有空细细地听。丁主任搀了张老太走出来，就听见里边有人"哇"的一声哭开了，丁主任回进去看，是个中年妇女，一边哭一边向江同志诉说小姑子怎么凶，怎么恶，怎么打人骂人，怎么怎么。

丁主任站在一边听，江同志几次打断那妇女的话，那妇女说："你让我说，你让我说，我不说，我要闷死了。"

江同志也没有办法，皱着眉头听她说。

张老太在门口等了半天不见丁主任出来，又返进来叫他，丁主任还不想走，张老太说："你不走我走了。"丁主任这才搀住张老太回去。

这天下晚，大家在天井里吃饭，说闲话，丁主任说："今天我到法院去，碰上一个人，告小姑子凶，你们猜猜，那个小姑子怎么凶法？"

大家问怎么凶法。

丁主任说："从来没有听说过的，从来没有见过的，有这样凶的人，两句话不称心，就动手，不管别人死活，手里有什么家什就拿什么家什打，拿了热水瓶往嫂子身上浇，烫成几度伤呢，还拿了刀子追。"

大家听了，都说，怎么会有这样凶的女人，真是听也没有听过的。

丁主任说："哎呀，其实外面稀奇古怪的事情多呢，法院里天天碰到的。"

大家说，那倒是的，不碰到难事，一般人是不会到法院去的。

又说，在法院做事倒也有趣，天天听这些稀奇百怪的事情。

隔了一日，丁主任又到法院接待室去，人仍然很多，他排在最后，一边等一边听前面的人讲述，轮到他时，江同志看看他，说："你好像来过的。"

丁主任坐了，说："江同志记性真好。"

江同志说："你是……"

丁主任说："我上次是陪张老太来的，你记得吧，就是告子女的那个老太太。"

江同志说："哦，你是居委会主任。"

丁主任说："其实我也不是居委会的。"

江同志看看他，说："今天什么事？"

丁主任说："我来问问，张老太的状纸交来了没有。"

江同志翻了翻记录，说："没有，你带个信叫她拿过来。"

丁主任说："好的。"

江同志说："你就是为这件事来的？排了半天队，其实你问一声，不用排队的。"

丁主任说："反正也没有什么事情，在这里听听也好的。"

江同志没有再跟他说什么，就叫下一个人过来。

丁主任在一边看那个中年男人坐下，江同志对丁主任说："你走吧。"

丁主任说："我没事。"

那个中年男人朝丁主任翻白眼，丁主任有点难为情，但还是没有走开。

这一日回去，丁主任又把听到的各种事情讲给大家听，大家听了，又是一番议论。议论过后有人就问丁主任怎么天天到法院去。

丁主任说："我是相帮别人跑的，小粉街上有一家人家老太太的事情，她跑不动，我相帮她。"

大家说丁主任真是热心肠的。

下次丁主任再到法院去，江同志一见他就说："状纸已经送来了。"

丁主任说："我知道已经送来了，我来问问，这个案子，张老太能不能赢，她说要是不能赢，她要跳河寻死路的。"

江同志说："这个我们不好随便说。"

丁主任说："这倒是的，不好随便说的。"

江同志问："你是小粉街的居委会主任？"

丁主任说："不是的，我是百花巷的。"

江同志说："哦，跟你不搭界的事情，你还天天跑呀，你看我这里很忙的。"

丁主任不好意思地说："不打扰你，不打扰你，你办公吧。"又在一边听。

江同志几次暗示叫他走，他好像不明白，江同志也只好由他去听。

丁主任在听别人诉说的时候，十分投入，讲述人难过他也难过，讲述人气愤他也气愤，讲得有道理的，丁主任点头称是，讲得没有道理的，丁主任就摇头，有时候他跟着笑，有时候讲述的人发起火来，丁主任就相帮江同志一起劝说。有些人不知他是什么人，以为他也是法院的，看他年长一些，很有经验的样子，就专门把脸对着他了，倒弄得江同志像个书记员，只管记录似的。

这一天丁主任走的时候，江同志又问了他是不是百花巷的，丁主任说是的。

过了一日，丁主任走过居委会，徐阿姨见了他，就出来对他说："丁主任，刚才区法院打电话来的，问你的。"

丁主任说："问我什么？"

徐阿姨说："也没有什么，只是问问你的身体什么。"

丁主任说："问这些做什么？"

徐阿姨说："没有什么，只是问问罢，你不要多心。"徐阿姨说话的时候，好像有什么瞒着丁主任。

丁主任回去跟丁师母说，猜测法院的人为什么要了解他的情况。丁师母朝他看看，说："你还不知道呢，人家都在笑你呢，法院的人以为你神经有毛病，才来问的。"

丁主任说："不会吧，我又没有做什么不对的事，又没有说什么不对的话，江同志对我很客气的，不会的。"

丁师母不再跟他说什么。

丁主任再把听来的事情向大家传播，大家听得也有点厌烦了。有人说，天天在法院工作，也是很烦气的。

别人说，是呀，烦也烦死人了。

丁主任的子女知道别人嫌丁主任烦，回家跟他说，叫他不要去跟别人说长道短，丁主任说："好的。"

丁主任再到法院去，江同志说："老同志，张老太已经撤诉了，你以后不要来了。"

丁主任说："好的，我也知道法院是不好随便来的，不过张老太怎么又不告了呢？"

江同志说："这不是你的事情，你回去吧。"

丁主任回去想想总是不放心，就到张老太家去。张老太家三间加一个过道，丁主任去的时候，张老太的子女都还没有下班，三间房的房门都紧关着，张老太坐在过道里的小床上，见了丁主任，她动动嘴，叹了一口气。

丁主任说："你不告了，是不是？"

张老太说："法院里说，这样的事情不好打官司的，说这样的小事也要打官司，法院要忙死了，他们不受理，叫我回家跟子女商量，商量什么呀，这种日子，死了算了，活着讨人嫌。"

丁主任说："这样不对的，怎么可以这样，我再帮你去问问。"

张老太说："你走吧，你不要来烦我了。"

丁主任还要说什么，张老太突然紧张起来，说："回来了。"

丁主任还没有来得及问谁回来了，就有一妇女进来，那妇女朝丁主任看看，脸上没有什么表情，回头问张老太："他是谁？"

张老太没有作声，丁主任说："我姓丁，我是百花巷的。"

那妇女又朝丁主任看看，冷冷地一笑，说："你姓丁，你就是那个多管闲事的老甲鱼啊，老太婆到法院告我们，就是你挑拨的吧？你吃饱了没有事情做，来管别人家的闲事啊？我跟你说，你没有事情做，去看看蚂蚁打架，不要烦到我们家来。"

丁主任说："你是谁，你怎么这样说话？"

张老太说："你走吧，他们都是这样说话的，你跟他们没有烦头的。"

丁主任看看这情势是不好再待下去，只好走出来，他想想多管别人家的事是不大好，是要被人家说的。当然，要是丁主任还是居委会主任，他就不会这样想了。

以后丁主任就没有什么地方去，他有时走到法院门口，在那里站一会儿，有时在居委会门前转转，有好几次他想坐下来搓搓麻将或者听听说书，但总是坐不定，心神不安的样子。大家说，丁主任做惯了主任，忙惯了，坐不定的，坐定了难过的。也有人说，其实丁主任身体蛮好的，做工作很卖力的，还是叫他做做工作的好。

丁主任听大家这样说，他只是笑笑，或者说："一样的，一样的，不做主任也一样的。"

过了几天，一日早上丁师母出去买菜，刚走了一会，就拎着空菜篮慌慌张张跑回来，神色十分惊恐，见了丁主任就说："不好了，出事了，出大事情了。"

丁主任正在刷牙，含着满嘴的泡沫问："什么事情，这么紧张？"

丁师母有点语无伦次："桥，桥上，是桥上跳下去的。"

丁主任好像预感到什么，也跟着紧张起来。

丁师母平息了一会，说："那个张老太寻死路了，百花桥上跳下去的。"

丁主任"哎呀"了一声。

丁师母说："大家都在那边看呢，桥上都是人。"

丁主任来不及洗脸，就往百花桥那边去，到那边一看，果然挤满了人，大家看到丁主任来，主动让出一条路，让丁主任到中间，好像丁主任是能够解决大问题的大干部。

丁主任朝桥下看看，什么也没有，问道："人呢？"

大家七嘴八舌地说人已经抬回去了。

丁主任看见有桥上几块砖头，叠得很整齐。他听大家说，可能是张老太翻不过桥栏杆，百花桥的栏杆是墙式的，虽然不算太高，但老太太上了年纪，很难翻过去的，所以搬了砖头来垫脚。大家这样说，也不知道是有人看见的，还是推测的，想起来大概是推测估计的，倘是有人看见，肯定是要劝说，或者叫救命的。

百花桥是连接百花巷和小粉街的，所以有不少小粉街的人也在那里，他们都是张老太的邻居，张老太寻死路，他们都很气愤，纷纷说着张老太的子女怎么不好，怎么虐待张老太，说这样的子女不能让他们过关的，不能让他们称心，总要叫他们晓得厉害，要教训教训，还有人说，什么教训教训，逼死老娘要吃官司的。大家一致认为要去跟张家的人评评理，不过大家只是说说，没有人行动，后来丁主任说："走，到他们家去。"

大家说，去。

一大群人拥着丁主任往张家去，张家的门紧闭着，怎么叫也不开门，有人就提议给报社打电话，丁主任一听这个建议，立即说："对，告诉报社，叫报社登出来。"

但是都不知道报社的电话号码，有人说李老师家有报纸，一群人又跟着丁主任到李老师家拿了报纸，找到报社的电话号码，再往有公用电话的小店去打电话，丁主任抓着话筒有点紧张，他定了定神，把事情说清楚了。报社值班的同志详细问了地点、姓名，又记下了丁主任的名字和地址，他告诉丁主任很快会有人来调查的。丁主任挂了电话，大家问怎么样，丁主任说："报社很重视，马上派人来调查。"

大家听了很受鼓舞。

到下午，街道办事处就有人来叫丁主任去开会，丁主任起先不知道开什么会，到了那里一看，街道办事处的书记、主任，还有一位副区长，他们都认识丁主任，和他们点头打招呼。丁主任又看到区法院的那个江同志，脸色灰灰的，没精打采的样子。丁主任朝她笑笑，她没有什么反应。另外就是小粉街的刘主任和一些居民，其他的人丁主任不认识。后来介绍了，才知道报社有两位记者，区法院有一位副院长，主要是来了解张老太的事情的。丁主任看这么多领导来为一个老太太开会，他心里很感动，但想到这是张老太的一条老命换来的，心里又有点难过。

先是记者问了大体的情况，张老太家里的情况，子女的情况等等，大家都说了，记者记下来。后来一位女记者就问丁主任，是不是丁主任陪张老太到区法院去过，丁主任看看江同志和那位副院长的脸，他们都挂着脸，丁主任说："这事情是不好怪法院同志的，法院同志很忙，我是亲眼看到的，说起来这还是家务事，主要是靠居委会，要居委会相帮调解的。"

丁主任这样说，法院的同志脸色好了一些，但是小粉街的刘主任不高兴了，阴阴地说："要说靠居委会，倒也不容易，老古话说，清官难断家务事，他们家的事情，仙人也弄不清的。"

丁主任说："一家不知一家，这是对的，但不过虐待老人总是没有道理的。"

刘主任说："他们家的事，很复杂的，外边的人是不了解的，其实张老太也是很古怪的，听他们家子女讲起来，也是一肚皮的怨气。"

丁主任说："刘主任你这话就不对了，你站在什么立场上？"

刘主任说："我站在什么立场，你说我站在什么立场？现在又不是从前，还立场不立场呢，你是不是要对我上纲上线？"

丁主任说："我怎么会对……"

别人就打断丁主任和刘主任的争执，记者说还有别的事，会先开到这里。这件事情，不仅仅是张老太的事情，也不仅仅是张家的事情，而是一个社会问题，报纸不会不管的，不过文章要登出来，还要进一步调查，还要找张老太的子女，张老太子女的单位以及其他一些人了解情况。最后，两位记者感谢丁主任，又问丁主任在哪里工作，街道领导说："丁主任从前是居委会主任，现在虽然不做了，还是很热心的。"

来参加会的副区长大概不知道丁主任不做主任了，问起来，街道主任说："前一阵丁主任摔坏了腿，就下来了。"

副区长说："丁主任，现在腿好了吗？"

丁主任说："好了好了，谢谢区长关心。"

后来会散了，大家就走了。

过了好些天，也不见报纸上登出来，有人说张家的小辈是有路子的，路子通到报社，文章就不登了，丁主任不相信。又等了几天，仍然没有动静。大家又不平起来，可是因为时间长了，大家也只是说说而已。

以后有一阵传说刘主任病了，说刘主任夜里看见张老太在百花桥上哭，回去就病了，发高烧，说胡话，大家说是张老太上身了。但是张老太怎么不找逼死她的人上身呢？这个道理也很简单，逼死张老太的，是她自己的儿女。不管儿女怎么凶，怎么恶，总是她身上掉下来的肉，她舍不得的，所以就上了刘主任的身。说张老太上刘主任的身，也是有原因的。张老太在寻死路的前一天，去找刘主任，跟她说要去死了，刘主任只是一般性地劝说了几句，张老太觉得没有指望，就寻死路了。

大家从这件事又说到居委会的工作，说到自己百花巷的徐阿姨，他们说徐阿姨做居委会主任不大积极，比丁主任差远了。说徐阿姨很有官腔的，她从前在厂里做书记，指挥别人惯了，自己不肯做事。到了居委会，也还是这一套，行不通的。人家有事情去找她，她不是上推到街道，就是下推给调解委员或是什么别的委员，仍然是做大干部的样子。还有人说要到街道办事处去要求丁主任重新做主任。

他们这么说，丁主任只是听听而已，他不好表态的。

到这一年的八月半，街道领导来看丁主任，带了月饼，说了一会闲话，街道主任说："丁主任，还是想请你出山，百花巷的主任还是由你来做。"

丁主任感到突然，说："徐阿姨呢，徐阿姨怎么办？"

街道主任说："徐阿姨的事你用不着放在心上，这件事情是我们街道党委讨论决定的。"

丁主任说："既然是组织上决定的，我服从的。"

街道主任走了以后，丁师母说："你真是要做？本来人家说你要抢主任做，只当他们放屁，现在你真的要做，人家的屁话就是真的了。"

丁主任说："人家的话，可听可不听的，你不要当回事，他们就不会再说了。"

隔一日丁主任就到居委会去，见了徐阿姨，丁主任有点难堪，好像做了什么对不起徐阿姨的事，支支吾吾地说："徐阿姨，真是不大好，叫你走，我来，这算什么，我真是……"

徐阿姨笑了起来，说："丁主任，你这个人，真是的，我不做主任，是我自己不要做的，又不是你把我挤走的，用不着抱歉，和你不搭界的。"

丁主任见徐阿姨整理了东西就要走，心里就有一种说不清的感觉，不管怎么说，他总是很不过意的。

徐阿姨临走时又笑着说："我本来就不想做什么主任的，我是要享享福了，不高兴再做了，乐得搓搓麻将。"

徐阿姨就这样走了，丁主任重新走马上任。

丁主任又做了主任，他又和从前一样，对居民里的事，巨细无分，十分操心。这一阵居民里的麻将风很兴，凡是来麻将的，都要带一点输赢的。上级的意思，这股风要刹一刹，丁主任就去做工作。

搓麻将的人，最恨别人来打搅。他们对丁主任说："你怎么这么烦，还是徐阿姨好，从来不来烦我们，你一上来，就有花样经，来麻将哪有不带一点钱的？"

对这样的人，丁主任总是很耐心，一次次上门，一次次劝说，不管人家什么态度，他是百折不挠的。

丁主任每天很晚才回家，到家他就觉得有点累，不像从前，一天下来，仍是精力充沛的，吃过晚饭还要出去转转，现在他躺在床上就不想动了。丁主任想，怎么会呢？不做主任不过几个月时间，怎么就接不上力了呢？他想到明天还要跟那些人去磨嘴皮子，不由有了些畏难的情绪。

这天夜里，丁主任跟丁师母说："还是在法院里听他们讲讲有意思。"

丁师母说："那当然啦，做听客是最惬意的。"